棄女成凰
卷四
君恩淺薄
木子西 著
好讀出版

目錄

大順皇朝後宮品位

正　宮	皇后
正一品	皇貴妃
從一品	貴妃
正二品	妃
從二品	昭儀
正三品	婕妤
從三品	充儀
正四品	貴嬪
從四品	嬪
正五品	貴人
從五品	才人
正六品	常在
從六品	答應

第七章 高處不勝寒

「而你，德丫頭，已從一個小小的莫答應成了今時集聖寵、權力於一身的德妃。哀家心裡啊，始終都不踏實。哀家怕啊，怕你似麗貴妃那樣熱中於權力；可哀家更怕的是，你傷了皇上對你的一片真心！」

我萬料不到太后對我如此關注，更料不到太后竟懷此等擔慮。可是，難道就為了這些莫須有的掛慮便要置我於死地，不給我的孩兒一條活路麼？

三十九　自食惡果

淑妃被我說中了心思，也不答腔。

我瞟了她一眼，又道：「淑妃姐姐可真是聰明一世而糊塗一時，怎地連這也看不明白麼？寧壽宮那位如今抬舉你，不過是想找個人來牽制於我，好待雨婕妤日後誕下皇子再逐步提攜。即便教你如願以償，那位子怕也是坐不穩的！」

「妹妹果真無忝『冰雪聰明』的名聲，姐姐我外無所依、內無所靠，亦未誕下子嗣，彼時靠王皇后提攜才有了今日地位，是這宮裡唯一位分在你之上的人，誠屬最佳人選。就是那樣又如何呢？我多年來看著王皇后坐在那大位之上，玩弄權勢如呼風喚雨，便是做夢也想坐上一回。如此夢寐以求之事，只要能達成夙願，哪怕僅有一天也死而無憾！」

「是麼？看來姐姐是心甘情願被利用了！只不知姐姐心裡……當真是這般作想？」

我似笑非笑地盯著她的臉，待她微露心虛之時又笑著退開了去，優雅地抬手輕拍兩聲，細聲道：「送進來！」

「是，主子！」繡簾輕掀，彩衣手舉托盤踩著小碎步入內，托盤上赫然放著一只唯寧壽宮才用的黃底福字紋細白瓷碗。

淑妃一見那只碗，立時倒吸一口氣。

她神色驚恐地看著我，口中直道：「你……你……」卻是半天也沒擠出一句話來。

「姐姐，你怎麼啦？你看到什麼了？怎地嚇成這樣啊？」我露出無辜之色看著淑妃，柔聲笑道：

「妹妹聽說你昨兒個落水受了風寒，特意熬製了一碗補藥，專程爲姐姐你送來。」

我狀似沒瞧見淑妃那驚恐萬分的表情，轉頭吩咐道：「這永和宮的奴才們著實沒有規矩，也不在自家主子跟前伺候著，眞是不懂事！算了，小安子，你就湊合代勞，伺候淑妃娘娘用藥吧！」

「不，不……」淑妃話不成句，拚命朝後退去，直退至床榻角落，口中連連呼道：「不要，我不要喝，我不喝！」

小安子朝小碌子使了個眼色，二人一塊欺上前去。

淑妃面露驚恐看著二人，顫聲呼道：「該死的奴才，不要命了，你們敢碰本宮麼？」

小安子二人卻似沒聽見般，直接爬上了床榻。

淑妃見二人毫不理會她的喝斥，嚇得漸漸音帶哭腔，氣勢也軟了下來，「不要，你們別過來，別過來！」

眼見二人近在眼前，已伸出手抓向自己，淑妃急得一骨碌翻身爬起，跪在床上不停地朝我磕頭，哭求道：「德妃娘娘饒命，娘娘饒命啊！」

我立於一旁冷眼看著她，見她這般狼狽之相只覺著好笑，又瞧她嚇得那等磕頭求饒的模樣，哪還有一位宮妃的高雅身段。

我再忍俊不住，立時咯咯笑出聲來。

我笑了好半晌才止住，沉聲道：「淑妃姐姐，你這是在做甚呢？後宮之中你可是位分最高的，幾時輪到你來磕頭了呀？」

我微頓一下，忽像猛地想起何事似的，露出一臉關心神色，著急道：「哎呀，淑妃姐姐不會是落水後頭撞著了吧，竟似一副神智失常的樣子。」說著又匆匆吩咐道：「小安子，還愣著做甚？爲了淑妃娘娘玉體早日康復，還不趕緊伺候淑妃娘娘服藥！」

小安子和小碌子一聽此言，不由分說就上前拉了磕頭不止的淑妃，將她按伏於床榻之上。淑妃高聲嚷叫著，小安子一把捏住她的下頷，彩衣立即端碗上前，合力緩緩將碗中褐黑藥汁倒入淑妃口中。

我坐於一旁鋪襯軟墊的楠木椅上，冷眼瞧觀拚命掙扎的淑妃。

待幾人退散開來，一碗湯藥已然見底，雖說因著淑妃拚命掙扎而灑落不少，可大半碗都灌了進去。

淑妃濡濕的烏髮沾在兩鬢，哭得淚流滿面，嘴角猶殘留著藥汁，趴在床邊努力拿手往口中摳挖，使勁催吐。

「哎呀，我的好姐姐，你不會眞的撞壞了腦子吧？」我裝作驚恐不已之態，聲音中透著愉悅的譏笑，「這可是上好的補藥，別人求還求不到哩，妹妹專程爲姐姐送來的，姐姐怎麼這般不領情啊？我還吩咐過奴才們，往後每日按時給姐姐送過來，伺候姐姐服用！」

淑妃徒勞無功地催吐著，聽我如此一說，登時怒火中燒。

她激動地咒罵起來：「你這個毒婦，你不得好死，你會遭報應的！」

「嘖，嘖，嘖嘖嘖……」我搖搖頭，滿不在乎地看向她，「姐姐，你最好乖順點爲好，妹妹聽說了，宮裡頭神智失常的妃子都會被送往斜芳殿隔離的。姐姐，你這狀況可是越發不好呀……」

淑妃一聽，頓時失卻力氣，斜臥在引枕上喘著粗氣，也不說話，只惡狠狠瞪視於我。

「姐姐，你當眞病得不輕呢。」我忽視她那惡毒如蛇的眼神，淡淡言道：「這可是姐姐你每日孝敬給寧壽宮那位的『九轉回魂湯』啊，怎麼自己會這般害怕服用？」

淑妃怔愣一下，甫驚覺自己方才驚慌失措的反應稍嫌過了，不由訥然避開我的目光。

「淑妃姐姐，你說……倘若寧壽宮那位得知了姐姐服用這碗九轉回魂湯竟是這等反應，你說……她會作何想呢？」

「千萬不能！」淑妃失聲驚呼，隨即看穿我只不過在試探她，忽而眼前一黑，渾身發軟朝枕褥間靠去，呢喃道：「你、你果眞知曉了……」

「知曉甚的啊？」我眨著明亮大眼，展露無辜之樣，「知曉淑妃姐姐的祕密，還是知曉九轉回魂湯的內情呀？」

「哼，你既已瞭然，又何必在我面前裝蒜？」淑妃深深透了口氣，到底提心吊膽的那塊心病沒了，便無須遮遮掩掩，人反而變得坦然。

「唉，淑妃姐姐又何嘗不是逼不得已，方出此下策的呢？做妹妹的能夠理解姐姐的心情。」我重重歎了口氣，無奈道：「姐姐，妹妹只想知道，自王皇后去了後，你我二人共同代理六宮，妹妹自認處處禮讓姐姐而未有專行獨斷之處，姐姐爲何……姐姐卻爲何起了異心？」

「呵呵，妹妹如此精明之人，怎會連這也想不通呢？」淑妃自嘲地笑笑。

「我想聽姐姐親口吐說分明。」

「承蒙妹妹不棄，姐姐便說上這麼一段吧。」淑妃陷入沉思之中，「你我二人共同代理六宮，妹妹處處以我爲先，事事徵詢我的意見，我心裡自是歡喜，畢竟妹妹履行著當初的承諾。」

「那姐姐尙有何不滿呢？」

「初時並無不滿，可時日一久，明眼人都瞧得出，眞正有能耐掌管後宮者唯妹妹一人，而或多或少亦有人在我面前提及此事，一次兩次倒也罷了，偏日積月累下我心中便就生了疙瘩。」

「所以便有了西寧將軍接風洗塵宴上的那名舞伶？」

「呵呵，那僅是個開端而已，彼時的我純粹擔心你聖寵日濃，恐將越過我晉爲貴妃罷了。眞正激起我野心的，卻是那日……」淑妃陷入深深回憶，述起往事。

「那日宴會中，睿兒抓著皇上龍袍不放，皇上不僅未發怒，反而和藹地當著眾人之面輕言細語啜哄著他。其他幾位皇子幾曾受過這等恩寵？平素問候幾句，甚至抱一下，我們做母妃的都覺著是天大的恩寵了。

「我千方百計挑了獻上那名舞伶，皇上卻在瞅你一眼之後便不加猶豫地賜予他人，我如鯁在喉。回到殿中，又瞧見暖閣中皇上親自執筆爲我所繪的『美人撲蝶圖』不知何時已蒙上了一層灰，我不住怒氣沖發，想要責罰奴才們。太后卻於此時意外造訪永和宮，我忙迎上去見禮。太后親自扶起我，睇見一旁顫巍巍的奴才們，笑盈盈地啓口：『哀家聽說你近日身子不爽，特來看望，想不到在門外就聽見你大發脾氣，究竟甚事惹你這般上火啊？』

「我被揭中了短處，不由訕訕地笑應：『有勞太后關心，其實也沒甚大事，只怪這兩個丫頭疏於打理，讓皇上御筆親繪給臣妾的美人撲蝶圖蒙塵也不知，臣妾才會……』

「『哦？哀家看看。』太后說著轉上前去，細細打量著那幅畫，半晌才笑道：『卷軸處的灰塵，未細心留意實不易看得出來。』話音一轉，竟別有深意地看了我一眼。我面色微紅，俯下頭去。太后又續說道：『其實淑妃在意著的並非這幅畫，而是人，對麼？』那雙黝黑眼眸直探進我心裡，我不由得打了個冷顫，彷彿被人看透似的，忙將頭垂得老低，不敢與太后對視。

「太后卻攜了我的手，挪行幾步同坐榻上，軟言道：『你也算是哀家眾多兒媳中入門較早的，為皇上誕下了心雅公主，多年來伺候皇上一向盡心，協助先皇后處理後宮諸事同樣用心竭力，哀家素來十分看重淑妃你，早把你當成了自己的女兒。』

「『多謝太后掛心，臣妾不若您說的那般好。』我與太后向來不親近，太后突然如此厚待，倒教我一時無措，淨忙著推搪。太后伸手幫忙整了整我的髮髻，柔聲關懷道：『最近，皇兒是否很少到你這兒走動了？』

「其實皇上近些年已鮮少翻我的牌子，打我抱養宏兒後倒過來得略勤，但多只是問問宏兒，或與我閒話幾句罷了。睿兒出生後，皇上就不常來了，而轉到皇后那兒去，而妹妹你懷胎之後，皇上就越發的少來永和宮了。故此我聽太后這麼一說，不禁神色黯然，垂眼欲泣，哽咽應道：『萬歲爺國事繁忙，自當抽不出空常來臣妾這裡吧。』

「太后取出絲帕，輕輕為我拭去眼角淚水，柔聲道：『好孩子，委屈你了。其實皇上在忙什麼，你和哀家都十分清楚。淑妃，你出身是低微了些，可如今你是這宮裡位分最高的妃子，用不著這等委曲求全而處處忍讓。你一心一意安於現狀，但並非每個人都和你同樣心思，難道到了眼下，你還不明白麼？』我心裡一咯噔，詫異太后竟與我吐說這些話，思量少頃才勉強笑應道：『皇上對臣妾和心雅、宏兒一向都很好！』太后又道：『可是，不像對德妃那麼好呀。你看上回德妃誕下潯陽，皇上便不顧心雅而封潯陽為長公主，這回有了睿兒，皇上便不如先前那樣心疼宏兒，現如今她又有了身子……』

「太后露出一臉瞭然神情，接著道：『其實也不能怪皇兒，德妃的確頗有手腕，人生得好又口甜舌滑，直把宮裡上下哄得服服帖帖，連哀家都買了她的帳。這一點你可是稍遜色些，虧你還與她情同姐妹呢！』

「我思及你平日裡種種做法，又聽太后這麼一說，順勢認定你處心積慮想越過我去，定然起了欲爭后位之心，故此語帶不屑地回言：『太后，臣妾糊塗，多虧您這般提點。與她情同姐妹麼？那已是過眼雲煙了。』

「太后連連頷首，長歎一聲後輕輕撫拍著我的手，『你明白最好，其實呀，有些東西變了就是變了，任你再強求也是無用。就拿這幅畫來說吧，你保存得再好，亦終有陳舊破損的一日，人都走遠了，留著這些東西又有甚用呢？』

「我呆望著牆上之畫，沉思不語。太后甫又道：『聖寵不是等來的，而得靠自己去爭取。權勢亦然，害你失去這一切的並非你自己，而是……皇上心中的人兒啊！』我恍然大悟，復抬起頭時，原本黯然無光的眼中迸出隱芒，連聲道：『臣妾多謝太后的關懷教誨，臣妾定會銘記於心！』於是……」

聽淑妃娓娓道來彼時情況，我渾然不曉其中竟有這款插曲，更斷無料到寧壽宮裡那位竟會使上這等手段……直至此時，我才真正信了楊公公所言「這後宮最精明、最厲害的即是她」這句話。

「於是，你串通了榮昭儀請人上表彈劾家父，對麼？」

「對，卻不料你真能狠下心大義滅親，堵住了太后的嘴。皇上執意只將莫尚書流放，而沒能依著太后所望斬首示眾，且越發地親近於你，太后尤更怒火中燒。

「新近的幾位妹妹水靈聰慧，偏底子遜了一籌。太后不再放心外人，只得將她甫年滿十五的姪女端木雨接進宮來，竭力提攜著，一路從貴人扶搖直上。我這才恍然大悟，原來我純不過是她的一顆棋子，於是、於是我不動聲色敷衍著她，另則拿這九轉回魂湯每日伺候她服用。待本宮坐上后位的那日，便是她的好日子了。

「哈哈……人算不如天算，到底該誇妹妹心細如髮，居然連此一條前太醫院院首華太醫都沒能識破的妙計，也讓妹妹揭知了其中奧祕！」

「姐姐怎地識得九轉回魂湯之方呢？又怎會篤定連華太醫都不識此方呢？」我急忙追問，好釋除迴旋腦中的疑惑之處。

淑妃怔愣一下，隨即笑道：「是呢，妹妹入宮之時那樁事早已成爲前塵舊史了。薛皇后去時，她的養胎御醫正是華太醫，而本宮時刻追隨著後來的王皇后，也就是當時的儀貴妃。妹妹你說，姐姐怎麼會不識得此物呢？」

「啊？」我一臉驚恐，顫聲道：「姐姐，你是指說……故去的薛皇后實是遭人……」

「妹妹何須大驚小怪，宮裡這檔事多不勝數，能坐到頂端大位之人哪一個不是雙手沾滿血腥哩？我就不消說了，跟著王皇后下手幾回，我自己都記不牢了。妹妹你又如何呢？爲了攀高枝、求自保，可不是連生身父親都不顧了麼？」淑妃閒閒看向我，一副嫌我少見多怪的模樣。

我欲張口辯解，可始終沒能吐出一言半句來爲自己脫罪，彷似如今說什麼都已無用。

淑妃早已心灰意冷，自嘲地笑笑，「如今姐姐是敗了，徹頭徹尾落敗！我動手那時也便做好了承受失敗的準備，只是，我總遺憾不能得見最終的結果，我一直很想知道，這宮裡精明女子那麼多，究竟誰才是眞正勝者。事到如今，恐怕是再沒機會了，妹妹，姐姐尙餘多少時日呢？」

我一愣，疑惑道：「多少時日？姐姐，你在說甚呢？」

「瞧，妹妹總喜歡故作善良，姐姐就直問了吧！方才妹妹命人給姐姐灌下的那碗藥，何時將會毒發？」

「姐姐，你在胡扯甚的呀！」我微頓一下，隨即笑開了去，「姐姐，方才那碗不過是普通的補藥，姐姐若每日喝，身子便會日漸康復了。」

「什麼？」淑妃露出難以置信之狀，「妹妹你……難道不是……」

我目光真誠地看著她，頷首而應，「姐姐，六宮事務繁忙，靠妹妹隻身是難以獨撐的，只要姐姐往後和妹妹一條心，殫智竭力共同管理諸事，你永遠都是我的好姐姐！」

「你、你說的……可都是眞心話？」淑妃一聽，頓時紅了眼眶，愣愣地重複著我的話。

我起身趨前，側坐淑妃床榻之上握住她的手，目光轉柔，望著她道：「妹妹句句皆是肺腑之言！」

「只要妹妹不嫌，我定當盡心竭力！」淑妃萬料不到我不僅未加爲難，還像往常般敬重於她，自是感激萬分。

「姐姐亦定累壞了，就在殿中好生歇息吧。」我扶了她躺下，又道：「太后那邊，姐姐尙得要先敷衍著才是，至於皇上這邊，姐姐只管安心靜養，妹妹自有主張。」

淑妃剛止住的淚水又淌落而下，哽咽道：「但憑妹妹作主！」

我起身把海月喚進來，吩咐道：「海月，還不快伺候你家主子沐浴更衣，用膳服藥！」

「是，娘娘，奴婢省得！」海月見淑妃人好好的，又瞧我平和如常吩咐著，一臉感激地朝我磕頭道：「奴婢這就去辦。」

我扶著小安子緩步走至門口，霍地想起一件事，登時停下腳步。

我未轉頭，只淡然問道：「姐姐，太后的九轉回魂湯不知是否每天還定時奉上？」

「這個……太后她老人家早已習慣服用姐姐的湯藥，如今斷然不能因著皇上誤會了我，便行那不孝之事，妹妹儘管放心。」

聽到淑妃出言保證，我甫朝前行去，小安子忙打起了簾子。

我一隻腳剛跨過門檻，背後又傳來淑妃疲憊的聲音：「妹妹，保重，千萬保重啊！」

才進月華宮門，小碌子便迎上前稟道：「主子，蓮貴人來了有好一會了，奴才猜想主子差不多就快回來，便請她候在偏殿裡。」

我頷首而應，吩咐道：「這就去請她過來吧。」

入了暖閣，我吩咐彩衣給我換了身素淨寬鬆的衫裙，旋斜臥在貴妃椅上假寐。

珠簾響動，木蓮踩著蓮花小碎步走了進來，正要朝我躬下身。彩衣上前一把拉住，扶她往旁邊襯有軟墊的楠木椅落坐，口中直笑道：「我家主子說了，蓮主子受了寒氣，身子骨尚虛弱得很，況且此時又無外人在，就不必行此大禮了。」

木蓮含笑看著我，微微起身，口中連連道：「謝娘娘恩典，謝娘娘關心！」

我坐起身，取了軟枕墊靠，展顏朝她示意道：「妹妹如此見外，未免顯得生分了。」

木蓮立時害羞起來，微低著頭，小心翼翼挪了挪身子，端坐在楠木椅上。我見她處處謹慎之狀，不由得輕歎一口氣。木蓮出身低微，時時覺著自己低人一等，在後宮嬪妃面前總那般拘謹，連一些地位在她之下的嬪妃也不把她放在眼裡。

我起身上前拉她一同走近暖爐旁，圍著銅爐坐了，又拉著她的手，微笑道：「妹妹，今兒身子好些了吧？」

「娘娘，嬪妾早就沒事了。落水短短工夫不說，又不似淑妃娘娘那般不會泅水，服了幾帖太醫開的藥，便就好了。」木蓮寬慰著我，忙向我一再保證。

「沒事就好，沒事就好！」我像安慰自己般的呢喃，爾後輕拍她的手，一臉感激道：「蓮妹妹，多謝你！」

「娘娘，您這是哪兒的話？」木蓮疑惑地看著我。

「妹妹，你怎那樣傻，昨兒個明明說好了落水之人是我，妹妹當時怎麼就……」

「娘娘，您身子這等重了，眼看著不日就要臨盆，倘若有個三長兩短，嬪妾……」木蓮回想著當時情景，篤定地連連點頭道：「娘娘，嬪妾此舉沒有錯！」

「可是……」我見她神情堅毅，又想起楊太醫的交代，不由得紅了眼眶，顫聲道：「可是秋日池水冰冷幽寒，妹妹的身子……」

「娘娘毋須擔心嬪妾的身子骨了！」木蓮笑道：「嬪妾生來就是奴才命，身子骨強壯著呢，這不是人好好的麼？娘娘只管寬懷，好生養胎，嬪妾的身子骨交給太醫們去操勞便是了。」

「妹妹……你就別騙姐姐了！」我拉住了強顏歡笑寬慰我的木蓮，眼中淚水再也抑忍不住，如斷線珍珠般滾落而下，哽咽道：「我命人問過楊太醫了！」

木蓮牽強的笑容頓時僵在臉上，我痛心道：「妹妹，都是姐姐害了你！你放心，姐姐已經想好了，若此次順利產下皇子，姐姐便去找皇上……」

「不可，姐姐！」木蓮截斷了我的話，將我拉住。她強裝的笑顏早已隱去，眼淚淌下，哽咽道：

「姐姐不必自責，這都是命！嬪妾身分低微，即便養育皇子也只怕是害了他一生，如此甚好，如此甚好。況且嬪妾還有海雅，已然心滿意足！」

「不！妹妹。」我拉了她的手，著急道：「這不行，在這母憑子貴的地方，你定要養育皇子才可，定當如此！」

「娘娘。」木蓮輕輕替我揩去臉上的淚珠，柔聲道：「娘娘，人各有命，倘無娘娘出手拉上一把，嬪妾這會子還在浣衣局裡拚命地刷洗衣服，嬪妾的全家也還吃不飽、穿不暖呢；倘無娘娘，嬪妾這會子還在斜芳殿裡看人臉色，海雅連口奶都吃不上。沒有娘娘，便沒有嬪妾的一切，嬪妾的娘常教導嬪妾，滴水之恩當湧泉相報，娘娘對嬪妾的恩情，嬪妾幾世也報答不完了！」

剛止住的淚水又洶湧而出，我不過爲了自己才利用這樣個純善女子，她卻一心惦記著我對她的好，毫無怨言地傾力爲我付出，不求半分回報。

「木蓮……」

「娘娘，嬪妾眞的不後悔。即便再給嬪妾一次選擇的機會，嬪妾也定會毫不猶豫地跳下去！」木蓮溫順眼神中透出一絲不可忽視的堅定，「況且姐姐的榮耀便是妹妹的保障，有姐姐的錦衣玉食、尊貴萬千，定少不了妹妹的衣食無憂！」

「妹妹！多謝你，眞的多謝你！」我撲進木蓮懷中嚶嚶痛哭起來，頭一回覺著自己錯了，錯得徹底。但願老天能聽到我的悔過之聲，讓我在往後的日子裡好好補償木蓮。

「哎呀！兩位愛妃，你們這是怎麼啦？」

珠簾響動，隨即傳來皇上關切之聲，我二人忙分了開來。

皇上左瞅淚汪汪的我，右睇掛著淚痕的木蓮，爾後上前扶了我，柔聲朝我二人道：「你們這是怎麼啦？何事惹得兩位愛妃如此傷心？」

他目光細細打量而下，我微感緊張地扶了扶肚腹。皇上眉頭不由擰了幾個結，朝木蓮柔聲責怪道：「蓮兒，德妃今時身子不比尋常，她若不開心了，你陪著她便須多多勸慰，怎麼連你也湊在一塊哭了？兩個人都哭得像淚人兒似的。再說了，你昨日寒氣侵體，亦該好生調養才是啊！趕明兒也有了身子，可怎生養育？現下就好好學著點兒。」

「是，皇上，臣妾知錯了！」木蓮低垂著頭，看不清她面上神色，只見洶湧而出的淚水滴了一手背。皇上就在跟前，她嚇得忙伸手去擦，卻是徒勞無功，眼淚像斷線珍珠般落個不停！

木蓮的心情我知，原本不那麼傷心的我聞皇上之言，亦忍禁不住，淚水盈滿眼眶滾落而下！

皇上越發困惑，伸手替我拭去臉上淚珠，「言言，究竟怎麼啦？你告訴朕！」

我堵在心裡的哀痛驟如決堤奔湧，撲進皇上懷中放聲痛哭，好半天才哽咽道：「皇上、皇上，楊太醫說蓮妹妹她……她往後再也不能生養了！」

「啊！」皇上震驚不已，呆了半晌才道：「怎麼、怎麼楊太醫未稟報朕？」隨即臉色陰沉，語音中透出些許威嚴，「這個楊……」

「皇上！」木蓮見皇上微露怒顏，忙起身跪在跟前哽咽道：「皇上息怒！昨兒晚上楊太醫診完脈便告訴臣妾了，楊太醫說臣妾身子並無大礙，只是產海雅時虛了身子骨，如今寒毒入體，只怕……只怕是這輩子再不能夠替皇上生養了！」提到傷心處，木蓮難以說下去，嚶嚶抽泣著。

皇上忙拉了木蓮起身，坐在一側柔聲道：「別怕，朕立刻傳宮裡最好的御醫來診視，讓他們仔細想法子……」

「不，皇上！」木蓮傷心欲絕，卻倔強地堅持道：「俗諺說『命裡有時終須有，命裡無時莫強求』，既然是命，又何須強求，只順其自然便成了。臣妾之身不打緊，只要德妃姐姐無事，臣妾就放心了。皇上切莫怪罪楊太醫，是臣妾憂您和姐姐擔心，才求他幫襯隱瞞的，不料……姐姐和皇上終究還是得悉了！」

「妹妹，你總如許善良，處處替旁人著想……」我瞟了皇上一眼，又低頭悄聲抽泣著，「昨兒個若非妹妹，只怕這會子躺在床榻之上的便是姐姐了……也不知、也不知這龍胎和姐姐仍否安在……」

「不，不……姐姐，無此萬一，你就別多想了……」

皇上摟我入懷，語帶心疼地道：「言言，休得想著這等可能，你別嚇唬朕，朕一想就驚駭！淑妃那個毒婦，朕絕不輕饒她！」

「只是苦了蓮妹妹她……」我窩在皇上懷中低聲呢喃。

「小玄子！」皇上細細替我揩去腮邊的淚水，高聲朝門外呼道。

「奴才在！」候立於外間門口的小玄子忙掀簾子疾步奔進，躬身道：「萬歲爺有何吩咐？」

「去內務府傳朕旨意：蓮貴人溫柔賢淑，品行出眾，加之護衛龍胎有功，特晉封爲嬪！」皇上略顯沙啞的嗓子帶著些許磁性，沉聲吩咐道。

「是，皇上，奴才遵旨！」小玄子得了旨意，躬身退出。

我朝愣在一旁的木蓮道：「妹妹，還不快謝恩！」

木蓮這才恍然大悟，忙起身退了幾步，朝皇上正跪磕頭道：「臣妾謝皇上恩典，皇上萬歲萬歲萬萬歲！」

皇上笑盈盈朝我道：「這會子，你不哭了吧？」

我含羞俯下頭，舉手輕捶他一下。

他不以爲意地轉頭朝木蓮道：「蓮嬪，快起來吧。」

木蓮又磕頭謝過恩，甫上前來圍著銅爐坐在皇上另一側。

皇上拉了木蓮的手，柔聲道：「萬事無所謂『絕對』，朕明兒個即命太醫院派人過來仔細替蓮兒你診治！無論怎樣，先養好身子。」

「是啊，妹妹，你就聽皇上和姐姐的吧。」我在一旁幫腔道：「你不爲自己，好歹得爲年幼的海雅著想才是啊！」

木蓮一聽微微愣住，隨即輕咬櫻唇，用力地點了點頭。

我舒了口氣，知自己正說到了她心坎上。

皇上見我二人心情平復許多，這才龍心大悅，傳人進來伺候梳洗。待理過妝容後，萬歲爺陪我二人入了園子遊賞秋色。

四十　鳳臨天下

沸沸揚揚的后位之爭，因著淑妃被幽禁，一時之間竟成爲宮中忌諱，誰也不敢再議論。既然無人提及，我自不會主動提起，只每日處理完宮裡瑣事，定期向太后請安且盡心服侍皇上，好生養胎。

落水之事使木蓮越發得寵，她臉上光芒更盛，也漸漸有了主子的架子，不似往常般矮人半截的畏縮樣。此般光景教宮裡其他嬪妃心裡堵著，卻不敢多言，只不時往我這裡吐說些是非，而我一笑置之，也不搭腔。

這日午後剛午憩起身，榮昭儀便與幾位妹妹一併前來我殿中，我笑著招呼她們坐在暖閣中喝著今年新進的秋茶。

榮昭儀笑道：「到底還是姐姐這裡舒暢些，人氣興旺就是不一般！」

我呵呵笑著，也不接話。

宜婕妤目光一轉，笑道：「德妃娘娘，你這身子轉眼也足八個月了吧？」

說到腹中的胎兒，我眼中不由添了幾分柔情，含笑道：「是呢，一轉眼都有八個月了。」

「到底是姐姐福分好，這都已經是第三胎了。像嬪妾這般，所幸產下皇兒才得了依靠，那些沒有生養的妹妹們……」榮昭儀一副惋惜垂憐之狀，「哎……」

在場的惠才人、玉才人、雪貴人等幾人立時紅了眼眶，連宜婕妤也透出些許無奈且傷懷起來。我猛覺察今兒氣氛不比尋常，細細打量過幾人後心下微微明瞭，這幾人怕是受榮昭儀慫恿而至，抑或是也想依著榮昭儀到我這處來訴不平。

「好好的，妹妹們這是怎麼了？」我氣定神閒地問說：「妹妹們都還年輕，生養之事犯不著這樣焦急，往後啊，有的是機會。」

「德妃娘娘，話雖如此……」雪貴人到底是最沉不住氣的，我才這麼一說，她便率先跳將出來，

「可是皇上許久都不翻嬪妾們的牌子了，這哪裡還會有甚龍胎啊？」

我聞言立時沉下臉色，緩聲道：「聽雪貴人的意思，倒覺著這乃皇上的不是？」

「不，不！」雪貴人一見我沉了臉色，忙收起性子恭敬回道：「娘娘明鑒，嬪妾並無這等意思。」

我也不想將氣氛鬧僵，見她軟下態度，便溫言說教：「雪貴人切莫著急，都住在這宮裡，還怕捉不著機會啊。再又說了，這皇上喜歡誰或偏寵著誰，亦非本宮能夠左右，本宮能做的頂多是稍加勸導皇上罷了。」

「娘娘說的，嬪妾們都明白，只是……」原本有身孕的惠才人在懷胎兩月餘時莫名地小產了，皇上便再沒翻過她的牌子。

我瞧她臉色蒼白，羸弱身子越發的瘦骨嶙峋。她本爲丫鬟出身，這會子失了龍胎又沒了恩寵，只怕日子也不甚好過吧。

我和顏睇向惠才人，柔聲問道：「惠妹妹，只是什麼？」

惠才人回視於我，臉色微赤低下頭去，半晌才像下定決心似的，抬首朝我說道：「只是嬪妾們聽說……聽說蓮嬪已是不能生養，可皇上這般寵溺著她，豈不是不利於皇家開枝散葉、子嗣昌盛麼？」

「娘娘，惠妹妹說得一點不錯。」雪貴人見有人先開了口，忙接著道：「妹妹們是爲了皇室著想，爲了後宮眾位姐妹能和睦相處，這才斗膽向德妃娘娘稟了此事，請娘娘勸勸皇上。嬪妾們祈望皇室昌盛，請娘娘成全！」

我瞅著眼前大義凜然模樣的雪貴人，冷哼一聲，厲聲喝道：「住口！雪貴人，你現下自以爲理直氣壯，可本宮所見到的卻是張妒婦之顏！你平心而論，今日這番話究有幾分出於眞心，又有幾分出於嫉妒？」

惠才人見我動怒，霎時白了臉，嚇得渾身發軟而從椅上滑落。她雙膝一屈，跪在地上顫聲道：「德妃娘娘息怒，都怪婢妾不是，請娘娘責罰！」

雪貴人性子耿直又素來膽大，自那日於御花園公然與皇上當眾狎褻之後，皇上再沒翻過她的牌子。這會子她終是忍禁不住，跪在地上挺直身子道：「德妃娘娘，嬪妾們所言句句屬實。蓮嬪霸著皇上的專寵不放，又不能生養，使後宮不得雨露均霑而致怨氣叢生，既不利於皇家開枝散葉，也不利於眾姐妹和睦相處，請娘娘明鑒！」

「蓮嬪不能生養？這是打哪兒傳出的謠言？雪貴人，你倒是說說！把她給本宮揪出來，皇上早有旨意嚴禁宮中妄傳謠言，本宮定當按宮規嚴懲不貸！」我恨恨地瞪著雪貴人，「專寵麼？你如今口口聲聲指責蓮嬪獨寵專房，你初進宮那會子皇上日日翻你的牌子之時，你怎無此想法？這節骨眼竟又言辭鑿鑿指責起別人啦？」

雪貴人待要再說，榮昭儀在一旁喝道：「還不快住了！雪妹妹，我看你是醋妒到暈了頭，敢這般同德妃娘娘說話！」

榮昭儀起身朝我微微福了一福，「德妃娘娘，都怪嬪妾不好，好端端的提起這些事來，倒惹妹妹們傷心。姐姐，嬪妾先攆了雪貴人回去殿中好生反省，就不多打擾姐姐養胎了。」

我點了點頭，朝雪貴人厲聲道：「雪貴人，你回去好生反省反省，沒有本宮的旨意，不得在宮中隨處走動！」

鬧騰了這會子，我也乏了，只命彩衣恭送眾人。

眾人忙起身謝恩，扶了臉色慘白、目光呆滯的雪貴人離去。

我長長歎了口氣，靠在椅上閉眼養神，猛地想起今兒午後約了木蓮教我繡稚兒肚兜，這當口也該來了，卻怎麼還不見人影？

我忙高聲呼了小安子進來，問道：「小安子，蓮嬪說今兒午後便來，怎地都這時辰了還不見人影？你派人過去看看。」

「啊？」小安子詫然回道：「回主子，蓮嬪主子早就來了。那會子奴才正在前方忙著，蓮嬪主子笑說不著客氣，她自己過來便成，奴才正給小太監們籌備過冬的衣襖，遂依言而行。怎麼，蓮主子這會子還沒到麼？」

「沒瞧見人影啊，我方才還和榮昭儀幾人在屋裡閒聊呢，閒下來才憶起這事。」我口中說著，心裡卻咯噔了一下，不會趕巧蓮嬪在門外聽見榮昭儀幾人閒話她吧？

「主子，奴才這就帶人四處找去！」小安子神色慌亂起來，忙出去安排人尋找。

「不用麻煩了，娘娘，嬪妾在這兒！」木蓮低垂著頭，緩步從殿門旁的簾內移出。

我舒了口氣，上前拉了她，嗔道：「妹妹怎麼在這兒，可教姐姐好找！」

木蓮掙開我的手，「咚」的跪落我跟前，哽咽道：「多謝姐姐！」

我一驚，忙示意小安子扶她起身，口中笑道：「妹妹怎又講出這話，不是都說再不見外了麼？」

木蓮神色一斂，又跪了下去，急急解釋道：「娘娘，嬪妾非存心偷聽娘娘與幾位姐妹閒話家常的。嬪妾走近門邊，只聞見娘娘與幾位姐妹爲了嬪妾爭吵著，嬪妾怕入得屋內會讓娘娘爲難，才在門口躊躇不前，正猶豫間又聽得昭儀娘娘說要回去，慌亂中躲進了簾後，望娘娘……望娘娘莫怪罪嬪妾。」

我上前牽起她的手，一路朝暖爐而去，口中笑道：「妹妹竟是爲了這事，她們呀，不過在爭風吃醋，妹妹你千萬別往心裡去，姐姐已經責罰過她們了。」

「可是……幾位妹妹……」木蓮看來是聞見惠才人和雪貴人之言，心裡頭梗著。

「哎，這話你也聽得？皇上喜歡你可是天賜恩典，宮裡佳麗三千，君王的恩寵向來是以日計算的，妹妹你如今聖寵正濃，可得十分上心才是！」我輕撫著她的手。

「但是，幾位妹妹說得也沒錯，嬪妾確實不能生養……」

「瞧你，還聽進去了。且不說南御醫囑說過好生調養尚有希望，只說說皇上喜歡你，也沒看在妹妹定要生養的分上不是？再又說了，你乃是海雅公主的母妃啊！」我悉心勸道：「妹妹啊，做姐姐的不妨跟你說句知心的話……無論別人怎麼嚼舌根，這聖寵你也不能往外推，還得打起萬分心思小心伺候！你得爲海雅著想啊，你難道忘了在斜芳殿中海雅連奶都喝不上的日子麼？」

木蓮倏地一驚，隨即恍然大悟，頷首作應。

我二人又閒敘了幾句，小曲子突然過來傳話，稟說皇上人正在御書房，特旨傳我過去。我心裡縱存疑惑，卻也不敢有所耽擱，忙喚人進來伺候著整妝一番，向木蓮歉然笑笑，旋出門上了軟轎，一路朝御書房而去。

我跟著小曲子行近御書房，小玄子早已候在門口。

隨小玄子進屋行過禮，見皇上正埋首案前專心致志書寫，我不敢打擾，只靜立一旁候著。

不料皇上卻突然擱下筆，抬頭對我說：「言言，你來。」

我以爲皇上有甚吩咐，忙走到他身旁。未料皇上卻突然拿起那御案上攤開的摺子，遞到我跟前，「言言，你瞅瞅。」

我不由詫然，原就百思不解皇上怎地突然召見，今又叫我看甚摺子，不知所爲何事？

我立時「咚」的一聲跪下，「臣妾不敢！祖宗家法訓示，凡內廷后妃不得干政。」

皇上忍不住一笑，趕緊將我扶起，「你呀，這麼重的身子別動不動就跪來跪去。言言要相信朕啊，朕哪兒不知祖宗家法，再說朕是那種需依賴後宮指點政務的皇帝麼？」

我聞他這麼一說，尤感萬分惶恐，連連搖頭道：「不，不是。皇上恕罪，臣妾並無此意……」

皇上見我手足無措之狀，忙拉了我安撫道：「傻瓜！朕當然明曉言言不是這意思。朕讓你看，自然有朕的道理在。」

他強行把摺子塞到我手中，我雖摸不清今兒皇上怎麼了，這麼做究竟是何意，但也不能違逆，只得硬著頭皮打開摺子，胡亂地掃了幾眼。只見摺子上書著：

「奉天承運……今中宮懸虛，六宮無主，有礙國體……德妃莫氏，度嫻禮法，德容兼備……協助先后代理六宮……有母儀天下之風範……今冊立爲后，實乃眾望所歸，著內務府擇吉日良辰行冊封之禮，欽此！」

這，這怎麼可能！我又驚又喜，心中百味紛雜，捧著奏摺的手不住顫抖，「皇、皇上，這、這……」

皇上握著我的手，憐惜地看著我慌亂之狀，柔聲道：「言言，這些年……委屈你了，從今往後朕會補償你的。」

「皇上……皇上……」我連連搖頭，眼淚如斷線珍珠般滾落而下，順勢依偎在皇上懷中，激動地哽咽道：「皇上，臣妾從不曾感到委屈，臣妾知道很多事是沒有辦法的，皇上有皇上的難處。臣妾不怨皇上，更不怨太后，只歎臣妾的父親走錯了路。」

皇上扶握我的肩，輕輕替我拭淚，深深凝看著我，「朕明日就昭告天下，責成禮部負責冊后事宜。言言，朕就將這後宮全權交與你了。」

我噙著淚，滿掛淚痕的臉頰上綻開了一抹欲語還休卻舒心滿足的動人笑靨，款款跪下，俯身磕頭道：「是，臣妾遵旨！」

寬鬆衣袖下的十指緊緊收攏，我於心中默默祝禱：「娘，您我心有靈犀，您可曾感應到了？女兒終於成功了！您等著吧，女兒會將父親接回來的，一定會！」

皇上趨前將我扶了起來，對著我微微一笑，正待開口，門口卻傳來小玄子慌慌張張的聲音嚷道：「皇上，不好了，不好了！」

皇上眉頭一蹙，臉色立時陰沉下來，沉聲喝道：「作死的奴才，慌慌張張成何體統？究竟所為何事？」

「回皇上，方才寧壽宮傳來消息，太后病危！」小玄子嚇得目不斜視，只低頭恭敬回道。

我一顆心驟地沉落下去！但我面上卻不動聲色，只慌忙拉了皇上，急道：「皇上，快去看看吧！」

皇上愣看著我，為難道：「言言，這……」

我急急拉了他往殿外而去，口中直道：「皇上，這都什麼時候了，先去探看太后要緊。衛公公，還不快把龍輦喚來！」

小玄子忙答應著出去了，皇上未再說話，只陰沉著臉偕我朝殿外走去。

趕抵寧壽宮時，御醫們已爲太后請完脈。

皇上一入暖閣，便匆匆問道：「南宮陽，母后的身子如何？」

南宮陽微微搖了搖頭，沉痛地說：「回萬歲爺，太后這幾年的身子是一天不如一天了，今兒午後玉體狀況急轉直下，如今一直昏迷不醒，微臣只怕……臣等自當盡心竭力！」

我感到皇上拉著我的手猛然添勁，神情微顯激動，便知他也清楚太后的情況。

皇上威嚴聲音中夾著些許顫抖，「那還愣著做甚？還不快去開方子！」

太醫們戰兢兢地迎受他的怒氣，行過禮後全退了出去。皇上親自守在太后跟前，熬夜伺候了幾次湯藥，終於翌日清晨，太后從昏迷中甦醒過來。

皇上欣喜若狂，顧不得失態，趨前跪在矮凳上拉著太后的手痛哭哽咽，「母后，您醒來了？您沒事，眞是太好了。」

太后反握住他的手，沉聲道：「皇兒，你這是做甚？快起來，母后沒事。母后啊，還硬朗著呢！」

太后說著，用冰冷深邃的目光瞟了一眼默立在旁的我。

我止不住渾身打了個激靈，忙上前扶起皇上，柔聲勸道：「皇上，您一宿未闔眼，如今太后已然醒轉，您先回去歇著吧，這裡有臣妾伺候著就成了。」

「可是，母后……」皇上年紀漸長，這幾年身子骨大不如前，熬了一宿也相當疲憊，見太后雖已醒轉偏身子還很虛弱，不由得猶豫起來。

「皇兒，德丫頭說得沒錯，你得要保重龍體。母后沒事了，德丫頭如今身子重，這麼熬著對養胎可不好，你和德丫頭都回去歇著吧。哀家這兒，有太醫和奴才們伺候著便行。」

「太后，雨妹妹方才過來了，臣妾去請她進來陪著您吧。」我在一旁戒慎說道。

太后頷首同意，我這才行了禮緩步走出暖閣，吩咐幾位嬤嬤準備清粥，命她們好生伺候著，又敦請端木雨好生陪伴太后。

端木雨進屋朝太后請過安，從雲秀嬤嬤手中接過清粥，用銀匙一小匙一小匙餵著太后。皇上甫才放下心，領著我朝太后行禮告辭，扶我徐徐走了出來。

我們一路無語，我知他心情定然沉重無比，只默默送他回去養心殿，自己則返歸月華宮。

此次大病，太后身子一下子變得虛弱無比，時好時壞，皇上不能日夜守在跟前，遂接受了我的建言，命各宮嬪妃以及朝中近臣貴婦輪流到寧壽宮看顧太后。

我原本亦該輪值的，但因著我日間須處理後宮諸事且產期將近，皇上便免了我的輪值，只讓我時常過去探望太后。

一晃眼已是隆冬，太后病況一拖近個把月，卻無好轉跡象。新年將至，宮中不見半分喜慶氛圍，我心底卻擱著另一件更堪掛心之事，那就是我的產期及近。

南宮陽照例抽空過來替我診脈，診完脈聊了幾句，因著太后的身子要緊，我便不好多留，示意彩衣送他出去。他二人行近門口時，恰見小安子引著雲英嬤嬤走了進來。

太后跟前的三位嬤嬤，就數雲英嬤嬤跟太后最為親近，實屬太后的心腹。雲英嬤嬤平日待人和善，所以宮裡諸人對這位嬤嬤極爲敬重。

太后同樣極爲看重雲英嬤嬤，一般之事皆由雲琴、雲秀兩位嬤嬤出面打理，雲英嬤嬤甚少離開太后身邊。

南宮陽見到雲英嬤嬤走入，眼中閃過一絲詫異，微微向雲英嬤嬤頷首致意後，旋跟著彩衣步出。雲英嬤嬤趨前幾步，對著斜臥椅上大腹便便的我福了福身子，恭聲道：「奴才給德妃娘娘請安。」她雖自認奴才，但太后跟前的幾位嬤嬤是從無人敢真把她們當奴才看的。我素來敬重幾位嬤嬤，儘管平日裡同雲英嬤嬤接觸極少，她溫柔又慈愛的笑容卻常常讓我覺著溫暖。

「嬤嬤快請起吧。」我忙恭敬起身道。待她站起身，我才覺奇道：「嬤嬤今日裡來有甚事麼？」

太后跟前的三位嬤嬤之中，雲英嬤嬤與太后向是焦不離孟、孟不離焦，現下太后正病著，她會離開太后身邊實乃怪異，況且還是來我殿裡，想來……

我心中一驚，不及細想，雲英嬤嬤已開口證實了我的猜測。

雲英嬤嬤瞧看一臉疲憊的我，又望了望我即將臨盆的肚子，打量著我的眼神之中竟存著一絲猶豫和不忍，低低說道：「娘娘，太后有請。」

我見她這般神情，隱隱湧出一股不祥預感，卻又拿不出理由推託不去，只得朝她點了點頭。

「主子，讓奴才陪您一塊去吧。」彩衣不知何時已進來和小安子並立於一旁，聽聞太后傳我過去，她立即站出來說話，看著我的神情異常嚴肅，語氣之堅決是我從不曾見過的。

我略略整妝，在彩衣攙扶下和雲英嬤嬤一起出了宮門，早有軟轎候在門口。我們一前一後分別登上軟轎，轎夫們抬起轎子踩著雪，一路朝寧壽宮行去。

我端坐軟轎中，聽著轎夫們咯吱咯吱的腳步聲，聲聲直入心門，越想越覺不安。我產期將至，太后不可能找我服侍，再說我隔上一兩日總會過去探望她，她沒理由派人傳喚，何況來人還是雲英嬤嬤，今兒這情形怎麼看怎麼不對勁。

一進寧壽宮，我越發覺著今日情狀堪憂，正殿裡原本進進出出的宮女和太監此時竟都不知跑到哪裡去了，整座宮殿透著詭異的寧靜。

雲英嬤嬤直接領我到得東暖閣，為我打了簾子，「德主子，請進吧！」

我停在門口，回頭瞅看已然偏西的太陽，深吸一口氣後緩步走了進去。今兒個太后的暖閣中不若往常幽暗，外頭沒有降雪，暖洋洋日頭照耀著大地，想來太后同是見著天氣喜人而未拉上簾子，還破例開窗透氣。暮光自窗外斜照進來，暖溶溶的氣氛稍稍緩解了我緊張的情緒。

「臣妾給太后請安。」我因著身子過重不便下蹲，只象徵性地朝臥在榻上的太后頷首示敬。

「奴婢給太后請安。」在我背後的彩衣端正跪落在地，恭敬問安道。

「雲英，我不是讓你只請德妃一人過來麼？怎地她宮裡的小丫頭也跟著一塊來了？」

太后微微坐起身倚靠在軟枕上，炯炯有神的雙眼越過我，看向我背後的雲英嬤嬤和彩衣，那深沉銳利的眼神教我感到一陣戰慄。

「太后，老奴……」雲英嬤嬤低著頭，躊躇了一下。

「哎，算了。」太后搖搖頭歎息一聲，隨即又說道：「你帶她下去吧，讓她去偏殿候著！你親自替我守在門口，切記勿放任何人入內！」頓了頓，又補充道：「即便是萬歲爺來了也一樣！」

我聞言周身一顫，陣陣寒意自心底湧起，若說來時我覺著氣氛不同尋常，那現下更可篤定地說，她今日喚我前來絕非純是閒話家常，否則不需把彩衣支走，令雲英嬤嬤替她把守門口，還特意強調皇上來了也不准放進！

「太后，奴婢的主子就快臨盆了，行動不便，請您老人家恩允奴婢在旁伺候著吧！」彩衣同感受到空氣中飄蕩的凝重氣息，「咚」的一聲跪落，向太后磕頭請求道。

我心知太后今日實抱定了主意要單獨與我過招，無論彩衣怎麼求都是沒用的，彩衣再如此執意下去反會引使她先處置彩衣。

我勉力讓自己臉上保持微笑，轉過身對彩衣道：「彩衣，你不消那等緊張，太后不過有幾句私話要與我這兒媳吐說。再說了，你不見還有雲英嬤嬤守在門口，太醫們也在旁的屋裡候著，你不用擔心，快跟著雲英嬤嬤下去吧！」

「可是，主子……」彩衣聞我之言，疑惑地抬眼。見我神情淡定，她不再如方才那麼激動堅持，卻仍心存猶豫愣看著我。

「去吧，我半會兒工夫便就出來。」我再三保證，彩衣這才不情願地隨著雲英嬤嬤退下。

「德丫頭，你靠攏些，坐到這邊繡墩上，哀家年紀大了，眼目有點不好使啦。」

太后動動身子換了個舒服的坐姿，示意我過去。

我只得應了聲「是」，緩步走近她跟前的繡墩落坐。自她病重那日，我已許久不曾離她這麼近了。

年近七十的她額頭寬闊飽滿，天生福相，眼目周圍已布了許多歲月痕跡，但眼中的銳利絲毫不減。鼻梁筆直高挺，嘴唇小巧淡薄，鵝蛋臉因著年歲老大發福而圓潤不少，依然展顯出眾的優雅高貴，一看便知年少時也是個不可多得的美人胚子。

雖說在病中，那花白髮絲仍舊梳得平順，不損一貫典雅，頭上不見過多裝飾，只在髮髻上簪了幾朵小珠花。身上穿著她向來偏好的藍色絲絨起居服，此乃入冬時皇上特意命繡房所縫製，藍色絲絨底上用明黃絲線繡著大大福紋，祈許福泰安康、長命百歲。

皇上對太后始終上心，無論何時都以太后爲尊，有些事即便皇上心裡不贊成太后之言，甚至微有惱怒，在太后面前卻是從不曾表露於外，一直都是那麼虔孝。

「德丫頭，你在想什麼呢？」

太后低沉有力的聲音在我耳際響起，我甫意識到自己竟大膽盯著她的面容跑了神。我不由在心中暗自責備，都什麼節骨眼了，還不保持警覺，居然那麼失禮地盯著她神遊太虛。

我迅速收回心緒，略振精神，直直回視著她恭敬應道：「沒想什麼，太后害病後臣妾疏於探訪，尤其近些日子都沒來看望，只陸續從別人口中獲知太后病情，心頭十分牽掛著。今日親眼見得太后才總算放下心，知臣妾是多慮了，傳言總不可信。依臣妾看，太后身子雖還有些虛但精神飽壯，想來只需好生調養，不日定能完全康復。」

我倒是沒說假話，太后精神確是出乎我意料的好，眼神依然那麼深沉銳利，氣色也不差，兩頰上還泛著淡淡紅暈。

「呵呵，就望承德丫頭吉言。」她顯然以爲我是在奉承於她，不甚在意，頓了一頓又問：「對了，德丫頭，你的產期是在何時啊？」

她突然間話鋒乍轉說到了我頭上，我心下一凜，心知今兒個是想避而不可避了。

「回太后，南御醫方才剛給臣妾診過脈，說是快則三四天，慢則八九天。」我把心一橫，毫不示弱，她問什麼我就答什麼。

「若是三四天的話，就是趕上兔年的年尾了，若是過了七日，那可就是龍年了……」她別有深意地睇我一眼，緩緩言說，話尾在那「龍」字一頓，引我心裡咯噔一驚。

龍乃帝王象徵，雖說天底下龍年出生的凡夫俗子何其之多，龍充其量不過是個生肖。然在此深宮內院卻涉敏感，所謂「眞龍天子」單單指稱皇帝一人，就連太子也不得稱眞龍，頂多堪比潛龍，太后卻突然提起這個來……

「龍年降生的皇子，嗯，還眞是個有福的孩子啊！」她彷若認定了什麼似的，揪著在「龍」字上頭打轉，害我的心不由突突直跳。

我穩住心神，努力含笑，儘量不讓她察出我的顫聲，「太后說笑了，尙難說穩是個男孩呢，前些日子皇上還說臣妾膝下已然有了睿兒，這次倒希望臣妾生個小公主。」

皇上其實不曾說過這話，就那次和我討論生產之事，猶直說睿兒就快有兄弟了，言外之意是希望我能再生個兒子。畢竟這後宮到底看重男嗣，多生個皇子更能保障我的地位，只是眼下景況教我只能張口胡說、假傳聖意。

偏偏太后像是什麼也沒聽見似的，自顧自拿起旁邊几上的銅鈴搖了搖，鈴聲一響，候在門口的雲英嬤嬤旋推門而入。

「太后，您喚老奴有甚吩咐？」

「雲英啊，你去將『那物』拿過來吧！」

那物究是什麼？我萬分疑惑地望向太后，卻難以從她閒適面容和深邃目光中瞧出半分波動。

我忙微微側身，順勢偷覷雲英嬤嬤，她眼中閃過一絲掙扎。聯繫起今日的種種，我越發感到不安。

「太后……」雲英嬤嬤話音中透著深深猶豫。

「雲英，你今兒個是怎麼回事？還不快去！」太后一口打斷似想吐說什麼的雲英嬤嬤，語氣中添了幾分嚴厲。

雲英嬤嬤無奈歎了口氣，依言退下去，沒多久工夫就端著一盅不知盛著什麼的盅子進來。

「你下去吧。」太后示意她將盅子放在我旁側的几上，沉聲喝道。

「是。」雲英嬤嬤隱去了猶豫和掙扎，只恭敬地擱下盅子後默然退出門外。

太后抬手示意，我疑惑地伸手揭起盅蓋，一股熱氣夾雜著濃濃中藥味朝我迎面撲來。這是什麼？難道會是……

四十一　命懸一線

就在我不安地揣測盅裡裝著何物之時，太后主動開了口：「德丫頭，你就快臨盆了，哀家病著也幫不到你什麼。這是咱祖傳的祕方，可以保住產婦的元氣，臨產前連續服用能夠增強產婦的體力，生產時也就不那麼辛苦了。」

「太后……這……」雖說太后開口替我解了惑，但我仍心存疑慮。

「德丫頭，這是哀家特意命人給你熬製的，你也不著推辭了，就受了吧。今日是第一盅，哀家怕你不敢喝，才喚你過來由哀家親自監督，剩下的哀家會讓雲英每天送到你宮裡去。」太后滿臉含笑盯著我，「哀家覺著啊，如此多多少少能在你臨盆時幫襯到的。」

幫襯到我？眞是說笑！

我雖不曉這湯藥裡的材料，然想也知根本就非她口中所言的保元助產之方。

倘眞是她口中所說的那種湯藥，緣何不送到我宮裡？爲甚要大費周章把我叫來？爲甚要攆走彩衣？又爲甚要命雲英嬤嬤守住門口，連皇上也不准放進？雲英嬤嬤端湯藥時的不尋常表現，又該怎地解釋呢？

陣陣寒意及恐懼自我心底冒起，我握緊了手，這才發現掌心早已一片濕。

怎麼辦？我該怎麼辦呢？

太后的賞賜我是絕不可不受的，拒絕就是不敬，是死罪；可是……若喝下去，以我而今的身子，只怕也是一死。難道我就這樣坐以待斃麼？

「德ㄚ頭，你怎麼了？哀家爲你準備的湯藥，你怎還不喝？你快喝啊！」太后目光炯炯瞪視著我，冰冷的聲音不斷催促我。

我認命地低下頭，伸出顫抖的雙手端起藥盅，闔眼深吸了口氣，緩緩遞向嘴邊。

剛張口準備往嘴裡呑飲，腹中的孩子遽然踢了我一下，這一動霎時讓我清醒過來。

是了，我怎能就這樣屈服了？我是不能夠輕易放棄的！倘若我這般認命地放棄了，那這個孩子該怎麼辦呢？也許他會跟我一起去，若如此倒也一了百了，但也許他會活下來，到時誰又可保護他呢？

還有我的睿兒，在他之前已有幾位皇子，皇上今之所以青睞於他全是因爲我的緣故，若是我不在了，他父皇還會掛記他多久？這後宮之中沒有娘親的孩子會落得何等下場，我想都不敢去想。

我暗自發過誓，要讓睿兒成爲治國之才，名正言順穿上那身他從小就極中意的明黃衣袍，我還未實現這承諾……不行！我不能就這麼死了。

生死一線間我靈光乍閃，假意喝下一口，隨即驚呼出聲：「好燙！」

我放下手中湯盅，用絲帕揩了揩沾唇的藥汁，微微皺眉轉頭朝太后道：「太后，這藥湯實在太燙口，先放上一陣等稍微涼些的時候，臣妾再喝。」

小安子並沒有跟來，依他的機靈，這會子想必早已赴御書房通知小玄子想辦法稟告皇上。對，對，我現下須得拖延時間，皇上說不定正在往寧壽宮的路上，隨時都會進來，我絕對要撐到那一刻。那時，就有救了。

太后卻似識破了我的伎倆，高深莫測地朝我笑了笑，淡然說道：「好啊，那就等湯藥涼下，你就先陪哀家閒敘片刻吧！」

看著她一臉穩操勝算之狀，彷若述說我已難逃此劫。我遽然記起她方才吩咐過守在門口的雲英嬷嬷，無論是誰都不可放進，即便是萬歲爺也一樣。我好不容易落下的心又吊了上去，看樣子我只能夠走一步算一步了。

我心裡暗自透了口氣，面上不動聲色地問道：「不知太后想和臣妾聊些甚事？」

「呵呵……」太后低笑一聲，說道：「咱們今日就來聊聊這後宮中的生存之道吧！」

我驚詫看著她，不明白她爲何口吐此言。這後宮生存之道是每個女人在宮裡的生存法則，向來僅爲潛規，大家都在行卻從不說破的。太后今日竟主動提說，興許料準我斷然活不成了，才索性打開天窗說亮話吧。既然這樣，我也用不著像平素一般恭敬畏縮，事到如今我總不能讓她看扁。

我坐直了腰，不卑不亢地啓口：「臣妾遵旨，太后請說吧。」

「那你說說看，做爲後宮嬪妃，在這宮裡最基本的生存之道是什麼？」

「臣妾認爲，做爲皇上的嬪妃，應該賢淑溫良、懂禮儀、識時務、戒驕戒妒。當然，這只是做爲後宮嬪妃最基本的生存法則，要做皇上恩寵的嬪妃，單有這些是遠遠不足的。」

「哦，那還應該有什麼？」太后彷彿來了興致，微撐起身子。

「皇上日日忙於政務已是勞心費力，做爲一個嬪妃，雖不圖爲皇上分憂解勞，但至少要能善解人意，不可再添煩。平日裡更應勸導皇上往各宮各房走動，使後宮雨露均霑以利於皇家開枝散葉，亦利於後宮眾妃嬪和睦相處，而其本身，既能得太后喜歡又能獲皇上恩寵，這才是爲妃爲后之道！」

「嗯。」太后萬未料到我敢直白述出這些，臉色明顯變了一下，但她沒說什麼，只又問道：「德妃既深悟此道，卻爲何在產下潯陽之後費盡心力，使皇上專寵於潯陽，尤更越過心雅封了她爲長公主？」

「因爲我是潯陽的母親。」我挺直了腰，直視著太后，「潯陽自生下時便得了不治之症，只能好生將養著，南御醫更說指不定哪天就沒了，臣妾自然要加倍寵愛於她。」

太后聽了我的回答，怔愣一下，旋即生氣地反問道：「難道你單只是潯陽的娘親，就不是皇上的德妃，不是我皇家的兒媳麼？爲了一個公主，偏惹得後宮嬪妃生怨，不能和睦相處！」

我看著表情冷然的她，深吸了口氣後甫緩緩答道：「臣妾從未忘記過自個兒的身分，只是臣妾更明白，皇上除了臣妾之外，還有麗貴妃、淑妃、黎昭儀、榮昭儀、宜婕妤，還有許多的貴人、才人和答應、常在。潯陽唯只有臣妾這麼一個娘親，臣妾愛她勝過這世間一切，在她有生的日子裡，臣妾當竭盡所能給她最好的。」

「你！」太后看著我，一時語塞，隨又忽然冷笑起來，「你口口聲聲說你疼愛孩子，可據說睿兒跌倒時你連扶都不扶一把，只在旁邊觀望，他玩危險之物時你也不攔著。你倒是告訴我這個老太婆，你這樣也算是疼愛孩子麼？你這樣也算是個慈母麼？」

「太后！」我不甘示弱地瞪了回去，「難道時時守著、時時護著才是慈母麼？若不讓孩子自個兒去體驗何爲對、何爲錯，他們又怎能明辨是非呢？對與錯，只有在親身經歷過了才會永遠記在心中，只有讓他們受過一回教訓，才不會再犯同樣錯事。」

我一口氣吐說完，太后明顯被我的話震住，她點了點頭，又緩緩道：「德妃啊，你代理六宮也有些時日了吧？你覺著你把這後宮管治得如何呀？」

「回太后，臣妾自認代理六宮兢業勤懇，對眾姐妹一視同仁而不偏不袒，雖不敢說有十分好，但總不少於七八分。」

「哈哈，丫頭啊，你倒半點也不謙虛。那哀家問你，你明知道淑妃和榮昭儀幾人明裡暗裡的多次刁難於你，更背著你在宮中興風作浪，甚至去冷宮動用私刑對付孫常在，你卻從來不動聲色，甚至連哀家三番兩次暗示於你，你仍是執意不言，卻是爲何？難道你爲了保住代理六宮的權力，對這些都視而不見麼？」

「誠如太后所言，臣妾僅是代理六宮，難道因爲她們這般興風作浪，臣妾便要強勢打壓於她們麼？如此只會引惹更多人不服臣妾罷了！

「淑妃姐姐和榮昭儀刁難於臣妾，那是她們不瞭解臣妾的所作所爲，只要她們不影響到宮裡秩序，臣妾自可以容忍。她們去冷宮動用私刑，處罰了孫常在的丫頭，但孫常在本人到底無事，臣妾也不能小題大作鬧騰到太后或皇上跟前，只得請求皇上接了常在妹妹回來。

「臣妾自代理六宮以來，後宮帳目分明，六宮事務有條不紊，還清除了斜芳殿、雜役房等多處的陋習弊端，使六宮姐妹們和睦相處，使後宮雨露均霑，更讓奴才們心甘情願地替主子們賣力。臣妾自覺，臣妾的功是大於過的，臣妾問心無愧！」

「問心無愧！好一個問心無愧！」太后突然狂笑起來，倏地又收了聲，冷言問道：「你既是這般大公無私，又何必費盡心機將那個叫木蓮的奴婢一次又一次引到皇上跟前？難道不是為了固寵麼？」

「太后，您是皇上的母后，您關心著皇上的政績，關心著萬歲爺的龍體，關心著皇家的血脈，關心著皇室的未來，可您……真正關心過皇上心裡想甚麼？」

「你說什麼？」太后一臉驚詫看著我，似乎未曾料想到我會問出這話。

「這些年，皇上有了王皇后，有了淑妃，寵著麗貴妃，更有了晴婕妤，有了臣妾，有了雪貴人……有了許許多多的妃嬪，有了後宮佳麗三千，可是……」我低頭沉默一瞬，眼眶發紅，哽咽道：「皇上心裡頭掛記著的，始終只有薛皇后……」

我深吸了口氣，將眼中珠淚逼回去，甫接著說：「御書房旁的歇息小間，這後宮嬪妃有幾人得以進去過？臣妾有幸進去一回，印象深刻的只有牆上那幅『桃花源記圖』。這些年，桃花源封了，可於皇上心中始終不曾忘卻。

「皇上龍體一日不如一日，臣妾看在眼裡，急在心裡。真的是皇上老了麼？不，皇上正值盛年。是朝事繁重麼？不，大順皇朝風調雨順，國泰民安。真正讓一個人累、讓一個人老的，唯只心事！臣妾也是偶然的機會，發現了這個叫木蓮的粗使丫鬟竟有幾分肖似薛皇后，這才收了調教好引到皇上跟前。

「臣妾一個罪臣之女，入宮時不過一小小的答應，如今做到這位分之上，產子封妃，榮華富貴，還有甚不滿足的？」

我一口氣吐述完，再看向太后時，卻見她明顯被我的話震住了。她緩緩闔上雙目，像在深思著什麼似的。

屋子裡一片死寂，過了半天，她突然怪異地笑了起來，「呵呵……」

她的笑聲驟教我感到毛骨悚然，她該不會是被我氣瘋了吧？這個天下第一尊貴的女人，幾時有人敢如此無禮地對她說話呢？

我正惴惴不安打量著她，她卻忽地睜開了眼看著我，我一驚之下，不禁倒吸了口冷氣。

「你果眞和她截然不同！剛入宮那會子的你，和她一般，是那樣的得寵，皇上的心思都放在了一人身上。」

我不太明白太后口中的「她」是誰，不過到了此時，我已抱著一種豁出去的心態面對於她。

「臣妾確非太后口中的那個『她』，臣妾只是自己。」

太后聞言並未反駁我，只緩緩閉上了眼，將身子往後深靠向軟枕，回憶著往事。

「麗貴妃初進宮那些年，皇上專寵著她一人，她也一心一意服侍皇上，漸漸地皇上在眾多嬪妃當中獨對她一人另眼相看，逐步將她擢升上來，甚至連皇后管理六宮的權力也分了一半給她。但她卻變了，眼中失卻那份對皇上的執著，取而代之的是對權力的熱中，爲了爭權奪利尤不擇手段。

「正在我萬分焦急之時，皇上在選秀時親點了那時淡雅樸素的你。你果眞沒讓哀家失望，入宮半年便得了寵，你又一副嫺靜模樣，漸漸地皇上對你的寵愛甚至超過了姿容、位分皆勝過你的晴兒。

「晴兒去了後，哀家本想扶持於你，卻發覺你並不像表面那般溫柔嫻淑，你性格內斂且知書達禮，識時務又知進退，是個精明有主見之人。長久相處下來，皇上同樣發現了你這些優點，越加中意你，甚至願在你面前表現出喜怒哀樂，對你的寵愛逐日勝過麗貴妃。

「麗貴妃和皇后相繼去了之後，你更寵冠六宮，無人能及。這期間，哀家感覺到皇上對你的感情越放越深，哀家不禁也生著急。身爲帝王是絕不可動情的，對女人可以疼寵，卻萬萬不可眷愛。於是哀家想盡辦法放了玉鳳等幾人在皇上身邊，惜不見效，又接了雨兒入宮，亦是收效甚微，甚至連著宣了幾位重臣之女入宮，也引不開皇上全心的注意。

「而你，德丫頭，已從一個小小的莫答應成了今時集聖寵、權力於一身的德妃。哀家心裡啊，始終都不踏實。哀家怕啊，怕你似麗貴妃那樣熱中於權力；哀家怕啊，怕你爲了爭權奪利不擇手段；可哀家更怕的是，你傷了皇上對你的一片眞心！」

我萬料不到太后對我如此關注，更料不到太后竟懷此等擔慮。可是，難道就爲了這些莫須有的掛慮便要置我於死地，不給我的孩兒一條活路麼？

不，不可以！如若太后眞作此想，當眞欲如此行事，則後宮之中爲達目的而不擇手段的人，其實就是她！

我低垂下頭，不想也不願看她，我知曉此刻自己眼中定然滿存對她掩飾不住的責怪和恨意。

太后卻猛然坐直了身子，屈傾上前用她那瘦長有力的手握住我的下頷，迫使我仰起頭來。

我沒說話，只一臉勇敢地迎向她彷彿要將我吞噬的眼神，時至如今，我絕不能感到害怕，也絕不能輸給這個想要害死我和我孩兒的人。

「哀家實在沒想到，原來你是最狠絕之人，連生身父親都能夠棄卻。你是最像哀家之人，有能耐不動聲色地令宮中嬪妃們屈服，令奴才們擁護；可你這般狠絕又充滿算計之人，卻也是最用心關懷皇上之人！」

太后未再多說什麼，良久之後終於鬆手放開了我，靠回軟枕上。

她歎了一口氣，緩緩言道：「罷了，罷了。這藥像是涼透了，算了，喝涼藥對身子骨不好。你暫先回去吧，哀家回頭讓雲英熱過後給你送到宮裡去。」

她這麼說，是否意味著我可以挽回兩條命了？

這樣的峰迴路轉簡直教我受寵若驚，我心中突生「再世爲人」的錯覺。但我明曉此際非我欣喜若狂的時候，當務之急是要儘快離開這裡，以免她臨時反悔，那我便追悔莫及了。

我只想著趕緊逃脫生死窟，對於太后何以突然改變主意已絲毫不感好奇，半點也不想去探知。

「雲英！」太后朝門口喊了一聲，把雲英嬤嬤喚進。

「是。」雲英嬤嬤在門口答應著，推開門走入，恭敬地站著等候吩咐。

「哀家讓你叫雲琴去請的那人請來了麼？」

「早已過來了，正在偏殿候著呢。」雲英嬤嬤似不詫異我還能安然坐在旁邊，只恭敬回道。

「你送德妃出去後便把他請進來吧，哀家有些話欲和他說說。」

「是，奴婢知道了。」雲英嬤嬤回話後，以手示意我隨她出去。

我忙起身微微頷首，啓口道：「那臣妾就不打擾太后歇息了，臣妾告退。」

「嗯，你去吧！」

得到她的應允後，我趕忙退了幾步，跟著雲英嬤嬤朝門外走去。待走近門口，我忽然憶起一件事，遂停步轉過身對著她說道：「太后，臣妾今日斗膽直言冒犯了，請太后見諒！」

太后微微一愣，似未想到我會爲此道歉，頓了少頃工夫甫道：「德丫頭啊，哀家進宮快滿五旬了，見過的人多了，卻十足欣賞你！可哀家不得不提醒一句，丫頭啊，切勿聰明反被聰明誤！」

太后深邃而精明的目光再次投射過來，彷彿能看透我的心，那別有深意的笑容彷若在告訴我，她知悉我所有的底細，包括那樁……

我笑看著她，恭敬回道：「臣妾謝太后教誨！可臣妾既不是太后您，也不是麗貴妃……臣妾，只是臣妾自己！」吐說完這句話，我毫不猶豫地轉身走出。

太后充滿算計口吻的聲音自我背後響起：「想不到哀家活了一輩子，今日竟讓你這等後生小輩上了一課。莫言丫頭，望你日後別忘記今時說過的話！」

雲英嬤嬤一路將我送出寧壽宮門後，即轉身回去帶引那個太后神神祕祕請來的人物。

彩衣早在門口焦急地候著我，見我現身，忙迎將上來拉著我的手，急道：「主子，您終於出來了，奴婢擔心死了。太后究竟傳您過來做甚呢？」

看來這事眞把她給嚇壞了，現下正値隆冬，處處冰天雪地，她竟然駭出了滿頭冷汗，拉著我的手直顫抖不停。

「無甚大事，你別擔心。太后不過是許久沒見著我，傳我過來和她敘敘話罷了。」痛定思痛，如今回首前一刻光景我也不敢想像，索性就別告訴彩衣了，否則惹她又擔心老半天。

彩衣聞我敷衍口氣，眼神中滿是質疑，卻不堅持著問，只扶了我說道：「主子，那我們還是快些回去吧！」

我點了點頭，下了臺階走在通道上。涼風襲來，頓覺身上涼颼颼的，這才發現不知不覺中我的裡衫竟全濕透。

我神色一凜，急道：「我們快走吧！」

彩衣點頭而應，忙扶我登上早已候在一旁的小轎，催促奴才們一路狂奔，逃也似的離開了寧壽宮，一路朝月華宮而去。

四十二　夙願終成

快抵月華宮門口時，乍見小安子和小碌子跌跌撞撞狂奔而來，到了跟前也似沒見著人般的一路朝前跑去。

彩衣詫然看向兩人，在後頭高聲呼著：「小安子、小碌子！」

二人一聽才回過神來，匆匆奔返，氣喘吁吁地追問道：「彩衣，主子呢？」

「沒事，沒事，主子回來了。」彩衣忙安慰道：「先回去吧。」

一行人回到殿中，我沐浴更衣畢，將小安子喚進來。

「小安子，方才慌慌張張究爲何事？你和小碌子怎麼這時辰才出去？」我邊享用著小安子奉上的熱湯，邊道出了心中的疑問。

「回主子，您方才跟雲英嬤嬤出了門，奴才覺著事情有些不對勁，忙準備赴御書房通知小玄子，不料剛近門口就被攔下，甫發現宮裡各處早被殿前侍衛圍將起來。奴才這才知出事了，忙悄悄潛到後院，不料連後院茅竹屋都有人守著。太后敢行得如斯明目張膽，想來是下了狠勁，奴才幾人著急萬分，卻也莫可奈何。過得許久，那批殿前侍衛才似得了令，轉眼工夫全部撤走，奴才方和小碌子急急忙忙出宮門，趕巧遇上了回返的主子……」

我長長舒了口氣，輕聲道：「沒事了……」

「言言，你可有怎麼樣？母后喚你過去究為何事？」低沉而焦急的嗓音響起。

珠簾響動，那身明黃映入眼簾，我忙放下青花瓷碗。才站起身，他便迎前扶我坐到炕上，擔憂地看著我。

「皇上，您怎得知太后傳了臣妾過去呢？」

小玄子他們無法通風報信，他沒能及時現身寧壽宮中，我心中倒平靜不少。如今皇上主動問起這事，我心中不免微生疑惑。

「哦，剛才南御醫給朕回話時順口多說了一句。你產期就在這些日子了，朕記得已經同母后說過免了你的請安和侍奉的，母后今兒怎還派雲英傳你過去呢？到底有甚事？」

原來如此！是南宮陽告訴他的。

我惴惴看著皇上的臉龐，心中不由揣測起他的心思。

我不確定他是否猜出太后傳我過去的眞正意圖，若他不知，那麼當時我左等右等也等不到他，只是命運跟我開了個小玩笑；但若他知情，那麼當時我左等右等也等不到他，就是……

不，不會的！

我在心中大聲告訴自己，這只是我的妄想。這幾年的夫妻情深，他不會這麼狠心的，況且他或多或少表示過對太后的不滿。

可是，人都說「最是無情帝王家」，他後宮三千佳麗，而那個人是他最敬愛的母后！

我拚命地告訴自己別再胡思亂想，偏偏心中總有個聲音，不斷提醒著我這種令我感到恐懼的可能。

「皇上，您……」當我意識到時，話已說到一半，我忙住了口。

「怎麼了？言言，你想說甚？」他一臉笑意看著我，眼中那份眞摰關切硬是逼回了我已到了嘴邊的話語。

「沒、沒什麼。皇上，沒什麼……」我黯然垂下眼，腦中卻是萬分清醒。

他若是知道我此刻腦中想法的話，我們之間就眞的結束了，而我，是承受不起這種結果的！

原來一切的一切純粹不過是個美麗的泡沫，誰也不知幾時將破滅。到頭來，在我最危急的時候，身邊關心我、愛護我的人都救不了，自始至終所能依賴的只有我自己。

「皇上，皇上！」小玄子高聲狂呼，不顧禮儀地奔撞進來，一臉慘白看著我們，喘吁吁稟道：「寧壽宮那邊急報，太后又昏過去了！」

聽到這話，眾人皆愣住，皇上整個人晃了晃。

「皇上！」我驚呼出聲，趕緊和小玄子一塊扶住他。

「言言，朕、朕要過去了，你……你好好照顧自己！」他臉色慘白地看著我，眼神透出一片慌亂。

我鬆開他緊握著的手，再三向他保證，「臣妾知曉，皇上您快過去吧！臣妾會保重身子的。」

他用力地又握了握我的手，深深凝看我一眼，隨即和小玄子一路飛奔而去。

是夜，寧壽宮燈火通明，徹夜未滅，不時有太監、宮女進進出出往返送藥，皇上親自守於宮裡。氣氛凝重得讓整個後宮如同陷入愁雲慘霧，各宮嬪妃皆惴惴不安。經過了白日裡那場生死一線的對峙，我輾轉一夜無眠，腦海中反覆琢磨著太后與我說過的話。

這樣深沉精明之人做出此等決定後又突然改變，其中定藏蹊蹺。她特意傳我過去而吐述的話語，莫非飽含深義……

天濛濛亮時，我甫朦朧瞇盹。

半睡半醒之間，似聽見遠處隱約傳來鐘聲，我心下一驚，驟然清醒過來。

剛想喚守在跟前的彩衣去探問是怎麼回事，卻聽見小安子跌跌撞撞衝了進來，肅穆地端跪在地，隔著屏風稟道：「主子，太后去了！」

我愣望著彩衣，發現自己竟連一句話都說不出來。

小安子頓了頓，又再稟說道：「主子，太后殯天了！」

我甫回過神，霍地從床榻爬起，彩衣忙上前扶我下榻。

半晌，我才吶吶道：「彩衣，傳人進來更衣！」略略沉吟後，又道：「小安子，速派人去永和宮通知淑妃娘娘趕赴寧壽宮！」

小安子答應著，匆匆轉身吩咐小太監去辦事。

彩衣忙喚了人，手忙腳亂取來素色衣衫給我換上。

木蓮已得了信息，這時準備妥當趕了過來。我忙扶著她和小安子，兩人朝門外而去。

小碌子早備好軟轎候在門口，小安子扶我登上軟轎，一路朝寧壽宮狂奔而去。

行至寧壽宮，我才下軟轎便看見候在一旁的嬪妃們，乃淑妃為首領著眾人，看不出她動作挺快的！

我舉目望去，榮昭儀、雪貴人、玉才人、鶯貴人……各宮嬪妃幾乎都到齊了。

淑妃神情肅穆地上前，輕聲道：「妹妹，咱們快進去吧！」

我點了點頭，「姐姐請！」

「妹妹身子重，切要仔細才是！」淑妃小心翼翼扶著我步上臺階，入得宮門，帶領眾妃嬪一路朝正殿行去。

明眼人都看得出，如今的淑妃純於位分上高了些，實已無半點權力，一副唯我是從的討好模樣。

淑妃以我身子重為由，事事以我為先，我口中推諉著，卻也只是做做樣子。

淑妃推讓給我落坐正首位上，低眉順目說道：「太后的後事還得要靠著德妃妹妹了，德妃妹妹如今身子重，就坐鎮在此吩咐，具體之事由姐姐帶著眾人去辦便成。」

我頷首作應，仔細吩咐諸項事宜，太后的葬禮遂此有條不紊進行著。頃刻工夫，原本處處富麗堂皇以彰顯主人高雅華貴的正殿，被那整片白色帳幔襯得只剩滿室的慘澹與淒涼。

大殿正中央擺放著太后入殮的巨大棺槨，滿臉疲憊之色且哀痛不已的皇上緊挨著檀香棺木席地而坐，雙眼微閉，頭枕靠於棺木之側，只望能離太后近一些。他對殿中動靜聽而未聞，就連淑妃指揮著眾人忙碌的聲音也沒能引起他的注意。

靈堂大致布置妥帖，我和淑妃引領眾妃嬪緩步至靈柩前，我二人逕直走到案邊取出三支香，就著一旁白色冥燭上那幽幽跳動的火苗點上，拿到跟前一口氣吹滅。持香走到靈柩之前，領著眾妃嬪恭恭敬敬地朝棺木拜了三拜，隨即走上前將香插在棺木前的香爐內。

上完香，淑妃看了枕靠棺木的皇上一眼，默默地帶了眾人離去。我沉吟一瞬，走到皇上身側輕輕喚了一聲：「皇上……」

他沒吭聲，卻睜開了眼，抬起紅腫的雙眼看著我。我心中暗歎了口氣，心知此時說甚皆是無益，不忍見到他眼中的迷茫和哀痛，忙從懷裡掏出絲帕交遞他手上，悄聲說道：「臣妾告退了！」

轉身出了正殿，守在門口的小玄子見我神情黯然獨自步出，不禁搖了搖頭，歎了口氣道：「德主子，連您也勸不動皇上麼？」

我未作聲，搭上小安子的手逕往偏殿行去，走到一半甫停下腳步，轉頭吩咐道：「衛公公，皇上就勞你多費心了，請你命人按太醫的方子依時奉上湯藥！」

小玄子連聲答應著，目送我離去。

我親自坐鎮指揮，淑妃全力協助下，太后的葬禮終於落幕。

皇上恬淡了不少，只偶爾來我這裡坐坐，泰半光陰皆獨自待在御書房中。然到我殿裡時亦經常一言不發，只緊盯著我凸出的小腹凝神沉思，待我問及時，又強顏歡笑地掩飾過去。

我雖心中疑惑，又因著那日太后傳喚我之事對他有了間隙，遂也不再多問。

宮裡因著太后殯天、聖上悲痛而慘澹下來，新年就在這一片愁霧中降臨。

年三十的日子，我亦只喚了眾人過來閒敘一陣。少了皇上，眾人也不那麼熱情，況且天氣又冷，便就各自回宮歇息了。

我躺在暖閣中閉目養神，木蓮在旁有一搭沒一搭的和我說著話，彩衣和小安子伺候在側。

雖說太后殯天，再無人能威脅到我，但她臨終前同我說過的話卻時時縈繞我的腦海。心中那原本硬讓我給埋藏的不安，也因爲她的話而再次浮湧上來。

我正想起身，小腹突然迸發出抽搐般的疼痛，一陣陣冷汗不斷自毛孔密密冒出，劇痛更如雷電直貫般瞬間擴散至周身，頃刻之間我已感覺到裡衣微微濡濕。好痛！我蹙起了眉頭。

「娘娘，您怎樣了？」木蓮見我額上直冒冷汗，手則吃力扶著肚子，已然估摸到了，趕緊問道：「是不是快臨盆了？」

我已是痛得雙唇發顫，開不了口，虧得木蓮平日就心思縝密，現下見我如此情狀尤不難猜出。

「安公公，速速去傳穩婆，娘娘要生了！彩衣，快一起扶娘娘到床上去。」

無止境的痛像潮水般一波波朝我襲來，我不知何時痛得昏厥過去，再醒來時已經躺在床上，而淑妃和穩婆也已經趕到了。

「妹妹，你覺得如何呀？」淑妃見我醒來，忙上前焦急問道。

木蓮在旁同是一臉擔憂和關懷，我無力地搖了搖頭，不知該怎地回應。全身只感到疼痛不已，與生潯陽和睿兒時的疼痛截然不同，直疼得我精神渙散，怎麼也無法集中精力。

「娘娘，還是讓穩婆來檢視看看吧。」

木蓮說著，將穩婆推了出來，淑妃匆匆退至一旁，我虛弱地頷首表示同意。

穩婆忙靠上前用手摸了摸我的肚腹，又略略替我檢視一番，才鬆了一大口氣。穩婆以把穩語氣說道：

「娘娘不消過分緊張，產道還未開。興許嬰兒略大，娘娘分娩時須費點力，您現下得好好保住氣力。」

我聽得穩婆如斯說明，卻不若她那等樂觀，分娩過兩次的經驗告訴我，事情遠沒有她說的簡單。

彩衣已領人備妥東西端進產房，擠到跟前來看著我。有了上回替我接生睿兒的經驗，此次的她沉靜許多。

有彩衣在旁，令我安心不少。我抓住彩衣的手，深深吸了口氣，強忍劇痛等候臨盆那一刻，努力保存著氣力。

「皇上那裡……」淑妃謹慎徵詢我的意見。

「不，眼下這情況先別驚動皇上。我沒事的，有姐妹們陪著我便成，又不是頭胎了。」

「可是……算了，就依著妹妹吧。」淑妃微顯猶豫，可終究還是照我所言做了，不再堅持。

我咬牙忍疼苦苦撐持，一個時辰過去了，兩個時辰過去了，劇痛一波波不斷朝我襲來，我使勁拉著繫於床頭的紅布條，拚命地將力量集中下腹，可孩子就是不出來。

我渾身大汗淋漓，已然虛弱不堪，任由穩婆怎麼喊、彩衣怎麼呼喚，到底耗盡了最後氣力。又一陣劇痛撲來，我終於撐持不住，眼前一黑，雙手一軟，就此昏了過去。

耳畔傳來彩衣焦急而心疼的呼喚聲，我悠悠醒轉，淑妃和木蓮在一旁面色慘白地看著我，大家皆已意識到事態嚴重。

「到底怎麼回事？怎麼孩子還是生不下來？」木蓮滿臉焦急，轉頭問著穩婆。

穩婆同樣一頭大汗，喘著氣回道：「老奴正覺著奇怪呢，許是娘娘骨架太小而嬰兒過大了吧。」說著又轉頭看向我，「娘娘，您喝口參茶提提神，再試一回看看。」

彩衣顫巍巍端過茶杯送到我面前，我就著她的手勉強喝了下去，努力養著精神好恢復氣力。

淑妃從未見過這般情形，嚇得有些六神無主，吶吶地問木蓮：「現下該如何是好？」

木蓮這廂也已驚慌失措，到底做奴才時經歷得多些，她深吸了一口氣，顫聲道：「淑妃娘娘，還是趕快稟了皇上吧！」

「不，不要……」我顫聲道，寧壽宮那日之事近些天來總折磨著我，這節骨眼我實在不想看到他。

淑妃聞言倒像抓住了救命稻草般，定定地看了我一眼，沉聲道：「不行，這事由不得妹妹你一人作主，我得稟告皇上。」

淑妃不顧我的反對，一路狂奔出門，直往御書房而去。

漫無邊際的痛苦復又淹沒，我早如被抽走力氣似的癱軟在被褥中，儘管穩婆用盡各種方法一再催生，孩子始終出不來。

我心知再這樣下去，不僅我會沒命，腹中的孩子也沒辦法活下來。我抓住一旁的彩衣，強忍著痛，喘著氣顫聲道：「彩衣，快命人去請南御醫來！」

「言言！」熟悉的聲音自門外傳來，我驚訝地抬起頭，門「砰」的一聲被推開，那本不該出現的身影卻於此刻出現在產房門口。

「皇上！」滿屋子的人見皇上突然闖進，都嚇得跪落在地。

他卻似沒瞧見般，推開了攔在跟前的小玄子，大步走了過來。

皇上在眾人驚愣的眼神中走到床前，坐在我旁側俯下身，輕柔地替我拂開被汗水濡濕黏在額上的髮絲，用微微冰涼的手拉起我的手，哀傷地笑著對我說：「言言別怕，朕在這裡陪著你，你不會有事的，朕絕不會讓你死的。朕不准！」

我怔怔看著他，努力讓自己冷靜下來，半晌才用顫抖的聲音朝他說道：「皇上出去吧！」

「朕不會走的，你不平安把孩子生下來，朕是不會出去的。」他滿臉堆笑，拉著我的手柔聲應道。

「您瘋了麼？倘讓朝中大臣們知曉了……可怎麼辦？」看著他牽強的笑容，我不禁鼻子發酸，甫止住的淚水復從眼眶中洶湧而出。

「朕沒有瘋！」他輕輕替我揩去淚水，瞅看著我的眼中分不清是溫柔抑或痛楚，沙啞道：「先是父皇，接著是薛皇后、濤陽、王皇后，到最後連母后也棄朕離去了，朕所關心的人，朕所愛的人，一個個都離開了朕。現下朕只剩下言言了，若是連你也不要朕了，朕就真成孤家寡人啦。」

我凝視他痛苦神情，想要安慰他，那撕心裂肺的痛楚再次襲來，被他握住的手用力地反握回去。

他立時緊張，轉頭衝跪在地上的眾人吼道：「還愣著做甚？還不趕快起來！」

眾人這才回過神來，紛紛散開，穩婆再次上前，奴才們也各自忙去了。時間緩緩流逝，孩子依然遲遲沒生下。

坐在一旁的皇上意識到了此回遇上難產，頭上不由冒出涔涔冷汗。他焦慮地看著我，神情一肅，朝門口高喊道：「南宮陽，你進來！」

「是，微臣遵旨！」南宮陽忙打了簾子入內，跪在門口屏風處。

「你過來幫忙！」皇上凜然看著他，輕聲吩咐道，那話卻令屋中眾人驚訝萬分。

「這……」南宮陽於我幾次生產時在場，或多或少有過幫助，可如今淑妃、木蓮也在場，他不由得猶豫了起來。

「你放心，朕命你這麼做的，自然不會怪罪於你。」說著環視屋中眾人，冷聲道：「朕想這屋中也無多嘴多舌之人，你們說是麼？」

淑妃和木蓮二人對視一眼，齊齊跪了下來，「嬪妾不知，嬪妾甚也沒看見。」

滿屋子太監、宮女們忙跟著跪落，驚恐地回道：「奴才不敢。」

皇上再次肅色看著南宮陽。

南宮陽朝皇上一拱手，沉聲道：「是，皇上，微臣遵旨！」說罷迅速上前替我細細檢查完，後眉頭一擰，道：「稟皇上，德妃娘娘的狀況甚是奇怪，按理，這胎兒應該早就產下，可偏偏……」

「你只須說如今該怎麼辦？」皇上焦灼地打斷他的話。

「回皇上，爲今之計，只得微臣在娘娘玉體下針了。但……」南宮陽猶疑著。

「但怎樣？」

「但如此一來，恐怕娘娘往後不能再生養了！」

殿中眾人俱是一愣，隨即默然望向皇上。皇上闔上眼，重重透了口氣，沉聲道：「南宮陽，準備施針！」

皇上心焦如焚地在旁守顧我，南宮陽取出隨身帶著的銀針，抽出一根細長的出來，仔細在火焰上燒灼消毒。

皇上倏地想起甚似的，啓口問道：「什麼時辰了？」

小安子愣了愣，轉頭察看櫃子上的沙漏，恭敬回道：「回萬歲爺，已是子初了。」

皇上一愣，回頭催促著：「南宮陽，即刻下針！」

「是，微臣遵旨！」南宮陽取針上前，找準穴位慢慢扎了下去。

我最後記憶所及，只記得耳邊傳來皇上微帶不安的威嚴之聲：「言言，朕就在這兒守著你，朕不會讓你死的。」

不曉過得多久，我朦朧醒轉，倏地想起生產之事。抬眼望去，震驚地發現孩子還未產下，我轉頭驚恐地望著皇上。

皇上一怔，厲聲問道：「南宮陽，究竟怎麼回事？怎麼還沒生下來？」語罷又側過頭問道：「小安子，什麼時辰了？」

話剛落音，屋外傳來永巷中打更的聲音，小安子恭敬回道：「回萬歲爺，剛好子正。」

「生了，生了！」滿頭大汗又疲憊至極的穩婆高聲呼道，隨即傳來新生嬰兒洪亮的哭聲。

我心中大石終於落地，旋向皇上露出虛弱的微笑。

他卻似沒有看見般，失魂落魄地呢喃道：「龍年了啊……」倏地一怔，滿臉焦急地追問道：「是男是女？」

「恭喜萬歲爺，恭喜德妃娘娘，是位小公主！」穩婆歡喜地回道，隨即抱著哭得鏗鏘有聲的嬰兒淨身去了。

皇上大大鬆了口氣，彷若擱放下千石心事，連聲道：「好，好……」

淑妃見皇上連聲說好，忙帶領滿屋子的人跪道：「恭喜皇上喜得龍女！」

皇上已然收起了方才的心緒，龍顏堆笑，聲音中也透出些許興奮，「龍女！好，好，全部有賞！」復又轉頭看向我，眼中滿是柔情，「言言，你好好歇著，朕晚些時候再過來看你！」

我冷冷看著眼前一切，壓下滿心疑惑，柔順地點點頭。

待皇上引眾人離去，彩衣上前伺候我換下汗濕的衣衫，悉心替我拭去汗水，讓我窩於溫暖被褥中。

我心中則不斷浮現皇上急問時辰及臨盆後詢問是男是女時的凝重神情，還有他得知是公主那時的欣喜若狂。

龍女……龍女……龍……我倏地想起太后那日裡說晚七八天就是龍年的神色，又連說龍年的皇子最有福氣，龍……

如今皇上又是這番神情，難道……

我不敢再往下想，卻又忍不住往下想，最終抵不過南宮陽所開方子的藥效，在疲憊與疑惑中沉沉睡去。

又是一年春來到，今歲春天似乎來得特別早，轉眼間院中的櫻花再次盛放。我癡癡看著這繁華似錦的滿園春色，呼吸著春風送來的陣陣清香。

這已是我入宮以來第六度賞看院中櫻花綻開，意味著我入宮整整五個年頭了！

「主子，皇上入了宮門，正朝這邊來呢！」彩衣抱著小公主在旁細聲喚道。

我回過神，看著彩衣懷中睜著烏黑大眼滴溜溜轉動的女兒好奇瞧看周圍，不由得笑了。

我時常這麼看著她，彷彿我的潯陽又回來了似的，我心中柔情激蕩，常常熱淚盈眶。

是了，今兒三月初十是我的小寶貝百日之喜，皇上早早便傳下旨意，今日要在櫻花樹下擺設筵席慶賀。

一大早，淑妃和蓮嬪便過來吩咐奴才們布置擺設，各宮嬪妃也早早的都來了，散坐著閒話家常。這會子聽說皇上駕到，我和淑妃忙帶了各宮嬪妃跪迎皇上。

皇上今兒個看起來精神奕奕，他滿臉含笑地上前扶了我起身，聲音中亦帶喜氣，「都起來吧。」

我忙引皇上到正位上落坐，待我和淑妃在皇上身側一左一右坐定，其他嬪妃甫跟著依序落坐。早有太監、宮女們奉上了美味佳肴，又爲眾人斟滿去年珍藏的櫻花釀。酒過三巡，皇上以眼色示意伺立在旁的小玄子。

小玄子微微躬了躬身，趨前兩步高聲唱道：「皇上有旨：德妃之女，係龍年生龍女，賜名蕊雅，封龍陽公主，食一千邑！」

我聞旨欣悅不已，忙起身跪拜道：「臣妾代龍陽謝皇上恩典！」

在座眾妃嬪一聽，臉色各異，帝王家向來重男輕女，龍陽卻是繼潯陽之後再受封的公主。我所出的二女皆在百日之時即得封賜，由此可見我這幾年的濃寵。無論眾人心裡作何想亦不得不虛飾於外，滿臉堆笑地上前賀喜送禮，畢竟我雖尚未入主中宮，但如今的六宮皆在我掌握之中。

我瞅看著替我收禮道謝的淑妃和蓮嬪忙得不亦樂乎，心中有著深深的欣慰。蓮嬪歷來對我感激萬分，看我的眼神總眞誠無比，淑妃自那次以後便對我禮讓有加，事事唯我馬首是瞻，這會子滿心歡喜地忙碌著，彷彿今兒百日受封的是她的女兒一般……

我收回目光後略定心神，看著懷中的龍陽，發自內心展顏微笑，暗道：「今兒個甚都不重要，我的潯陽回來了，今兒個是她的好日子！」

「楊公公到！」當口守著的小碌子高聲通傳道。

我聞報起初不以爲意地笑笑，後隨即愣在當場，心內疑道：「楊德槐雖爲前內務府總管，如今早退養於香園，即便他要過來賀喜也不可能挑這麼晚，更何況値聖上在此處時這般虛張通傳。小碌子亦非不懂規矩之人，怕是有甚特殊用意……」

我忙將龍陽交予彩衣，待要起身，楊德槐已在小全子攙扶之下走將上來。

我一見楊德槐，心下越覺奇怪，滿頭白髮的楊德槐今日著正式宮裝，邊被攙扶邊拄一根墨綠龍頭杖，顫巍巍地朝我走近。

龍頭杖？那不是……我的心不住地往下沉。

楊德槐立於正中，清了清喉嚨，高聲道：「太后懿旨，月華宮德妃娘娘接旨！」

此言一出，引起眾人譁然，皇上臉色遽變，連張幾次嘴終未發出聲，怔在當場。原本熱鬧非凡的筵席，霎時靜默下來。

「呵，太后都去了幾個月，怎地這會子又冒出甚懿旨來了？」夾雜著一絲不屑的細聲疑問飄到我耳畔，循聲望去，卻是榮昭儀。

楊德槐聞言神情一肅，提起手中龍頭杖往地上重重一擊，發出「喀」的脆響，少頃甫沉聲問道：「榮主子的意思是老奴假傳懿旨麼？榮主子想來也認識老奴手中這根龍頭杖吧？此乃太后隨身之物，太后臨終前賜予老奴且交代懿旨，命老奴在適宜時機代爲宣旨！」

榮昭儀當著眾人之面被楊公公一頓搶白，氣得咬牙切齒、渾身發顫，卻再不敢吭聲。

原來那日我告退之後，太后傳喚的人竟是他！想不到太后人都去了，仍給我留下這許多機關，我腦中再度響起彼日我踏出門之際她那滿是算計的聲音。

唯此時此刻，無論是哪樣算計，我都只能硬著頭皮接著，毫無退路。

想到這裡，我坦然上前端正跪落，脆聲道：「臣妾接旨！」

「月華宮德妃，自入宮始，賢良淑慧，品貌兼優，待人寬厚，兼誕育皇子有功，特冊立為莊懿皇后，統領六宮，母儀天下……」

我怔在當場，心內五味雜陳，腦中閃過無數懿旨內容的揣想，卻偏不曾想到會是……太后啊太后，您果真是最老謀深算的那一個，我在您面前僅是小巫見大巫，不過是個初學的孩童……

「好，好！」皇上龍顏大悅，起身上前扶我起來，復轉頭吩咐道：「小玄子，令禮部即刻挑選良辰吉日，準備立后大典！」

眾妃嬪紛紛回過神，個個滿臉堆笑上前賀喜，我彷若置身夢境，只愣傻傻回應著。

個把月後，我身著正紅七彩金絲繡鳳宮裝，在皇上的攙持下走進光明殿。我走過垂手而立的眾臣，行踏鋪襯紅毯的臺階，緩緩步向那雕著龍鳳呈祥而金碧輝煌的鸞鳳和鳴椅。

端坐於鸞鳳和鳴椅上，我二人不禁相視一笑，臺前階下文武百官齊齊跪拜道：「皇上萬歲萬歲萬萬歲！皇后娘娘千歲千歲千千歲！」

我俯視著跪於我腳下的眾臣，百感交集。入宮整整五個年頭了，我夙願終成，名正言順立於皇上身邊接受文武百官的朝拜，成為了大順皇朝第一尊貴的女子！

回首前塵俯看來時之路，心有餘悸，不堪回首；舉目前望，宮妃間的恩寵之爭，皇子間的東宮之爭，並未因我掌權六宮而有所消減。那一刻，我終於明瞭：母儀天下，僅僅是一個新的開始！

五年來，我平步青雲，寵冠六宮，始終敵不過太后的彈指一揮。生死一線間，我所能依靠的終究只有我自己！

立於高高的臺上，看著俯首朝拜的文武百官，我突然覺著，原來權勢是如此美好的東西，那一刻，我決定要擁有至高無上的皇權！

四十三　另迎新局

清晨醒來，已是日上三竿。

我剛有了動靜，旁邊的彩衣就上前來伺候我起身，笑道：「主子，您醒了。各宮來請安的嬪妃們到有一會子了，都在偏殿候著呢！」

我頷首而應，許久未曾睡得這麼香沉，看來昨兒個真真累壞了，行過繁瑣的儀式，皇上又命人大擺筵席，直熱鬧到子初方才散去。

皇上攙我的手同返櫻雨殿，我縱是疲憊不堪，亦得強打起精神伺候他一回。待他沉沉睡去後，我方才酣然入睡。

「皇上上朝去了？」漱洗完了，我坐到妝臺前隨口問道。

「皇上素來勤政，就寢前便吩咐小安子不得誤時，五更天就上朝去了。」彩衣邊替我梳著髮髻，邊道：「主子，皇上是真心對您好呢，連奴婢都生羡慕啊！」

「哦？你這丫頭長大了？說這款話，該不會是思春吧？」我含笑瞟去，彩衣臉頰立時浮起兩片紅雲，直紅透到耳根脖後，惹得我忍俊不禁，「好了，不逗你玩了。怎地突然間說皇上是眞心對我好哩？」

「明眼人都看得出來呀，打從太后殯天後就少見聖上展顏，而主子封了后，皇上便破例吩咐內務府大擺筵席慶賀呢！」彩衣微笑著，臉上透顯出明顯的驕傲。

我心裡輕歎了一聲，這孩子……

「彩衣，時候不早了，去迎請各宮主子們到正殿吧。」

在宮女們伺候下，我穿上一身正紅鳳紋宮裝，對鏡而立，伸手擺整端莊的龍鳳髻，細細看了看髻上簪著的鎦金鳳凰簪，滿意地點點頭。

我扶著小安子緩緩走入正殿，各宮嬪妃已然候在殿中。今晨是我初次以皇后禮儀接見各宮嬪妃的請安，自然得隆重肅穆些。

宮裡的奴才們早安排妥帖，我徐步走至鋪著大紅格子絲繡福字軟墊的正位上落坐。

淑妃忙領了各宮嬪妃上前行跪拜大禮，「嬪妃拜見皇后娘娘，娘娘千歲千歲千千歲！」

我儀態端莊地望了望眾人，半晌才含笑柔聲道：「眾位妹妹太客氣了，都起來吧。」

「謝皇后娘娘！」眾人又謝過禮，甫依位分落坐。

「這後宮非靠本宮一人足能撐起，往後還須仰仗妹妹們幫襯著才是。今後各位妹妹都該和睦相處，大家齊心伺候皇上，努力爲皇家開枝散葉，多誕子嗣！」

眾妃嬪忙又都站起，微微側身面向我俯首聽訓。我柔聲說著並舉目瞟過眾人，淑妃恭謹地躬著身子；榮昭儀規矩地立於跟前，她頭上晃動的珠簾流蘇卻洩漏她的不甘和恨意；雪貴人露在裙外略擠得變形的小腳，亦暴露了她此刻的心緒；還有……

我將眾人神色一一看在眼裡，面上依然掛著溫柔端莊的笑容，續言道：「往後各宮用度照舊，妹妹們但有難處只管來找本宮，然倘若有人敢藐視宮規、明知故犯，屆時休怪本宮不近人情！各位妹妹可都聽清楚了？」

「是，謹遵皇后娘娘懿旨！」眾人齊聲應道。

我喜笑顏開，緩了口氣，「各位妹妹快別站著了，都坐下吧。」

眾人謝恩後依序落坐。我見她們微顯拘謹，想來是我方才話語餘威未散之故，卻佯作不知地笑道：「妹妹們不必拘禮，往後來本宮這兒還和往常一樣。」

右邊上首位的淑妃笑著接口道：「這是自然，皇后娘娘向來宅心仁厚，待我們親如姐妹，妹妹們自是不會見外的。」

「如此甚好！」我看了看眾人，轉頭吩咐道：「小安子，命人取一瓶前年冬日的梅花雪水來開了，本宮和眾位妹妹一同品嘗！」

「呀，皇后娘娘費心了。」坐在左首位的榮昭儀一臉笑吟吟，「這前年的雪水十足稀罕，還是在梅花上收取，尤更珍貴！皇后娘娘素來蕙質蘭心，總能弄出我們這些妹妹們想不到的寶貝。妹妹都等不及想嘗嘗鮮了！」

閒談間，小安子已派人進來擺好茶具，取了小銅壺在火上燒著。

俄頃工夫水燒開了，罕少露面的玲瓏現身朝我福了一福，徐徐走到茶具前，提了小銅壺往茶盤上擺妥的品茗杯中注入開水，細細溫洗茶具。

小安子取來雪水開了瓶倒入小銅壺中，復又放回爐子上溫燒，不一會就開了。玲瓏往紫砂壺中放了些茶葉，再用雪水一沖，刮去茶沫，十秒出湯，頓時一股淡淡茶香撲鼻而來。

宜婕妤奇道：「咦！皇后娘娘這是什麼茶？好清香呀！」

我但笑不語，玲瓏倒好茶後托起茶托，碎步上前跪在我跟前，脆生生說道：「奴婢恭喜皇后娘娘，願娘娘鳳體安康，歲歲有今朝，年年有今日！」

我莞爾一笑，伸出戴了金鑲玉護甲的纖纖玉手，用三龍護鼎手勢輕托起茶托中的品茗杯，送至唇邊淺呷一口細細品著，果覺清滑異常，口齒餘香。

我滿面紅光，一派春風得意，連連頷首讚道：「好，好茶！快起來吧，難得你如此有心！」

玲瓏對我微微嬌笑，起身退至一旁，示意秋霜引領幾個宮女給各宮主子奉茶。眾人聞香而動，端茶觀賞許久，這才輕輕抿上一口細細品茗。

「皇后娘娘，嬪妾見識淺薄，冒昧請教，不知這茶是否便是傳說中的茶之極品——湖州紫筍？」

我循聲望去，竟是出於淑妃下首的雨婕妤之口。

端木雨性子較端木晴更加清冷，平日裡少在宮中走動。太后召她進來，原想好好提攜於她，不想她清冷的性子就是在皇上跟前也不軟化半分。其他宮的都傳她自恃出身高貴便目中無人，我卻總覺她清冷中含藏淡淡的憂傷，倒像是有心事之人。

皇上貴爲天子，如今年紀又大，性子早已磨平了，起先時因著她貌美倒時常翻她的牌子，可時日一久也失了哄她的興致，唯礙於太后之面，每月照例翻她幾次牌子，位分亦一晉再晉，狀似頗爲受寵。

太后殯天後皇上悲痛萬分，端木雨又不會軟語安慰人，聽小玄子那邊說，太后故去後，皇上統共僅翻了她一回牌子。我這才勾想起，那日皇上過來直說她心冷似鐵，想是因著太后殯天而雨婕妤竟連一滴眼淚也未流之故吧。

今兒個許是推卻不掉才過來露臉，只見她穿了身月白配淺藍外罩的宮裝，梳了個簡單的參雲髻，髻上單簪了幾朵白玉蘭，耳上一對水滴狀翡翠耳墜隨著呼息微微淺晃，越發襯出若隱若現的勾魂鎖骨，周身再無其他飾物，看起來淡雅素淨，別有一番風韻。

她鮮少露面又向來靜默，從不輕易開口。這會子主動開口，莫說眾妃嬪，連我都稍感詫異。

「呵呵，雨妹妹哪是見識淺薄呢？」我讚歎地接過話，「本宮亦是偶然得來，統共就這麼一罐，聽聞異常難得，本想趁今兒個妹妹們都聚全了拿出來顯擺顯擺，不想被妹妹一語中的。」

端木雨聽我回語，猛地抬頭望了過來，卻對上含笑雙眸，不由臉頰泛紅，復又低下頭去。

「那是，雨妹妹出身名門定然飽讀詩書，自是見多識廣，乃非尋常人家能相比的。」榮昭儀笑著斜睨了她一眼，又道：「連皇上都對雨妹妹的才情讚賞有加，雨妹妹又何必這等謙虛，妄自菲薄呢！」眾妃嬪微愣住，任誰都能聽出這話中帶刺。端木雨本就不善言辭，被榮昭儀這麼一堵，直氣得臉頰緋紅，卻吐不出半句話。

「是啊，瞧瞧雨姐姐打扮得這樣素淨，十足惹人憐惜，想來是傷心過度了吧？也是，皇上自然心疼萬分啦！」雪貴人接過話來，竟哪壺不開提哪壺，氣得端木雨偏過頭去，只靜靜啜飲著几上那小杯茶，不再吭聲。

氣氛頓時添上詭譎，眾妃嬪皆看出榮昭儀和雪貴人擺明了欺負著端木雨，偏偏雨婕妤平素不喜走動而致人緣淡薄。眾人也不說話，只裝作若無其事般喝著茶。

哎……這宮裡向是如許現實的，往日裡有太后護著，眾妃嬪即便對端木雨懷有不滿，亦只得小心潛藏，即便是心中嫉恨也有所顧忌，表面還得刻意討好著，生怕一不小心便大禍臨頭。如今太后才故去沒多久，失去靠山的端木雨驟成了她們的眼中釘、肉中刺，更何況又沒了皇寵，她們遂越發肆無忌憚起來。

儘管有端木尚書以及整個端木家族做爲後盾，端木雨往後在宮中的日子只怕也不會那麼好過了……

我呵呵一笑，嗔怪道：「好好的，妹妹們怎地又提起這些個傷心事，奉勸貴人妹妹須小心謹愼些，倘在皇上面前惹怒了聖顏，只怕姐姐們也幫不了你！」

雪貴人被刺中了痛處，嚇得一個激靈，不敢再多言。榮昭儀見我有意迴護端木雨，含笑低著頭不再吭聲，嘴角逸出一抹若有似無的冷笑。

「皇后娘娘，依嬪妾說，這茶好加上水好，泡茶的功夫定也非凡，才能夠泡出這等好茶。」鶯貴人笑著岔開了話題。

「是啊，是啊。」淑妃忙接口道：「皇后姐姐跟前何時添了這麼個心靈手巧的可人兒，妹妹們怎麼沒見過呢？」

「不過是個使喚丫頭，倒教妹妹們費心誇讚哩。這時辰也不早了，妹妹們就留在本宮這兒用過午膳再回去吧！」我朝玲瓏遞過眼色，她默默收拾後悄悄退了出去。

「皇后姐姐客氣，妹妹們不會打擾到您吧？」淑妃見我誠意挽留，只笑著客套道。

「哪裡，還要妹妹們莫嫌棄本宮這兒粗茶淡飯才是！」我笑應著，轉頭吩咐道：「小安子，去御膳房傳膳，另外，叫宮裡的小廚房先送些糕點過來。」

「是，主子！」小安子得了令，急急忙忙出去傳膳。

少頃工夫，秋霜帶了宮女們撤下果品，擺上幾樣新製糕點。眾人邊聊邊享用糕點，待到小安子過來稟報已擺好膳，我這才帶眾妃嬪到偏殿之中用膳。

折騰到午後，眾妃嬪見我稍顯倦意，方才散去。

小安子扶我回到暖閣斜臥貴妃椅，替我蓋上薄被，輕聲道：「主子，您先歇會兒，折騰這麼一早上，定然疲乏了。」

我瞇著眼，靠臥在貴妃椅上，懶懶地說：「是有些乏了，可了無睡意，你坐著陪我聊會子吧。」

小安子謝過恩甫落坐軟凳上，拿美人槌輕手給我捶著腿，細聲道：「主子，您怎麼啦？您今時如願以償坐鎮中宮了，可奴才卻覺著主子一副心事重重之貌哩？」

「哎，終是被你瞧出了。」我悠悠嘆了口氣，疲憊道：「想想這幾個月來，我的日子僅堪用『水深火熱』足以形容。太后臨走時，最不放心之人便是我，才在臨終前傳喚我至寧壽宮；就在我以為死到臨頭時，太后忽而改變了主意，放我回來；我以為已度過危險，偏偏分娩時萬歲爺的反常又不斷地向我示警；我成日提心吊膽，她卻在龍陽百日之時拋出立后的懿旨。我實在……」

「主子是怕她還埋了更多的算計？」小安子替我吐說出心中的憂懼。

「那日裡太后傳我去，就著我腹中胎兒誕於龍年之事兜繞許久。小安子，你還記得那日我臨盆之時，皇上的反常言詞麼？儘管外人看來是萬歲爺為我掛憂，可現下仔細想想，我自個兒總覺著不盡然如此！」

「主子是指，皇上頻頻追問時辰之事？」小安子一直守候在旁，自然也知曉。

「嗯，我記得剛生下來那會子，我滿懷欣喜看著他，卻發現他神情著實怪異，不完全是激動，有一絲絲的……恐懼，對，就是恐懼！」

我腦中重又浮現我虛弱地望著皇上那時所見之神情，突然間冒出「恐懼」一詞，再加細想，越發地肯定彼時他神情中所透露的，就是恐懼。

「奴才也記著當時聽見嬰孩啼哭聲，皇上喃喃地道：『龍年了啊……』隨即又急問嬰孩是男是女，聽到穩婆稟是公主時，皇上明顯鬆了口氣！」

小安子同陷入回憶之中，「奴才當時還覺著奇怪呢，誰不望生皇子，怎麼萬歲爺反而像是怕主子生皇子似的！」

「是了，龍年誕下的皇子便是『龍子』了……」我慘然一笑，「只怕是太后……難怪他不顧祖宗規矩也要守看在旁，鬧騰半日卻是因著這個……我真想知道，倘產下的不是龍女，而是龍子，他會如何……近些天來，我反覆想著這個問題。」

「主子別太往心裡去，畢竟太后已逝，此事無從追究。」小安子見我神色淒然，忙安慰道：「奴才們都看得出來，這宮中眾多嬪妃裡頭皇上唯對主子最為上心，主子就別想太多了。」

「太后啊太后！您果然是最精明狠毒之人，我再怎麼鬥也脫不開您的算計，就連我『母儀天下』的夙願都是您一手安排！」

「主子，當初萬般驚險皆已過去，最後勝果終歸主子您呀，畢竟太后已然去了，而主子到底名正言順地掌管六宮。」

「贏了麼，哼！」我冷笑出聲，「小安子，我知你想寬慰我，可我們皆是腦袋瓜子清醒的人，沒辦法自欺欺人。母儀天下麼？太后不過是將我置於火盆之上罷了！爬得越高或越是得寵，嫉妒的人就越多，心裡時刻惦掛的人也就越多……」

「主子終須跨出這一步的，躲也躲不掉，逃也逃不開……」

小安子待要再說什麼，門外忽傳來小碌子的通傳聲：「皇上駕到！」

我一聽，忙起身跪落屋中迎駕。

皇上跨步進來，我柔聲道：「臣妾恭迎聖駕！」

「言言，快起來，朕說過多少次了，沒有外人在，不必拘禮。」皇上扶了我起來，二人一同朝竹榻而去。

小安子幾人識相地行過禮，退了下去。

「呵呵，言言，你總算成爲朕的皇后了！」皇上笑擁我入懷，沉吟一瞬又道：「朕已下旨命人將養心殿和旁邊的鸞儀宮修葺一番，待修葺告成，我們便同時遷入，毗鄰而居。」

「皇上，如此大興土木，臣妾只怕……」我猶疑道。

初登后位，凡事還是謹慎些爲好，朝中一股支持我的力量成形，但尚有些中間勢力以及少數反對之聲。而我向來信奉「小心駛得萬年船」準則，如今根基未穩，尤須謹言慎行。

「言言，你總這般替朕著想，可這回大興土木並非朕拿的主意，乃是戶部幾位大臣建言，朕即刻就允准。」皇上樂陶陶說道：「哈哈，這是他們口說過最符合朕心意的話了。」

「難得幾位大人有心！」我溫婉笑應：「不過臣妾還是覺著不宜過於鋪張，且那座宮殿臣妾也知道的，自上回修葺後即懸空著，只需喚奴才們善加清理便行。」

皇上點了點頭，含笑凝望著我，「好，好！朕的言言如今身爲六宮之主，皇后怎麼說便怎麼好！」

我立時羞紅了臉，微微低下頭去，倏地想起某事，直看向窗外呢喃道：「可是皇上，臣妾……」

皇上順著我的目光望去，笑道：「言言放心，朕早想到了，已下令讓人移栽這院中的櫻花過去，朕包準你明年還能賞看繁華似錦的櫻花。」

我不再言語，深深回望他一眼，微微福下身去，心中一片清冷，「臣妾謝萬歲隆恩！」

皇上攬我入懷，伸手撫摩我的臉頰，雙目含情道：「言言，朕看出來了，這近幾個月你似都不開心。」

我聞言一驚，想不到我百般掩飾竟仍讓他有所察覺，看來我不動聲色的功力遠遠不足，還須加把勁努力才行……

「沒有的事，臣妾……」

「行了，言言。」皇上截斷我的話，憐惜地看著我，沙啞道：「朕明曉你的心事，畢竟如今你母儀天下，尊貴萬分，但你的父親卻……朕知你心中記掛此事，所以朕下了決定。」

他挪了挪身子，一本正經看著我，忍俊不住大笑，「朕已決定頒旨大赦天下，屆時，你們便可一家團聚！」

「什麼！」我又驚又喜，滿臉欣喜地追問道：「皇上所言可是眞的？那、那……」

皇上含笑朝我使勁點頭，我方才確信自己聽到的，忍不住興奮地撲進他懷中，連連說道：「多謝皇上，臣妾感激不盡！」

想到自己對父親的責怪，心中懷有深深的內疚之情，抑不住熱淚盈眶。如今他即將釋出，我是否該費心思好好補償他呢，他要回來了，娘知悉了定會十分欣悅。

思及娘親，我心頭一暖，神情漸顯柔和。

皇上款款爲我拭去淚水，柔聲道：「朕的皇后，連梨花帶雨模樣都煞是動人！」

我立時低下頭，雙頰微酡，忽想起還未正式謝恩，忙退開幾步跪落皇上跟前，含笑道：「臣妾叩謝皇上恩典！」

「呵呵……」皇上趨前拉我起身，刮刮我的小鼻子，「又哭又笑的，像隻小花貓！朕替言言解了這心結，言言該不該好好回報朕呢？」

我聞言愣住，萬想不到他會主動討謝禮，只呆呆呢喃道：「臣妾整個人都是皇上的，實在想不出……」

看著慵懶斜躺榻上的他，迎上那雙含笑眼目，我的心不由一點一點沉降下去……

男人麼，想要的頂多不過是那樣，我深深吸了口氣，徐徐垂低下頭，眼底瀰漫霧氣，心頭直發顫，暗嘆道：「終於還是碰上這麼一天……」

我緩緩蹲低，將頭慢慢埋向他兩腿間，顫巍巍伸出雙手要去解他的腰帶。

他卻倏地坐直身子，一把將我拉起攬入懷中，喃喃道：「不許，朕不許你這樣看輕自己。朕說過，言言在肅郎心裡與她們那等鶯鶯燕燕不同，永遠也不許……」

我靠伏在他肩窩處，兩滴清淚自眼角淌落，暗道：「肅郎，多謝！謝謝您留給我最末尊嚴，多謝您沒讓我能夠說服自己恨你，否則……」

「今兒上晝宮裡其他嬪妃來請安時，皇后都請她們品甚佳茗？」皇上輕撫我的背，笑吟吟道：「朕一進正殿便聞到香味了，也想討來嘗嘗！」

我愣了愣，隨即取絲帕揩去眼角珠淚，嗔道：「僅是年前西寧將軍送的那罐湖州紫筍，皇上亦當記得的，怎麼這會子問將起來？」

「湖州紫筍麼？」皇上微擰眉頭，露出一臉疑惑，「聞著倒不像，和朕記憶中的味道有別。」

「確認之法容易，待臣妾沏上一壺奉與皇上，不就知眞僞了麼？」我微微笑言，轉頭朝門外高聲道：「彩衣！」

候在門口的彩衣忙打簾入內，恭敬道：「奴婢在，主子有甚吩咐？」

「吩咐下去，備好上好紫砂茶具，取湖州紫筍過來。」我頓了頓，又道：「對了，方才啓開的那瓶雪水恐快見底，你遣小祿子再去地窖中取來新瓶，本宮待與皇上品茗閒話。」

「是，主子，奴婢這就去辦。」彩衣答應著，躬身退了出去。

「雪水？言言，什麼雪水？」皇上聞我提及雪水，待彩衣退下後旋追問道。

「哎呀，皇上今兒是怎麼著？怎地對這些心生好奇哩？」我莞爾一笑，扶他往貴妃椅上靠臥，自己則在奴才們剛端放几上的茶具前落坐。

「不過是前年冬日閒來無事，派奴才們從梅花上收取來的雪，封嚴實了藏放於地窖，待來年夏日拿出燒開了靜置後作解暑之用。我喝著甘甜可口，於是命人用來沖茶，不想味道甚佳，甫令人專作沏茶之用。」我呵呵笑道：「皇上日理萬機，原也是心細如絲，連這點差別亦聞得出來。」

「你呀！總能夠給朕諸多驚喜，只你這般聰慧靈巧之人才想得出這些。」皇上龍顏大悅，「什麼櫻花釀、玫瑰糕之類的，甜品尚須搭襯茶用，唯有到了你這裡，朕才覺著原來用食是無上享受。」

正說著，小安子已送來雪水。我洗過茶具，將雪水開封徐徐注入小銅壺，慢慢燒開。

皇上雀躍盯看我洗滌茶具的優雅姿態，一副迫不及待之狀，「朕實等不及要品品皇后的手藝了！」

我抬頭朝他展顯如花笑靨，持茶匙取一小勺茶葉放入紫砂壺中，再提了旁側早已沸騰的小銅壺高沖水，刮去茶沫，「重洗仙顏」後舉起紫砂壺，輕輕倒出茶湯。

頓時茶香撲鼻，皇上雙目微闔並深吸了口氣，讚道：「香，眞香！」

我恬靜地朝他一笑，將茶湯注入品茗杯中，用茶托獻上。

皇上托起茶杯，細細賞看湯色，又放至鼻端嗅聞，甫啜了一小口，連連讚道：「好茶，好茶！確比尋常井水所沏之茶更顯甘甜濃香。言言沏茶功夫實非比一般，若無非凡茶藝，空有好的材料亦枉然。」

我盈盈朝他眨了眨眼，托起自己面前那杯茶，細聲道：「本朝文字的『品』爲三個口，我們喝茶也分三口，一口爲喝，觀其色；二口爲飲，聞其香；三口爲品，品其味！」邊說邊行示範，分三口將茶喝入口中。

茶杯還未放下，旋就響起了皇上的鼓掌之聲，我頓時雙頰緋紅，不由俯首含笑道：「皇上，臣妾獻醜！」

「哪裡！朕怎麼從來不知，朕的言言原是品茶名家啊！」皇上一把抓住我爲他斟茶的手，款款含情道：「言言，這宮裡唯只有在你這兒，朕才覺著自在，能開懷大笑！」

我仍低著頭，未吭聲。若於往昔，我此刻心中想必充滿柔情，只覺被滿滿幸福包圍著，畢竟在深宮之中能得皇上用心對待，何其有幸！可是，不曉何時開始，這種幸福感遠遁，有的只是吐不盡的無奈。

在這宮裡，「身不由己」始終是最難以承受卻又不得不面對的苦楚……
目送皇上身影離去，我心中竟浮湧一絲道不出的鬆快，輕歎口氣後轉身回屋，無力地靠臥貴妃椅上，未幾沉沉睡去。

大赦天下的聖旨迅即頒下，父親亦捎信告知定了歸期。我看著家書，不禁犯起愁，父親回來，尚書府自是不能再住，怎麼著我也得在父親歸抵前為他做好安頓才是，總不能讓他老人家長居客棧吧。
我忙命人遞信出去，悄悄約見西寧楨宇。
待我到時，西寧楨宇早已候在屋中，我剛跨過門檻，耳邊旋傳來他醇厚嗓音。
「皇后娘娘，今日喚微臣前來，所為何事？」
我微愣一下，吐了口氣甫輕聲道：「皇上大赦天下，家父不日將返回皇城，本宮欲託將軍幫襯在城中購入別院，以便家父歸返時得有落腳之地！」
西寧楨宇聞我此言，眼中閃過一絲不屑，「小事一樁，我辦妥後即會託人帶信。」微頓過後又道：「皇后娘娘可還有別的事情？若是沒有，微臣先行告退了！」
他有禮地朝我一拱手，轉身朝門外走去。
只要睿兒不在，他覺著與我同處一室都似玷污了他一般，總迫不及待想離去。往常睿兒還小，每回我都讓玲瓏帶著一塊前來，可睿兒慢慢長大，我便再不敢攜睿兒過來了。
睿兒還不曉事，倘不小心露了半絲痕跡，無論對我、對西寧楨宇或對睿兒本身都將是滅頂之災，我不敢冒這樣的險，我承受不起那樣的後果。

「哎，那個……」眼看西寧楨宇已走近門邊，我忍不住出聲喚住。

西寧楨宇聞聲停步，轉過身問道：「皇后娘娘尚有甚吩咐？」

「西寧兄長，你不能像往常一樣喚我言言麼？」不知爲何，別人耳中尊貴無比的皇后稱號從他口中喚出，我聽來竟是那般刺耳。

他歎了口氣，輕聲道：「哎，言言，此有甚差別麼？」

「有，當然有！」我趨前幾步，激動道：「至少，能讓我覺到親切，讓我覺著我不是孤獨的一個人。」

西寧楨宇不明所以的看著我，半晌才道：「你如今坐鎮中宮，掌管六宮，母儀天下，朝中又有我等扶持於你，你還覺著有甚不好？」

我呼了口長氣，我的痛苦、我的難處，又豈是他能明白的呢？我不再接話，抽鼻整了整情緒，才又問道：「我託兄長代爲照看的那位大娘，她……現下還好麼？」

「你交代的事我自然不會落下，隔上一段日子，我總會過去探望她。她身子挺好，只是我看得出來，她總懷憂傷，心緒難安！」

「謝謝你！」我一聽聞娘的憂愁，忍不住又紅了眼眶，哽咽道：「用不了多久了……再過幾天，一切便好……」

「哎，那位大娘是何人？和你有甚關係麼？」

長久以來，這是西寧楨宇頭一次主動問起我的事，我不免詫異而頓了一瞬，正想出言回答，他卻又開了口。

「罷了，你不想說就罷了。當我多此一問！」說罷轉身大步走出，不一會工夫便遁入夜色之中。良久，我才聽見小安子上前悄聲催道：「主子，夜深了，該回去了。」

我頷首作應，扶了小安子，小心翼翼從原路返回。

父親終是歸返了，但因他乃待罪之身，不能隨意進出宮闈，父女倆仍沒能夠見上一面。皇上見我悶悶不樂之狀，特允我返家省親三日。

待到出宮之日，我早早起身，挑了正紅繡鳳宮裝，頭戴寶珠鳳冠。

彩衣笑道：「主子，許久沒見您這般開心了，連眉眼之間都含著笑呢。」

「小丫頭，就數你會說話！」我笑罵道：「趕明兒本宮下懿旨把你嫁出去，看你還敢貧嘴！」

「誰要出嫁啊？」門口有人接話，旋聞見舉步走進的響聲。

我欣喜地回過頭去，向來人莞爾一笑，昵道：「皇上，您來啦！」

皇上上前扶了我朝門外走去，口中喃喃直道：「言言，朕眞捨不得放你回去，要不……乾脆就別回了吧！」

我雙目含笑柔情看著他，咯咯直笑，嗔怪道：「君無戲言，皇上怎麼又說出這樣的話，也不怕奴才們聽了笑話您！」

我斜眼瞟去，跟在後頭的彩衣和小安子幾人正掩嘴偷笑，皇上不加理會，只攜我朝宮門走去。

「言言，你要好好保重，早去早回！」皇上仔細交代著，「三天後，朕在養心殿等你回來！」

「是，臣妾知曉！」我柔聲答應。

走到宮門口，淑妃和幾位妹妹早已等在那處，見我現身，眾人笑著迎將上來。

我展顏吩咐道：「淑妃妹妹有心了，本宮不在宮中，宮裡之事須勞妹妹多多費心。」

「皇后姐姐早行安排妥當，妹妹自當盡力而爲！」淑妃答著，又吐說許多關切之語。

我尋隙悄悄吩咐木蓮：「妹妹，姐姐不在宮中，照顧皇上的重任就落在妹妹身上了！」

眾人相送目光中我登上鳳輦，在殿前侍衛護衛下，由太監、宮女們簇擁著緩緩朝宮門而去。

一路行至城南僻靜的怡然莊，父親早已攜家人在門口候著，一見我步下鳳輦，忙領了眾人跪拜道：

「草民拜見皇后娘娘，娘娘千歲千歲千千歲！」

我含笑輕聲道：「自己家裡，毋須如此多禮，都快起來吧！」

父親謝過恩，甫起身迎我進去，早有殿前侍衛將怡然莊圍將起來。

行至廳中，屏退眾人後，娘才迎上前來緊拉住我的手，上下仔細打量我。

「言言，讓娘好好看看你！」娘拉著我細細端詳一番，連聲讚好，卻轉過身去偷偷用衣袖揩去眼角珠淚。

父親一看，忙上前拉了娘，嗔道：「瞧你，大喜的日子，哭甚呢？婦道人家，別沖了喜氣！」

「沒，沒事！」我也不禁紅了眼眶，扶了娘落坐一旁，轉頭向父親奇怪道：「父親，幾位姨娘呢？怎麼沒見著人呢？」

一年多未見，父親蒼老不少，卻也清淡許多。父親臉上不復往日衝勁，讓人倍感慈藹，興許此次流放於他心頭留下不小的陰影吧。

「哎！」父親歎了口氣，自嘲道：「當初一聽我落難，你幾位姨娘便席捲家裡值錢之物跑了，餘下你二娘一人陪我流放去往邊關。如今回來了，你二娘她憶起過往種種，但覺沒臉見你，所以……」

父親流放，雖說皇上差人暗中行了安排，不至落到節衣縮食、苦難度日的境地，但終究和在皇城的日子沒法比，更何況堂堂尚書淪爲罪臣，眾人的眼光無不帶著刺。

思及這些，看著父親微顯佝僂的身子和兩鬢的白髮，我不禁心生內疚之情，放開了娘的手，舉步上前「咚」的一聲跪在父親跟前。

「娘娘，您、您這是做甚呢？」父親乍吃一驚，手足無措看著我，顫聲道：「皇后娘娘千金之軀，怎可……」

「父親，都怪女兒不好，是女兒害慘了您！」我憋忍許久的歉意，終忍不住傾吐出來，「女兒不該爲了攀高枝，爲了自保而那樣狠心對待父親。女兒早就後悔不已，只是苦無機會好好說出，父親，請您原諒女兒的不孝！」

「不，不，不！」父親忙上前扶我起來，老淚縱橫，哽咽道：「言言啊，這不怪你，要怪就怪爲父自個兒熱中權勢，利用你的提攜行貪贓枉法之事，觸犯律法。打你一出世，爲父便未盡到做父親的責任，你入了宮，誤以爲你娘親已不在世間，當時那般做並沒有錯！你說得對，這一輩子，爲父最對不住的就是你們娘兒倆！」

「可是，當時是女兒親自揭發……」

「別說了，言言，後宮之險惡爲父的豈能不知，有多少雙眼睛盯視著你啊，稍有差池便落得粉身碎骨！流放這些日子，爲父同想明白了，俗話說『君要臣死，臣不得不死』，當時即便有言言你力保爲父，只怕也是於事無補。」

「父親，您……」我驚詫地看著他，眼前的父親和我印象中的那人天差地別。

「言言啊，爲父和你娘都老啦，幫襯不了你甚的，儘管你如今貴爲皇后，仍得處處小心才是！」

面對突然間變得慈祥如許的父親，我略感無措。

「姐姐和二哥……」方才出門迎接我的人群中，並未發現他們的身影。

「你姐姐早已如願嫁入絲綢商家，你二哥在後院陪著你二娘呢！」娘在旁笑道。

「你們娘兒倆好好聊聊，我先去廚房看看午膳準備得如何。」父親朝我笑了笑，退出門去。

父親離去後，娘便拉了我同坐炕上，輕輕撫摸著我身上的金絲繡鳳宮裝，又細細看了看我頭頂的后冠，含笑點頭，「好，好！娘的好女兒！」

「娘，女兒不孝，讓您受苦了！」我想到娘，眼淚又垂落下來。

「傻孩子，哭甚呢，娘這不是好好的麼？」娘替我揩去眼淚，自己卻紅了眼眶，「一入宮門深似海，一直都聽說你好，可也不知究竟好不好，如今親眼看到你，娘也就放心了。」

「娘，女兒不孝，一直沒能去看您，只是託人照看著您。」我滿是內疚地說道。

「成了，別說那些了，如今這不是一家團圓了麼？好好的，就別提那些過去之事。」娘頓了一下，才小心翼翼說道：「言言，你二娘……」

我冷哼一聲，沒有說話。

「其實你二娘也變了，不似以往那般好勝，這次歸返後也是她親自去接我回來的。言言，你就別往心裡去了，過去的事皆已過去，娘如今不也好好的麼？」娘拉了我的手，柔聲勸道：「你連你父親都能原諒，難道還不能原諒一個年近半百的女人麼？況且今時雖是粗茶淡飯，卻總算一家團圓了，娘這心裡啊，甭提有多高興呀！」

我輕輕歎了口氣，娘永遠是這般善良，她都不計較了，我又還能說甚呢？

午膳時，我望向父親笑道：「父親，怎麼不見二娘和二哥呢？」

「啊？」父親滿面訝色抬頭看著我，隨即露出笑意，「哦，他們在後面啊！」

「怎麼用膳了也不出來呢？」我一臉雲淡風輕，輕聲道：「快叫人喚他們一塊用膳吧！」

「哎！」父親欣喜地瞧看我，轉頭吩咐丫頭去喚二人進來。

未幾，身著藍布短衫的婦人帶了個身形修長的男子進來，一進門便跪落在地，低頭道：「民婦給皇后娘娘請安，娘娘萬福金安！」

我笑道：「二娘，二哥，快起來吧，此處並無外人！」

二娘微愣一下，萬未料到我是這等回應，她怔在當場，摸不著我的心緒而躊躇不前。

娘忙笑道：「姐姐，少帆，快過來，一起坐下用膳。」

「哎！」二娘答應著，遲疑了一瞬又朝我道：「娘娘，從前……」

「二娘快坐吧，過往之事不必再提，今刻難得一家團圓，往後就好好過日子吧。」我滿臉含笑道。

「哎，是，是！」二娘這才鬆了口氣，展顏拉著莫少帆入席。

「父親此番歸來，有何打算呢？」父親回來了，往後的營生我不得不爲之考慮。

「這個……」父親擱下筷子，歎了口氣道：「爲父以前看不明白，總喜歡爭權奪勢，而今才知曉，原來一切不過是過眼雲煙。這次回來自不考慮重返仕途，只想和你娘和二娘一起安享晚年。」

我頷首相應，暗嘆道「難得他能這般看得開」，遂而將目光轉過莫少帆這位莫家唯一青年，笑道：

「二哥今已二十出頭了吧，詩書讀得何如，可有打算參加科考？」

「呵呵，少帆啊，詩書沒讀進去多少，成天就知舞槍弄棒的，這次去了邊關，越發癡迷武學了！」

父親看二哥的目光仍是那般慈祥，聽他之言，早不像往常執著欲將二哥逼入仕途。

我沉吟少頃，甫道：「二哥既喜好武學，趕明兒我留意留意，安排二哥去殿前侍衛營當值吧。」

「眞的？」二娘一臉欣喜看著我，連聲道：「謝謝娘娘，謝謝娘娘！少帆，還不快謝謝娘娘！」

少帆看了他娘一眼，朝我一拱手，沉聲道：「草民謝娘娘恩典！」

我滿意地點了點頭，二哥如今變得穩重成熟，性格內斂不少，說不定確是個可造之才。

用過午膳，娘引我去後院西廂房中午憩。我住的小院被殿前侍衛圍了個水泄不通，我擰了擰眉只作未見，與娘相攜入得廂房。

與娘閒聊了好一陣，我迷糊著睡去。

待到醒來時已是午後，彩衣上前伺候我起身梳洗。閒步走到窗前，我偶見到院中樹木鬱鬱蔥蔥，亭臺樓閣樸素有餘卻布局精緻，倒別有一番風味。

我扶了彩衣走出房門，沿著搭了葡萄遮蔭的小徑一路登上亭臺。

亭中所擺設竟是我最中意的竹桌竹椅，小桌上早擺上了時令的新鮮水果。我落坐竹凳，拾取新鮮的葡萄輕輕剝了皮，小口食著。

父親的聲音自亭下林中傳來：「西寧將軍有勞了，請到屋中歇歇吧！」

「多謝莫大人，此乃吾職責所在，莫大人不必客氣！」西寧楨宇醇厚中帶著磁性的聲音飄送過來。

我怔在當場，疑道：「他怎麼會在這裡？」忙扔了手中果皮，起身依於亭中圓柱上舉目望去，一眼便瞧見了著將軍服飾倍顯氣宇軒昂的他。

「哪裡，哪裡，西寧將軍才是客氣了。老夫如今不過一介平民，『大人』二字哪敢當，羞煞老夫矣！」

「有皇后娘娘作保，莫老東山再起乃指日可待！」西寧楨宇含笑捧道。

我聞言微微擰眉，何時西寧楨宇也會說這等虛僞話語了，難道人眞的都是會變的麼？這些年他在朝中勢力逐日坐大，對我卻是越發冷淡，只怕是對我越來越不待見了吧！

從我請他指使人出面上書彈劾父親之後，他看我的目光中便減了一絲同情，多了一絲不屑。是啊，我這樣用盡心計又手段狠辣的女子，還有甚不能利用的？像他那等正派之人怎能眞正理解我的所爲呢？

我的心裡早已沒有了愛，有的只是虛僞和無盡的算計，只是怎樣努力往上爬而已！他不屑於我，又有甚奇怪的呢？只是……

我心中苦笑，倘有一日他知悉了那件事的眞相，屆時會用怎樣的手段報復於我呢？

回過神來，卻驚覺父親不知何時已經離開，而他，恰發現了亭臺上的我。

四目相對，誰也未挪動分毫，我在那對炯炯有神的眼目中窺見些許疑惑。疑惑什麼呢？不重要，我和他之間，純粹是場遊戲罷了……

終於，他移開了目光，默然轉身離去。

四十四　餘念未消

家中短短三晝夜，是我幾年來過得最輕鬆的三日，轉眼三日已到，離別在即。父親差奴才們打點行裝，趁著娘和二娘忙著新製我偏好的糕點之時，單獨將我喚進房中。

「言言，爲父知曉，你貴爲皇后仍有諸多難處，爲父年紀老大，又不在朝中爲官，往後幫襯不到你了！」父親說著，不免傷感起來。

「父親，只要您和娘身子安好，女兒別無所求！」

父親沒回話，只轉身走到桌案前，拿出早已備好的錦盒遞與我手中，溫言交代道：「言言，爲父爲官多年，到頭來僅剩下此物啦，權當爲父送你的陪嫁了。你好好收妥，指不定哪日多少能夠幫襯上些忙！」

父親鄭重地把那只湘紅色木匣遞到我手中，又遞過一把小巧精緻的銅鎖匙，「往後之路，唯有靠你自己了！」

「謝謝父親！」不管怎樣，這終歸是父親二十年來頭一次虔意爲我備下的禮物，我小心收取，誠心謝道。

「你安心返宮去吧，別教聖上等急了。」父親又交代道：「你娘……你就放心吧，爲父答應允過你的事，絕不會失言！」

我哽著呼吸，鼻子微發酸澀，用力地點了點頭。

「快去吧，別讓你娘等久了。天色不早，趕緊收拾好回宮吧！」父親聲音中隱帶哽咽。

我頷首而應，默默退了出來。

「啓稟皇后娘娘，皇上命奴才前來接娘娘回宮，鳳輦已在門外候著了！」小曲子上前稟道。

娘一聽，立時紅了眼眶。

我點點頭，吩咐道：「小碌子，吩咐奴才們打點行裝，即刻啓程！」

「是，主子。」小碌子得令，同小曲子一併退出。

娘縱有萬般不捨，亦只能含淚送我出門。

我拉了娘的手，寬慰道：「母親不必傷懷，往後每月女兒會派人來接您進宮，與女兒閒話家常。」

娘點了點頭，拿過我遞上的絲帕揩揩眼角淚水，又細細囑咐我要好生照顧自己，萬事小心云云。

「啓稟皇后娘娘，時辰已到，請娘娘上輦！」小曲子瞧看天色，忍不住滿臉焦急地催促道。

我輕歎一聲，暗嘆道「又要回去那座金色牢籠了」，表面卻擺出端莊姿態，含笑與家人揮別。

瞟了一眼面無表情默立於旁的西寧楨宇，我甫回身踩著小太監的背登輦，乘輦緩緩而去。

「草民恭送皇后娘娘！」父親帶領全家跪拜恭送。

我打起輦後錦簾直望著他們，直到越行越遠，消失在視線中。

不多時便已行至皇宮南門，守門侍衛正在查核同行奴才們的身分。我輕掀錦簾，再看一眼宮外的藍天白雲，深深吸了口這輕鬆自在的空氣。

鳳輦又緩緩向前行去，我從輦中望著騎馬隨輦的西寧楨宇那石刻般俊容，望著他背後我心所嚮往的無垠天地，直到大紅宮門緩緩關上，隔絕了兩片天地。

我放落簾子，收回目光，整了整心緒，端坐鳳輦中。我明曉，返家省親的幸福與感觸只能留存在記憶深處，從此刻起，我又是大順皇朝母儀天下的莊懿皇后。

鳳輦停在養心殿門，各宮嬪妃已候在殿門口。簾門輕掀，我扶小曲子的手，踩著小太監的背優雅步下鳳輦。

淑妃帶眾人趨前跪拜道：「恭迎皇后娘娘回宮，娘娘千歲千歲千千歲！」

我忙笑應：「各位妹妹快快請起！」

眾妃嬪謝過恩起身，跟在我背後進了養心殿。皇上聞報後緩步走出來，我們忙跪拜道：「臣妾拜見皇上，皇上萬歲萬歲萬萬歲！」

皇上滿臉堆笑，大步上前將我扶起，方朝眾人道：「都起來吧。」

「謝皇上！」眾嬪妃謝了恩，起身立於兩側。

皇上旋攜我舉步朝外走去，「言言，回來就好。你且隨朕來！」

出了養心殿一路朝右走去，拐過彎處，一座修葺一新的宮殿現於眼前，宮殿正門上的牌匾用紅布遮掩，並繫了個結。

我心下正疑惑，皇上笑盈盈扶了我走上前去，踏上臺階。他立於門口，將垂吊在空中的紅絲布放到我手中，示意我往下拉。

我順其意用力一拉，牌匾上的紅布滑落而下。眾人這才看清了匾上之字，乃是皇上親筆所提，能工巧匠精心打造的「莫殤宮」三個字。

我一臉欣喜地望向皇上，他含笑道：「殤，意大凶，莫殤，取其『無逢凶險』之意，朕賜此名於莊懿皇后，願朕的皇后富泰安康！」

我忙跪落磕頭道：「臣妾謝皇上隆恩！」

「起來吧。」皇上扶我起身，背後跟著的眾妃嬪旋即跪拜道：「嬪妾恭喜皇后娘娘喜遷新居，娘娘千歲千歲千千歲！」

「眾位妹妹快快起身！」皇上當著眾妃嬪的面如許禮遇於我，等同在昭告整個後宮，今時的我於他心中地位無人可比。

皇上復又攜了我的手，舉步朝宮門內行去，一路興致高昂。穿過迴廊，他指著前方的正殿，笑道：「朕知皇后素喜櫻花，這正殿本想沿用櫻雨殿之名，可想想又減了分喜氣，遂就下旨將正殿改為『櫻雪殿』。原本櫻雨殿前那幾排櫻花，朕已命人移植過來啦。」

小安子帶領奴才們跪在當前迎駕，皇上揮了揮手，奴才們忙躬身退去。入得正殿，皇上攜扶我落坐正中座位，眾妃嬪依位分坐在下首兩排位子。

小安子早已備妥茶水，眾人甫剛入座，宮女們即忙奉上新沏的茶。皇上端起福紋茶杯，輕吹茶沫，啜了一小口才又續道：「莫殤宮偏殿依次賜名煙雪殿、梅雪殿、蘭雪殿和春雪殿，蓮嬪向與皇后親近些，就賜居煙雪殿吧！」

「謝皇上隆恩。」木蓮原以為要與我分居兩處，今聽皇上之言，滿臉喜出望外地起身謝恩。

我面帶微笑，一副雍容華貴姿態坐在正首之位，不動聲色地睇看著下首各人，將眾妃嬪反應盡收眼底。

眾妃嬪神色殊異，因著在皇上跟前而不停吐說奉承話語，指望能引起皇上的注意好博得聖寵。

說了好一會話，皇上看了看我，轉頭笑道：「時候不早了，今兒難得大家同聚一起。小玄子，傳膳！朕和皇后與眾位愛妃共進晚膳。」

「是，皇上，奴才遵旨！」小玄子答應著退了出去。

待用過晚膳，眾人方才紛紛退散。

皇上自是留宿在我殿裡，小別勝新婚，幾日不見，越發濃情密意。

因著皇上明裡暗裡的提攜，宮內一時風平浪靜。轉眼間夏去秋來，天氣漸漸轉涼，我立於桌案前提筆細細作畫。

「主子，主子……」彩衣掀開簾子雀躍奔進，獻寶似的舉起手中那把金菊，笑道：「主子，園子裡的金菊開了，奴婢見著喜人，順手採了些回來。」說罷擱放在旁邊几上，又轉身忙去找花瓶。

我愣看著几上那把盛開的金菊，腦中倏地閃現出某幅畫面，那日小安子也似這般驚喜之狀給我送來了龍爪菊，結果……

我不由打了個寒噤，深埋心底的那份痛楚再次浮湧而起。

「主子，主子？」彩衣不知何時已找來了花瓶，輕聲喚著我，眼中滿是擔憂。

我這才驚覺自己竟然走了神，俯首一看，整枝筆完全點貼在宣紙上，墨汁早在那幅「荷塘月色圖」上暈染開來。

我微微歎氣，索性擱下筆，「算了，不畫了，把好好一幅畫毀了。」

「什麼東西毀了？」醇厚嗓音飄傳來，那身明黃也隨之入了暖閣。

我抬頭含笑望向來人，柔聲道：「不過是幅畫罷了。都怪彩衣這丫頭，無端送來一把金菊惹臣妾分神，才毀了此畫！」

「呵呵，皇后莫氣，就由朕賠你一幅何如？」皇上展顏趨前，就著我的手，提起桌案上的毛筆蘸了些墨汁，細細在硯臺上團細了筆尖，在新的宣紙上輕輕落筆。

他將頭靠於我肩窩處，呼出的氣息撩動我輕巧的耳垂，一陣陣酥麻引我略略心猿意馬。我暗自輕歎一聲，微轉頭朝他望去，卻見他一副心無旁騖之狀，只專心致志就著我的手在宣紙上作畫。

不多時，一幅荷塘月色圖的輪廓便栩栩如生顯現出來，他方停下筆。

我二人相視一笑。我退至一旁爲他研墨，他則換了毫筆潤飾收尾，我觀著行筆自如的他，不禁看得出了神。

「言言，在想甚呢？」

我回過神，朝他莞爾一笑，柔聲道：「皇上，臣妾在想，已經入秋了，那香山的紅楓定然火紅勝朝霞。」

「呵呵，言言是戀上那讓人癡迷的紅楓了？」見我含笑點頭，皇上沉吟少頃才道：「酷暑天裡本打算帶你去天池避暑，唯惜朝中之事脫不開身，此刻香山楓葉染紅，朕當陪言言去看，可偏生……昨兒個莞州傳來八百里加急文書，莞州境內瘟疫肆虐，値此節骨眼，朕……」

「皇上，國事要緊，臣妾不知，這才……」我忙跪在地上告罪道。

「好好的怎麼又跪落了！」皇上擱下手中的筆，拉我起身，「朕是今兒早朝方才得到莞州文書，你哪會曉知此事呢！」

皇上沉思半晌，甫又道：「皇后隻身前往未免太過冷清，這樣吧，言言在宮中選幾位氣味相投的嬪妃隨你一同去賞楓吧。」

「皇上……」我婉拒之聲消失唇邊。

莞州之事近在眼前，我本不該在此時離去，可想及那件事，我終是說不出推託之話。三年了，我的隱忍幾乎到達極限，非去不可！

「去吧，言言！」他雙目含情凝看著我，輕聲道：「去散散心，朕不欲看你在宮中陪朕勞煩。」

我遲疑了少頃，終只吐說出一句：「皇上，您千萬保重龍體。」

「好生準備行囊，三日後啟程，朕會派西寧將軍帶殿前侍衛護衛皇后安全。」他扶我朝外間走去，細細交代著赴香山別苑的瑣事。

既有他事要辦，自然不能帶榮昭儀一行人。在將宮中諸事交予淑妃代管之後，我只領了蓮嬪、鶯貴人、孫常在、柳嬪及玉才人等幾人一併啟程赴香山。

因著不在宮中，我便未拿用宮中規矩約束幾人，只在去的次日午時傳了眾妃嬪一塊享用午膳並閒敘幾句，告說既非處於宮中便無須過分拘束，也不用每日前來請安了。

起初幾人不信，仍按晨昏過來，我只命彩衣回了問安。如此幾番後，眾人謹慎之心遂漸放鬆，鎮日觀賞紅楓、漫步林間、洗沐溫泉、飲酒作樂，好不自在。

我只每日待在院中靜養，深居簡出，不幾日傳出我偶感風寒的消息，眾妃嬪忙過來問安。我傳見眾人一次，直說小病，靜養幾日便好，又說風寒易染，叫幾人不必憂心前來探望，我若有事則自會傳喚。

待打點妥帖，便命彩衣替我收拾物事。翌日一早，我換了事先備妥的衣衫，拎起包袱正要出門。彩衣撲將上來，拉住我的包袱，「主子，奴婢陪您去。」

我瞅看她一眼，待要說話之際，小安子也走了出來，沉聲道：「主子，您隻身前去，教奴才們怎放得下心呢？路途遙遠，還是讓奴才跟您同行吧！」

我看了看滿眼著急擔憂的二人，歎了口氣，細聲道：「我知你二人是眞心爲我，可你們須知道，此回私自離開乃事關重大，我雖對外稱病，又有南御醫協助隱瞞，可到底撐不了幾日，我已不在苑中露面，若你二人也不在，其他人定生疑心。此處的驚險恐絲毫不少於我這趟出行，你等留守亦須萬分小心，切勿露出破綻，本宮的性命可捏在你二人手中了。」

二人聞我之言，甫才點點頭，默然退至一旁。

我低頭出了門，手握皇后權杖，遇侍衛盤查便出示權杖，告道：「皇后娘娘派奴婢下山辦事。」事情超乎意料的順利，憑著皇后權杖，我竟暢通無阻地出了別苑。

我一路急行，不多時便已下了香山，山腳有個小鎮，興許恰巧遇上趕集之日，集市顯得異常熱鬧。我進入某家客棧，要了間上房，除下丫鬟服飾改扮作尋常婦人，穿了普通褲衫，挽了簡單的髮髻。隨後步出客棧，買些吃食隨身帶了。

見街邊有幾輛出租馬車，我挑了其中較舒適的一輛，遞出一錠銀子，小聲道：「去靈山！」

那車夫戴了頂大大斗笠遮蓋著臉，他頓了一下，低聲回道：「好的。夫人，您請上車坐好唄！」說罷，拿了張小凳擱放車旁，伸手欲扶我上車。

我拂開他伸過來那隻修剪乾淨的手，抓牢馬車扶手踩上小凳，掀簾爬入馬車落坐，方才開口道：「車夫，可以走了。」

「是，夫人，您坐好了！」

車夫揚鞭揮馬，一路朝官道行去。

馬車有節奏地顛簸前行，可能因著昨晚念想今日欲行之事而緊張興奮著，未能安睡，朦朧間我就這樣瞇盹過去了。

馬車磕著小石頭飛跳了一下，我乍然驚醒，隨即伸手掀開旁側小簾朝外張望，不看還好，一看驚出了一身冷汗來。馬車不知何時已偏離了官道，駛上一條極僻靜的山間羊腸小徑，周圍盡見鬱鬱蔥蔥的樹林，小徑在山間蜿蜒旋繞。

我腦子閃過無數念頭，是打劫，抑或純是走錯了路？

我霍地揮開門簾，朝坐在前邊戴著斗笠趕車的車夫高喊：「車夫，停，停，快停下來！」豈料那車夫卻頭也不回，只壓低聲音問道：「夫人有甚事麼？」

「這不是官道，你緣何走到這兒來？快快返回去！」我又急又氣，擔心著自身的安危，更著急誤了行程。

「這是條捷徑，夫人儘管放心唄。」那人依舊沒回頭，不緊不慢地沉聲回道。

我聞他篤定之語，遂便放下心，抬頭覷望天色已近正午，這荒山野嶺的，想來亦無午膳可用了。我只好打開包袱，拿出來時買的大餅，拿出一塊咬了一口，想了想後復拿起另一塊遞將過去，粗聲道：「車夫，拿去！」

他的脊背明顯僵住一下，想是沒料到方才凶巴巴的我會分乾糧與他吧。過了好半天，我遞得手發痠想要收回時，他微微側身接過那塊餅，又轉了回去。

我開始注意起車夫來，到底未曾看清斗笠下的那張容顏，不免有些好奇，遂高聲道：「趕車的，你爲甚一直戴著斗笠啊，怕見人麼？」

他沒回答，只大口大口吃著我遞過去的餅，取下腰間的酒囊喝了幾口，又繼續趕著車。

馬車繼續前行，大多時間都在趕路，期間只停下兩次。許是我神經繃緊得太久，一旦放鬆下來，人也漸漸進入熟睡中。

待再次醒來，我掀了簾子往外頭看去，日已偏西，馬車仍馳行在山間小徑上，青青樹林不斷向後退去。

我的目光倏地停駐在前方不遠處的石頭上，那石上赫然書著「天劍崖」，一股無形的怒氣於我心頭湧升。

我霍地轉頭，掀起簾子，「車夫，怎麼回事？怎地又回來了？」

許久不見回應，我更加氣憤起來，這車夫不會是帶著我在這荒山野嶺間兜繞吧。我旋即厲聲喝道：「停車，快，停車！」

那車夫卻對我的喊話充耳未聞，只專注趕著馬車。我心中一急，傾出身子伸腳朝他踢了過去。

他沒料到我一個婦道人家居然如此大膽，身子微傾閃避而過，手中鞭子順勢朝馬背揮將過去，馬受了驚嚇，立時狂奔起來。

我身子一顛，驚呼一聲，忙伸手抓住車門。

那車夫低咒一聲「該死的」，隨即朝我高喊：「快坐好，別亂動！」

我嚇得緊抓車門邊立柱，大氣也不敢出，只愣看著前頭正努力讓受驚馬兒停下來的車夫。經過一番勞頓，馬車終於安穩地停在了小徑上。

我驚魂未定，喘著粗氣喝道：「你這車夫究竟怎麼當的？連趕車都不會，還走錯了路！」

一直背對著我的車夫深吸了口氣，又重重透了口氣，像決定了什麼似的，緩緩轉過身。他揭下頂上的斗笠，沉聲道：「皇后娘娘，倘無你那一腳，微臣趕車的本事從不曾有人懷疑過！」

我怔在當場，心中的震驚難用言語形容，半晌才結結巴巴道：「你、你、你，怎麼是你！」

他輕蔑地朝我一笑，自信滿滿地說道：「皇后娘娘以爲你那身蹩腳裝扮，眞能夠避開眾多侍衛之眼，安然離開麼？皇后娘娘也太小瞧本將軍的護衛本領了。」

「西寧楨宇！你打從一開始就知道了？你是怎麼看出的？」我咬牙切齒地喊出他的名字，順便問出了心中的疑問。

「因爲你太過反常了！」西寧楨宇斜瞟我一眼，才道：「依你的爲人，此時莞州瘟疫，你定會留在宮中用盡辦法讓皇上認爲你是多麼的賢良淑德、宅心仁厚，可你偏偏來了香山。你執意前來觀賞紅楓，卻又在抵到之後深居簡出，不幾日又傳出臥病在床，本將軍身爲本次香山之行的護衛統領，自當得明瞭狀況，於是……」

「於是你就深夜私探了我的寢宮？」我倏地明瞭他是怎麼掌握我的行蹤，隨即又想到不知他有沒有……

我急忙追問道：「那你是何時去的？可有看到我……」我倏地住了口，這等話直白地問出，實嫌寡廉鮮恥。

不料他卻接口道：「我連摸都……」聲音倏地止住。

我明白他所指之事，雙頰立時浮上兩朵紅雲，一路朝頸脖延伸而去，好在他也意識到了自己的失言，沒有完全道出。

二人置身在這荒山野嶺間又無規矩約束，突然說起這個話題來，未免曖昧敏感。

我悄悄抬頭朝他瞅去，正好撞上他望過來的眼神。電光石火間，兩人同時不自在地轉開了頭。

許久，他清了清嗓子，嘶啞著聲音開口道：「娘娘，你快上車吧。天色不早了，本想抄近道過去，不料前面發生山崩堵了路，我們得要即刻趕路，再晚就眞的來不及了。」

我看了看神情堅定的他，沒有應言，想來在我說要去靈山時，他便猜知我爲何要去靈山了，自然不會刻意走條不通之路來延誤我的行程。

我默默坐回車內，放落簾子。車輪在小徑上的嘎吱聲掩蓋不住我怦怦心跳，原來他也記著那件事，我還以爲他始終不願面對，或早已忘卻了！只是，爲何他在我立后前後的態度轉變如許明顯呢？

我爲妃時每次見他，雖稱不上蘊含著濃情密意，但終歸是溫柔親切的。自從父親之事後，他看我的眼神便越來越冷淡，話語也越來越少，可能我在他眼中逐漸變成了爲爭權奪勢便不擇手段、心狠手辣的女子吧！

可是，這難道不是每個後宮女人必備的生存本領麼？也許，我想要尋找一點點溫暖的願望，不過是我的奢望罷了。

一路胡思亂想著，竟不覺朦朧睡去。不曉過得多久，簾子外傳來西寧楨宇低沉的聲音：「夫人，該下車了。」

我倏地驚醒，一掀簾子，急道：「到了麼，西寧將軍？」

映入眼簾的卻是燈火通明的小院，舉目望去，一眼便看到門口高高掛起的燈籠，我立時明瞭，這不過是間客棧。

我轉頭瞪著西寧楨宇，「靈山還未到，爲甚不趕路，要在這裡停下來？」

「言言，你這一整天幾乎沒吃什麼，先進去用點熱食，好好歇息，明兒一早我們再趕路。」西寧楨宇看著表情忿忿的我，輕聲安撫道。

「不，明天再去就來不及了，要歇你自己歇著，我自己去！」我堅持道，伸手便要去搶他手中的韁繩。

「胡鬧！」他猛地舉高了韁繩，厲聲喝道：「你還想馬再受驚一次麼？」

我微愣住，回想起午後驚魂一幕，立時放開了韁繩，不甘示弱地盯著他，倏地逕自跳下馬車，朝院門而去。

他趨前幾步一把拉住了我，追問道：「你做什麼？」

「你不送我去，我自己走去！」我賭氣地回答，努力掙脫他要往門口奔去。

「別鬧了！即便是你不休息，馬兒也需要休息。」他低喝道，一把摟我入懷，在我耳畔輕聲道：「言言，我向你保證，明兒晌午定將你送上靈山！」

聞見他呢喃承諾，我狂躁之心竟奇跡似的平靜下來，柔順地點點頭。

西寧楨宇甫將手中韁繩扔給一旁呆若木雞的店小二，吩咐道：「小二，好生伺候著爺的馬，明兒一早還要趕路！」

「好的，客官，您放心吧！」小二拉過韁繩，將馬車往後院趕去。

這是我有生以來頭一次踏進客棧，未免稍生緊張，當初純是那股不顧一切的信念支撐著我隻身前往靈山。而今，我卻不得不感激這一路有西寧楨宇相陪，如若是我單獨上路，實不敢往下想……

西寧楨宇駕輕就熟帶了我跨入客棧，櫃檯後的中年掌櫃一見生意上門，抬頭瞧看西寧楨宇，又看看背後一身婦人打扮的我，忙滿臉堆笑道：「客官，您和夫人一道出遠門啊。」

我一聽，心下不免吃驚，難道這掌櫃的竟認識西寧楨宇？再一想，才覺著並非如此，倘若認識又怎會生分地稱呼客官呢？

不容我細想，西寧楨宇已笑言：「掌櫃的，來兩間乾淨的上房。」

那肥胖的中年掌櫃一聽，愣了一瞬，方小心陪笑道：「抱歉啊，客官，只剩下一間上房了。」

「那……」不等西寧楨宇出聲，我先開了口表露躊躇之意。

那掌櫃的狀似怕我們反悔不住，忙又堆笑道：「客官呀，出門在外的，您和夫人便將就將就吧，這方圓三十里之內也僅有我這兒一家客棧了……」

「行了，帶我們上去吧。」西寧楨宇扔了一錠銀子在櫃檯。

「好！」掌櫃的一見銀子，忙拿將起來細細瞧看，甫眉開眼笑地朝門外高喊：「二狗子，二狗子！」

好半天不見回應，掌櫃的碎了一句：「作死的！」隨又笑盈盈轉身出了櫃檯，走到樓梯邊朝我們客氣道：「客官請，這邊請！」

踏入房中，我掃視周圍，房內雖簡陋了些，倒也頗乾淨。西寧楨宇滿意地點了點頭，轉身又扔了錠銀子給站在門口的掌櫃，吩咐道：「掌櫃的，備些上好的酒菜，送到房裡來。」

「哎，哎，好的！」掌櫃的接了銀子，連聲答應著，恐怕他許久都沒遇到過這等大方的客官吧，一路咬著銀子下樓去了。

四十五　桃花過渡

掌櫃的一走，屋子裡便只餘下我和西寧楨宇兩人，我遲疑著，心覺不該表現太過生分，畢竟未來兩三日猶得要依靠他，好不動聲色地完事回到香山別苑。

思及此，我抬首朝他望去，支吾出聲，不料他恰好抬頭望向我欲啓口，兩人頓時尷尬地別過目光。半晌，彼此又不自覺地笑了，氣氛頓時輕鬆不少。

「還是你先說吧！」他朝我笑道。

「唔，我只是想說，你趕上一天的車合該累了，先洗洗吧。」我轉頭將目光放在方才店小二隨掌櫃後頭送進擱放架子上的熱水。

「呵呵，我長年生活於軍營，這點豈能稱得上累。你先洗洗吧，等會用些晚膳，好好睡上一覺，明兒天不亮咱們就得趕路。」

我笑笑，想來他一個大男人的也不好與我搶先，便不再客氣。上前提起銅壺，我熟練地將水倒入木盆，取了掛在架上的毛巾浸於熱水中揉了揉，扭乾後展開，細細拭去臉上塵土。

洗淨後將盆中水倒入旁邊的桶中，又提了銅壺倒好水，笑道：「西寧將軍，你也洗洗吧，瞧你跑了一天，灰頭土臉的。」轉過頭卻見他正愣望著我，我遲疑地看了看我自己，不明所以的問道：「怎麼了？有甚地方不對麼？」

「沒、沒什麼。」西寧楨宇起身走過來，口中呢喃道：「只是覺得這些下人做的事，怎地你會這般熟練呢？」

我低低淺笑，輕聲道：「你不知曉的事太多了。」

我坐在桌邊，順手拿取桌上茶杯倒了茶，才喝一口進嘴中險些就馬上噴出，我拚命地忍著。好久沒喝過這樣難喝的茶了，許是進宮時日久，都快忘卻那段貧苦日子是怎生熬過來的了。

「很難喝吧？」西寧楨宇不知何時走近，落坐我旁側的圓凳，順手倒了杯茶自顧自喝著。

「有得喝，總比沒得喝強多了。」我自嘲地笑笑，他哪會曉知我幼時過著何等生活呢，自然把我想作是養尊處優的官家小姐，家道中落後入宮成爲皇帝寵妃，始終置身富貴有餘的世界。

西寧楨宇蹙起眉頭看著我，「偶爾，我會覺著你不是我看到的那樣。」

我笑著回望他，「那西寧將軍以爲我應當是怎樣的呢？」

「你應當怎樣，我說不上來，但我覺著你是個奇人。」西寧楨宇瞅看著我，沉吟道。

我待要回言，門外卻傳來一陣敲門聲，西寧楨宇立時警覺。

他站起身，幾大步跨到門口沉聲問：「誰？」

「客官，您要的酒菜送來了。」門外響起店小二的聲音。

西寧楨宇猛地將門一拉，端著酒菜立於門口的店小二明顯抖顫了一下。西寧楨宇退開兩步，不冷不熱地說道：「送進來吧。」

「是，是。」店小二應聲走進來，將托盤中的酒菜一一擺放桌上，我睇見他緊張得雙手發顫。

我望了西寧楨宇一眼，不明白他爲何突然擺臉色，瞧這店小二的樣子，想來是嚇得不輕。

店小二放好酒菜，微微躬了躬身子，顫聲道：「客官，您慢用！」說罷看了西寧楨宇一眼，旋一溜煙地跑走。

西寧楨宇關好門後，挪步過來，背門而坐。

我衝他笑道：「瞧你，把那店小二都嚇壞了。」

他微扯嘴角，未接話，只拿起筷子給我夾了些酒菜放在碗裡，「快吃吧，塡飽肚子早些歇息，明兒清晨還要趕路呢。」

我頷首而應，拿起桌上的酒壺替他倒了滿滿一杯酒，又斟滿自己面前那一杯，笑道：「你也吃一些吧，喝杯酒解解乏。」

他也不客氣，朝我舉起酒杯一飲而盡，又用筷子夾了些菜吃著。我不勝酒力，但實是困乏，同端起酒杯抿飲一小口，那辛辣味道直入喉嚨，我忍不住咳了起來。

「酒烈，你少喝一點。」

我不由得紅了臉，埋下頭去，猛食著碗裡的菜。

「你爲甚非要上靈山呢？你可知道，倘被察知你私自出外，於你恐是萬分不利。」西寧楨宇有一口沒一口的吃著菜。

我待要替他倒酒，他卻推開了，輕聲道：「明兒一早還得趕路，喝多了誤事！」

我也不勉強，放下酒壺後悄聲歎了口氣，眼中蒙上霧氣，「我一直都想去看她，可一直不敢，如今好不容易得了機會，我等不下去了！」

西寧楨宇凝神看著我，冷哼一聲，露出不屑之樣，「你眞是個奇女子，三年前那等下狠心，於今又這般執著難捨。若然被皇上知悉你私自離宮，便毀了你現下擁有的一切，値得麼？」

「不知道，但我一定要去！」我堅定地看著他。

他搖了搖頭，沒再出聲。

兩人再次陷入尷尬沉默，我知道他到底難能理解我的想法和做法，遂也懶得再去解釋，只安安靜靜吃著飯。

未幾，我倏地想起某件事，疑惑道：「你是一路尾隨我下山，見我買了乾糧帶著，才篤定我打算遠行，所以備了馬車在集市邊等我主動上前，是麼？」

「是。」西寧楨宇覺奇地看著我，不明白我怎會突然問起這個來。

「街邊那麼多輛馬車，你怎就肯定我會上你那輛車呀？」我記得當時在街邊候著的車可不止一輛。

「呵呵……」西寧楨宇嗤笑出聲。

我頓時羞得直想挖個地洞鑽入，西寧楨宇滿臉謔笑，猶如在說我問了道傻問題。

就在我無地自容之時，他清清喉嚨，開口替我解了惑，「當我猜知你的目的時便行了準備，其實那幾輛車，你上哪一輛都是一樣，趕車的人都會是我。」

我這才想到那幾個車夫都戴著斗笠遮臉，故無論我上哪輛車，最後都會換成西寧楨宇來趕車，巧的是我偏就上了他的車，省去了偷天換日的伎倆。

談話間，我不知不覺已吞食不少東西，甚至覺著肚子稍撐，西寧楨宇則幾乎未動幾下筷子。我暗自猜想該是他顧著面子不好狼吞虎嚥吧，既如此，我迴避迴避，讓他方便多用些爲好。

於是我放下筷子，取出絲帕揩揩嘴角，「我用好了，你再用些吧。」

西寧楨宇聽我如此一說，點點頭，逕直拿起桌上酒壺將剩下的酒倒進湯中，我不明所以的看著他。

他卻一言不發地起身，開了門朝門外大叫：「小二，上來收拾收拾！」

「來了，客官。」樓下的店小二答應著，急匆匆跑上樓來收拾碗筷出去。

顛簸了整日，我著實累壞了，不想再去探究西寧楨宇的怪異行徑，疲憊地移坐到旁邊的扶手椅上。

西寧楨宇見狀，悄聲道：「今兒個跑了一天，你合該累了，快上床歇著吧。」

「那，你……」

「我在椅上躺靠幾個時辰即可。」西寧楨宇瞧看一臉不知所措的我，半晌又補充道：「放心吧，我守在門口，不消擔憂。」

我想說些什麼卻最終沒開口，畢竟現下情況，即便是我心生內疚，總不能說「我不計較，咱們一起睡床」吧？所以……就算是因著我的緣故害他不得不躺靠椅子歇息，也只能在心裡頭喊聲抱歉了。出門在外，實不能過分挑剔。

我小小地打了個呵欠，和衣躺落床榻，墜入沉沉夢鄉。

睡夢中只覺臉上有一滴一滴的冰冷東西滴落下來，朦朧間，我不自覺地伸手朝臉上一抹，是水！

誰這麼大膽，敢阻擾本宮歇息？我倏地睜開眼，映入眼簾的是那簡陋床架，我立時想起自己身在客棧，慌忙一轉頭，竟見黑暗中西寧楨宇正靠在床頭盯視我。

我心下乍驚，嚇得往後一縮，待要出聲，西寧楨宇卻先我一步，伸手一把捂住了我的嘴，我的尖叫質問頓時化作一陣嗚嗚之聲。

西寧楨宇著急地瞧看門外，伸出另一隻手的食指放在唇邊輕「噓」一聲，示意我別出聲。突來的驚嚇過後，我逐漸恢復鎮靜。瞧西寧楨宇這等神情，只怕是出甚事了，我忙朝他頷首回應。

西寧楨宇緩緩鬆開手，我一骨碌爬起身。他復湊上前來，在我耳畔悄聲道：「動作輕些，已至五更天，我們該趕路了。」

我再點點頭，馬上下床收妥行囊，爾後借著微弱燈光朝門口走去，西寧楨宇趕緊上前攔住我，伸手指了指窗口。

我不明所以的跟著他走近窗邊，西寧楨宇推開窗，窗外便是客棧的後院，四處靜謐無聲，只見靈山客棧幾盞燈籠亮著。

我轉頭愣看著西寧楨宇，拿詢問目光看向他，像在質問「該不會不走門而要跳窗」吧！

西寧楨宇點了點頭，趨前兩步攬我入懷，一縱身跳過窗框，直往下飄去……

耳邊傳來呼呼風聲，我嚇得緊咬嘴唇窩進他懷中，兩手用力抓住他的衣襟。直到落地，我仍顯出一副驚魂未定的神情。

西寧楨宇半刻也未停留，迅速從馬槽邊牽出馬套進馬車中，又一把將我抱起讓我鑽入車內，隨後一揚鞭，馬車前行而去。

劍起栓落，後院的門隨之開啓，馬車直直駛出後院，停在靈山客棧的門前。

此時，我聞見客棧內傳出一陣哄鬧聲，忙掀開簾子望去。但見客棧內燈火通明，那掌櫃的帶了一批手持刀劍的夥計，群立於二樓怒氣沖沖瞪視著我們。

坐在前頭趕車的西寧楨宇朝樓上掌櫃的一拱手，朗聲道：「掌櫃的，在下有要事纏身，恕不奉陪了。」說罷揚起手中鞭子，繼續趕車上路。

我登時恍然大悟，此處原來是一家黑店啊！

我忙掀開簾子，問道：「西寧楨宇，你早知此處是家黑店？」

「是。」他沒回頭，只應了這聲。

我一聽，簡直氣煞，不禁怒道：「你既已知是黑店，爲何不告訴我？」

西寧楨宇聽出我略帶責怪的口吻，沉默半晌才反問道：「即便是告訴了你，你又能如何？」

我聞言一愣，隨即黯然，對自己嘆道：「是啊，即便我是當今皇后，但此處不是後宮，非我鞭長所及之域，即便知曉了又能做什麼呢？」

我放落車簾悶坐在車中，俄頃過後，簾子外傳來西寧楨宇的聲音：「告訴了你，只會徒增你的憂懼，讓你無法安歇。昨日這般兼程趕路，我怕你身子吃不消。」

我忽而想起昨兒晚膳他並未用多少，靈光一閃間匆匆問道：「你昨兒一去便知那是家黑店了？」

「起先不知，後來店小二送來晚膳之時才知曉。」他生硬聲音中透出一絲耐心。

「你怎麼看出來的？」我仍舊疑惑不解，忙又追問。

「我不過逼視那店小二，他端托盤之手便顫抖不已，道出他心中定然有鬼。我特意背門而坐，就是不想讓他們看見我的動作，細察之後，我發現他們果然在酒裡下了迷魂藥。」

「啊！」我低呼出聲，「可你不也飲了滿滿一杯麼？」

「我不過做做樣子，那酒全進了衣袖之中。」

「那你怎不提醒我哩？」我嗔怪道：「害我稀裡糊塗喝下一杯。你要是放任這些人，只怕會有更多人枉送了性命！」

「呵呵，你顛簸了一整日，喝上少許安穩睡上一覺未嘗不是好事。放心吧，我已飛鴿傳書，令人帶官兵過來圍剿這群賊寇。」

我萬未料到他也有如許細心的一面，遂只默默地打開包袱，將裡頭剩下的兩塊餅遞將過去，「喏，快吃了吧。」

他不再客氣，馬上接過去大口大口咬嚼著，就著水袋中的水嚥呑下去，「你再睡下吧，到了我自會喚醒你的。」

我依言縮回車內，取出包袱中的衣衫蓋在身上，就著軟墊躺臥。

「言言，言言，醒醒，到了。」耳邊傳來呼喚聲，我朦朧醒轉。

車子不知何時已然停下，我倏地意識到，我一心想著的地方終於到了。

我霍地坐起身，一手揮開簾子，映入眼簾的是一片連綿不絕的群山，我心知這便是靈山了。靈山是大順皇朝皇陵所在，是歷代皇室宗親最後安息之地，先皇、太后和今皇的兩任皇后及早逝的皇子、公主們全都安葬此處，當然，我的孩子也睡在這裡。

此時雖近正午，山道上卻仍濕滑，我激動到恨不得立刻飛抵山頂，所幸西寧一路攙扶著我，這才沒有摔倒。

越往山上走濕氣越重，寒氣也越重，然而此刻我無暇顧及這些，我知道近了，越來越近了，我馬上就能見到她啦。

皇陵常年有軍隊把守，我來時猶苦惱著該如何進去，到了才知他早就替我安排好一切，除了連聲道謝，我實不知還能做什麼、拿什麼來還這份人情。

「別再多說，快去吧，你們母女許久未見了。」他接過守軍手中籃子遞給我，帶著守軍退得遠遠的。

我哽咽著點了點頭，隻身一人前行，我的女兒因著生前獲得封誥，地位自然不比其他早夭的皇子、公主們，乃單獨葬在一座小小陵墓。

眼前赫然而立的碑面上刻著：「潯陽長公主之墓」。

我丟下手中籃子，踉蹌著撲了上去，手指輕拂過石碑，指間下的冰冷教我再忍抑不住心中悲痛，緊緊將石碑抱在懷中，癱坐地上。臉頰緊貼著石碑，冰冷之感透過衣服傳到我身上，直入骨髓，可我不在乎，唯有這樣我才能更靠近她，只望能多靠近一分，再近一分……

爲何我的寶貝女兒會躺在這冰冷的地方？爲何……無論我怎地百般思念，也再見不到她那可愛的笑容了？

我心如刀絞抽痛著，鼻頭發酸，喉嚨也不斷緊縮，眼中慢慢升起了霧氣，抽噎半晌才哽咽出聲：「潯陽，娘來看你了！」

話剛出聲，終忍不住愴然淚下，無法自已地嚶嚶慟哭起來，「三年了，娘終於看到你了。三年來，娘無時無刻不想著你啊，潯陽……」

西寧楨宇上前幾欲開口，卻終是輕輕撫拍幾下我的肩，甫默默退了開去，遠遠地守著我。

「潯陽，都怪娘不好，沒能好好保護你，才害你……」

「娘的小寶貝，你在這裡睡得好不好？覺著冷麼？有沒有人欺負你……」

「心肝寶貝，娘只願你來生不再投生帝王家，做個平平凡凡之人，好好活著便好……」

我哭得肝腸寸斷，對周圍之事渾然不覺。不曉過得多久，背後隱隱傳來腳步聲，我無力地靠在潯陽的陵墓旁，突有一雙大手架著我的胳膊把我扶起。

我抹去眼淚，念想這次他對我的照顧，感激之情油然而生，如今心事已了，我理當要感謝他，雖然他不一定會接受。

待要轉身致謝，我耳邊卻響起了那熟悉的聲音：「我們……回去吧！」

原本混沌茫然的意識在聽到這聲音那一刻瞬時明晰，我震驚萬分地回首望去，映入眼簾的正是那身明黃。

「皇、皇上……」在他的注視下，我幾乎是尖叫著呼喊而出。

皇上凝看著我，伸手輕撫我冰涼的臉頰，眼中閃過憐惜疼痛，一把將嚇得僵直的我拉入懷中，用披風緊緊圍攏，溫暖我冰涼的身子。

「朕就知曉你不會無故說要到香山別苑，尤值此莞州瘟疫之時。朕瞭然你始終沒有忘記，也放不下潯陽。你提說要去香山別苑時，朕就隱隱感到不對，故才交代了西寧將軍好生保護，有事及時通知朕。你果真……你都不告訴朕，教朕怎放心得下？」

我目光越過皇上肩膀，直望向立於不遠處的西寧楨宇，除了他又還有誰呢？他微微側首，避開了我的目光。

我心下冷哼一聲，收回目光，窩在皇上懷中哽咽道：「宮妃不得隨意出宮，更不得隨意踏入皇陵，臣妾不想皇上爲難，但實又放心不下……」

「你看。」皇上指了指潯陽旁邊的小墳，安慰道：「潯陽在這裡一點都不寂寞，有她的皇兄、皇姐們陪，潯陽不會寂寞的，如今太后也在這兒，她那麼疼愛潯陽，定會寵著她的。整個靈山都有朕派遣的守軍保護著，潯陽在這兒很好，沒人能欺侮她的，言言，你就別擔心了。」

「臣妾知道，臣妾來了這裡才知道皇上有多疼愛潯陽。」我拉著他溫暖的大手貼在自己冰涼的臉頰上，貪婪地取暖，「臣妾私自出走，本想回宮後親自到養心殿請罪，不想皇上……早就知道了。」

我深深吸了口氣，續道：「可是臣妾並不後悔，三年了，臣妾無時無刻不想著她。每年的今天，臣妾都是度日如年過來的，臣妾沒有辦法，臣妾忘不了潯陽，臣妾沒有辦法在每年的今天留在宮裡，臣妾……」

「傻瓜，朕不會怪你的。」皇上眼眶微微泛紅，縮緊了手臂摟抱我。

我淚流滿面靠伏在他肩上，心內頓時平靜許多，哽咽道：「皇上，臣妾這就跟您回宮，接受宮規處置。」

皇上聞我此言，身子一僵，半晌才扶我起身，朝不遠處的西寧楨宇沉聲道：「朕今日前來拜祭先皇，探望潯陽長公主，並無他人同往，你們都聽明白了麼？」

「是，末將明白！」眾人俯首齊聲道。

皇上滿意地點了點頭，吩咐道：「西寧將軍，皇后娘娘臥病於香山別苑，你同皇后身邊的侍女一同回宮取藥，還不快快趕回香山去！」

「是，末將明白！」

「言言，你隨西寧將軍回去吧。」皇上柔聲道。

「皇上，皇上您……」我驚訝不已，目光再度越過皇上肩頭，對上了西寧楨宇不經意瞟過來的炯炯目光。

我猛地想起除了潯陽，我還有睿兒，還有龍陽。我所有榮辱都繫在這個穿著龍袍的男人身上，是他給了我眼前擁有的一切，就連如今能再見潯陽也是他的施捨……不行，我不能這般倒下，我若是倒下了，我的睿兒和龍陽將會變成第二個、第三個潯陽。

我穩住慌亂的心，主動勾住皇上的脖子，將頭埋在他懷中柔聲道：「皇上，謝謝您，謝謝您對臣妾和潯陽這般疼愛！」

他見我神情不似方才那般落寞，露出喜出望外之狀，扶了我朝山下走去。

「言言，放心吧。沒了潯陽，你還有睿兒，還有龍陽，朕定會加倍疼愛他們！」

馬車行駛在回程路上，我呆坐車中，未發一語。

「即便是我不說，你以爲你就能瞞天過海麼？你別忘了，普天之下莫非王土！」

我明白他說的是實話，可不知爲何我心裡總湧現酸澀，也許長久以來他成了我的依靠，成了我最信任的人，即便我瞭然他其實是瞧不起我的，心中仍一直存有小小奢望，只願他能待我像自己的親人般，我便就心滿意足。

四十六　狐假虎威

一路上我閉口不言，就這樣歸抵香山別苑。

小安子見是西寧楨宇隨我一道進苑子，露出訝色迎將上來。

我停下腳步，冷聲說道：「西寧將軍，本宮已安然回到別苑，你的任務也告完成，你可以回去覆命了。」說罷頭也不回，逕走進屋中。

小安子和彩衣一臉疑惑，目光徘徊在我和西寧楨宇之間。

轉眼間我已轉過屏風，見二人還未跟上，不禁怒火中燒，高聲道：「該死的奴才，還不快些上來伺候本宮沐浴更衣，仔細著皮肉！」

二人從未見我如此情狀，對望一眼後忙跟隨上來。

歇息兩日，皇上派人過來傳旨，說六宮不可一日無主，況我身子骨欠佳，香山這時節氣候不宜養病，囑我早早回宮好生調養。

既然皇上傳下旨意，且來香山至今有段時日，頭幾日的新奇過去後，少了皇上這主心骨，眾嬪妃已然生起歸意，想來也是擔心著長久離宮，只怕被宮裡哪位嬪妃搶了聖寵，占得鼇頭。

我心願已遂，便不再遲疑，只命眾嬪妃收拾行裝，次日一早回宮。

宮中一片風平浪靜之態，與我離去時無甚兩樣。

我剛回宮的兩日，莫殤宮一時人來人往絡繹不絕，皇上也連著幾日歇在莫殤宮中，彷若向宮裡眾人昭示著，皇后所受濃寵並沒有因著離開而減淡，反倒迎來小別勝新婚的優勢。

這日午憩起身後，我帶了小安子在園子裡散步。

「主子，還記得立后典禮後端王送來的那幾株秋牡丹麼？」小安子見我心情飛揚，在旁含笑問道。

「記得，據端王所說，那秋牡丹與尋常牡丹不同，非於春季開花，而是穀雨之後方才開花。可眼下已值深秋，也沒見著個花影，指不定是端王隨口胡謅哄本宮玩兒的呢。」

「回主子，今兒個午後您午憩時，後花園的管事過來稟報，說是那幾株秋牡丹前幾日爆出了些許花蕾，昨兒傍晚便開了一朵，看著異常喜人，因著天色已晚便未來稟。不料今兒再瞧卻已然開了不少，豔若蒸霞，眞眞喜人得緊，管事的即刻便過來稟了，請娘娘前往觀賞。」

小安子繪聲繪色地描述著，一副我不去賞看定然會後悔的樣子。

我笑道：「是你聽著喜人想去看看吧？」

小安子朝我嘿嘿笑了幾聲，微露怕羞之態。

「成，就如你所願，過去瞧瞧吧。」說罷，讓小安子帶頭直赴那牡丹園。

牡丹園純因著那幾株秋牡丹而得名，當時端王送了幾株秋牡丹，我本不放在心上，可也不好讓端王丟失顏面，只得挑了處僻靜的園子並賜名牡丹園，派人小心侍養著。而今不想它卻那般爭氣，還眞眞開出了秋牡丹。

一路穿行於僻靜小路上，途經罕見奴才出沒，這些地方主子們少來，奴才們自然不甚注意。

我隨意四處張望，這一望卻轉不開了眼，心中湧起疑惑。

我忙喚了小安子，朝不遠處正在樹下掃落葉的那人指去，「小安子，你看那樹下掃葉之人怎麼看起來有些像雲秀嬤嬤啊？」

「哪可能的事呢？主子您肯定看錯了。」小安子聽我之語，馬上笑著答道，一副不以爲意之狀朝我手指處望去。忽地他臉色一變，驚道：「果真是雲秀嬤嬤，她怎麼會在這兒呢？」

我心下一沉，看似平靜的宮中是否有我所不知曉的事正在發生呢？

我沉吟少頃，吩咐道：「小安子，你上前去瞅看一下，如若確是雲秀嬤嬤，即刻引她來見本宮。」

「是，主子。」小安子得令，一路快跑上前。

我信步走到不遠處的石椅上落坐，不一會工夫，小安子即帶了人來。

不待小安子回稟，他背後垂低著頭的老婦人便趨前端跪我跟前，恭敬道：「老奴給皇后娘娘請安，娘娘萬福金安！」

我定睛望去，此人不是雲秀嬤嬤又待是誰，如今雖穿了粗布的宮婦衣衫，亦只隨意梳了個髮髻，頭上並無半樣飾物，但我仍能一眼瞧出是雲秀嬤嬤。

我忙起身親自扶她起來，她微顯拘謹，不自在地縮了縮手，我卻一把拉住她的手，細細確定我方才所觸之處的粗糙。

我詫然看著她，顫聲問道：「雲秀嬤嬤，你不是在太后的佛堂裡當差，每日吃齋念佛替太后祈福麼？怎麼、怎麼卻在此偏僻處幹這等粗活？」

雲秀嬤嬤迅速抬起頭，露出訝色瞅看我一眼，隨即又低下頭去，悶悶說了句：「皇后娘娘眞是不曉得麼？」

我一聽，便知她透出埋怨之意，復又握住她的手沉聲問道：「嬤嬤無須這般冷嘲熱諷，究竟怎生回事，速速道來給本宮聽聽。」

雲秀嬤嬤見我神情，將信將疑地看了我一眼，甫道：「老奴本在太后的佛堂伺候，前些日子不愼打翻桌案上供奉的香爐，淑妃娘娘一怒之下，便罰了老奴來掃園中落葉。老奴不服，懇請求見皇后娘娘，淑妃娘娘卻說皇后娘娘您將此事全權交由她處置，老奴待要再說什麼，淑妃娘娘已然命人將老奴拖出。老奴無奈之下，只好含淚隱忍著。」

我一聽，登時怒從中來，握住雲秀嬤嬤的手不禁使上幾分力，恨恨道：「這個淑妃……」頓了少頃工夫，轉頭冷聲斥問：「此事怎麼無人來稟？」

「主子忘了，前幾日您去了香山別苑，並未在宮中，宮中之事由淑妃娘娘全權處理。」小安子在旁恭敬提醒。

我看了看身形消瘦又神情疲憊的雲秀嬤嬤，頃刻間只覺她一下子老了許多。這也難怪，想來此陣子她該吃了不少苦吧。

雲秀嬤嬤雖只是太后生前的一名貼身奴才，可身分到底非同一般，幾曾做過這等粗使的活兒？當初在太后跟前幫著做事，只怕也沒少得罪人，如今落了難，生活的艱難程度可想而知。

我略略沉思後，道：「小安子，去吩咐內務府送雲秀嬤嬤去香園好生養著。」

雲秀嬤嬤本以爲此事即便非我授意，至少我亦當知情，如今聞聽這話，加之當時她要求稟見我卻被淑妃所拒，此時她倒頗相信此事乃淑妃一人所爲。

雲秀嬤嬤忙掙脫了我的手，跪落下去，「老奴謝皇后娘娘恩典！」

「嗯……」小安子遲疑一瞬，上前悄聲道：「主子，此事乃您不在宮中時由淑妃娘娘代理，主子若是……」

小安子看了一眼跪在地上的雲秀嬤嬤，我立時明瞭他的意思。

雲秀嬤嬤在宮中待著久，自似成精一般的人兒，立時也明瞭小安子的意思，朝我磕了個頭，沉聲道：「皇后娘娘，老奴教娘娘爲難了，老奴這便返去。」說罷旋起身往回走去。

「快停步！」我不假思索脫口而出，大步上前拽住了雲秀嬤嬤。

雲秀嬤嬤困惑地轉頭看著我，我方恍然省悟自己在做什麼，然事已至此，再無反悔餘地。

腦中靈光一閃，我沉吟半晌，細聲對雲秀嬤嬤交代著，末了又無奈地說：「雲秀嬤嬤，請理解本宮的難處，讓嬤嬤受委屈了。」

雲秀嬤嬤緊握住我的手，周身顫抖著哽咽道：「皇后娘娘，您才是這後宮眞正的善主兒，善人終有善報！」

我望著雲秀嬤嬤蹣跚身影，歎了口氣後吩咐道：「小安子，回宮吧，明兒個再去賞花。」

小安子答應著，恭敬引了我往回走，路上小聲道：「主子，依奴才看，此事恐怕並無雲秀嬤嬤說的這般雲淡風輕，興許其中暗藏內情。」

我點點頭，冷笑道：「我也知道，不過瞧雲秀嬤嬤那驚弓之鳥的神情，便是問也問不出什麼來，問急了只怕會適得其反。如今最好的辦法，就是讓她自己開口。」

翌日同樣是秋高氣爽的好天氣，我起了個大早，讓小安子派人去各宮請了眾位娘娘主子午後過莫殤宮閒話家常。

午憩剛起身，彩衣便稟說蓮嬪來了好一陣子，我忙喚人伺候梳洗，迎了出去。

未幾，淑妃、榮昭儀、雨婕妤、宜婕妤、柳嬪、雪貴人、鶯貴人、玉才人、惠才人、孫常在等人也三三兩兩地過來了。

小安子早命奴才們備妥新沏的茶和新鮮時令水果，待有嬪妃進來，見完禮，一入座便有宮女奉上茶和水果。

金秋的雪梨和金橘是最佳水果，小安子令奴才們將雪梨削了皮切成小塊、雕了花，又在瓷盤底鋪了薄薄一層碎冰，將雪梨擺成花色，方才呈奉上來。

一盤盤潔白雪梨配上燦黃金橘，看著甚是喜人，讓人不由食欲大增，眾妃嬪忙取了旁邊小瓷盤中的銀叉叉起冰鎮雪梨，小口享用著。

淑妃笑道：「這雪梨原嫌甜膩，放在冰上這麼一鎮，果是清涼爽口，甜而不膩。炎炎夏日時還想到這麼吃，看著入深秋也不怎敢這麼吃了，只道是怕涼，不想在皇后姐姐這兒一嘗，竟不似想像中那般涼哩。」

榮昭儀飛了她一眼，接道：「淑妃姐姐說的這是什麼話啊？皇后姐姐向來蕙質蘭心，這是宮裡有口皆碑的。這雪梨，即便是淑妃姐姐自己回宮去鎮了，也定會涼得入不了口。」

「看來，本宮的這點小伎倆是被榮昭儀給識破了呢！」我呵呵笑道：「昭儀妹妹不妨說出來與眾位妹妹分享吧。」

「是，皇后姐姐。」榮昭儀恭敬回了我，才轉頭朝眾人笑道：「皇后姐姐在這碎冰之中添入了少量御膳房專用的調味精鹽，此來既能減緩碎冰融化，又能使雪梨食用時不致過分冰涼。」

我點點頭，連聲道：「瞧瞧，瞧瞧，昭儀妹妹方才直誇本宮蕙質蘭心，這會子又對本宮雪梨中所暗藏祕密一語中的，昭儀妹妹不也在自誇麼？」

榮昭儀被我這麼一說，立時臉頰泛紅，頗下不得檯面。

柳嬪一見榮昭儀神色有異，忙笑道：「姐姐們都是蕙質蘭心的人兒，妹妹們理應多向幾位姐姐學習才是。」

眾妃嬪忙跟著連連稱是。

宜婕妤笑道：「瞧柳妹妹這張嘴，剛吃了這冰鎮雪梨，即刻甜得跟蜜似的！」

眾人一聽，皆不由得笑開，氣氛登時融洽不少。

小安子從殿外走進來，恭敬道：「啓稟主子，御花園管事蘇公公求見！」

我眉頭微蹙，露出不悅之態，「沒瞧見本宮正與各位妹妹閒話家常麼？這點事，你自己回了便行，拿到殿上來喊著稟了做甚呢？」

小安子立時一臉惶恐，低下頭顫聲道：「皇后主子息怒，蘇公公說是有天大喜事要親自稟告您，奴才想既是喜事，不妨稟了讓皇后娘娘和眾位主子同喜！」

我一聽，臉色甫才緩和下來，「既如此，就傳他進來吧。」

「是，主子。」小安子朝我一拱手，站直身子又吸了口氣，尖聲道：「傳蘇公公進殿！」

話剛落音，門外便有道藍色身影一路小跑進殿，朝著坐在正位上的我恭敬跪道：「奴才拜見皇后娘娘，娘娘萬福金安！」

我點點頭，瞟了他一眼，不冷不熱道：「蘇公公，聽安公公說你有喜事稟告本宮，你倒說說看，究竟是何喜事？眞乃喜事便了，如若不然，欺騙本宮的後果……」

「奴才不敢！」蘇公公深深磕了個頭，復道：「啓稟皇后娘娘，春日裡端王爺送娘娘那幾株秋牡丹已然綻放，奴才聽說娘娘和各宮主子們正在閒話家常，特來稟告。」

「哦？牡丹園那幾株秋牡丹開了？」我愣了一下，隨即喜笑顏開，「既然蘇公公有心，不知妹妹們可否賞臉，一道前去牡丹園賞花？」

「向來只知牡丹乃春天之花，這秋牡丹倒挺稀奇……」柳嬪一臉躍躍欲試狀。

「早聽聞端王爺送了幾株秋牡丹給皇后娘娘，如今能得一見，可謂三生有幸！」鶯貴人跟著笑道。

眾人見我興致頗高，紛紛表示欲前往觀賞。我笑著起身道：「既如此，咱們姐妹就一同前往好了。蘇公公，在前引路！」

蘇公公得了令，忙走在前頭引路，眾人有說有笑，直赴牡丹園。

順著僻靜小徑漫步徐行，我和淑妃一路談笑，我無意地朝外瞟了一眼，隨即止步不前。淑妃跟著停下來，心生好奇之餘，順著我的目光望過去，只見不遠處有一太監正在訓斥一宮婦。那宮婦連連俯首陪笑，那太監卻變本加厲地狠聲訓斥著，更一把將那宮婦推倒在地。

我微蹙眉頭，轉頭朝小安子吩咐道：「小安子，去問問是怎麼回事，將那二人帶上前來。」

小安子應聲跑去，不多久就將那二人引將過來，趨前稟道：「主子，人帶來了！」

我點了點頭，立於我旁邊的淑妃立時白了臉色，她偷偷瞟向我，見我面無異色，強作鎮定地死死擰著手中絲帕。

那二人忙上前跪拜道：「奴才給皇后娘娘請安，娘娘千歲千歲千千歲！」

我睇看垂首跪在地上的二人，冷聲道：「報上名來！」

「回皇后娘娘，奴才是分管西園的副掌事，小成子。」那太監忙恭敬回道。

「回皇后娘娘，老奴是負責清掃園子的粗使奴才雲秀。」雲秀嬤嬤磕頭回道。

「雲秀？」我輕聲念道，隨即提高了聲調，命令道：「抬起頭來！」

雲秀嬤嬤一驚，顫聲道：「是，老奴謹遵皇后娘娘懿旨。」語罷緩緩抬起了頭。

「啊！」我驚呼出聲，「你……你不是隨侍太后跟前的雲秀嬤嬤麼？」

「回皇后娘娘，正是老奴！」

「你……皇上不是特旨命爾等在太后生前的佛堂伺候著，替太后祈福麼？你怎生跑到這兒做甚粗使奴才？」

「哦，皇后姐姐。」淑妃忙搶上前來，朝我愣生生扯出個笑容，解釋道：「且容妹妹道來吧，前些日子皇后姐姐赴香山別苑遊賞紅楓，宮裡之事由妹妹全權代理。這奴才粗手粗腳將香案上的香爐給摔了，妹妹我不過訓斥幾句，她卻極不服氣，搬出了太后和姐姐來，妹妹一怒之下，才罰她到御花園中掃園子，只望她能誠心悔過好將功贖罪！」

「雲秀嬤嬤，你果真摔了佛堂香案上的香爐麼？」

「是，皇后娘娘，可是老奴……」

「合該受罰！」我截斷雲秀嬤嬤的話，轉頭朝淑妃道：「妹妹罰得對，這些犯錯的奴才理應受罰！」

淑妃見雲秀嬤嬤無所機會說出後話，我又一副極支持她的樣子，不由得鬆了口氣。

「可即便雲秀嬤嬤是待罪之身，亦不該受到呵斥和體罰才是，方才本宮親眼所見，成公公貌似對雲秀嬤嬤大聲呵斥且舉止粗魯。」我鳳目緊盯著跪在地上的成公公，冷聲道：「成公公，你跟本宮說說，這到底是怎麼回事？」

「回皇后娘娘，雲秀嬤嬤自從被貶來掃御花園後，懶惰成性，每日不把園子掃淨，昨兒個尤稱病不出，今兒過來掃了不到半個時辰就坐在旁邊偷懶，奴才不過叨念她幾句，她卻說奴才蠻不講理，奴才一怒之下，這才……娘娘也看見了……」成公公越說越小聲，額頭上早已冒出細細一層冷汗。

「是這樣的麼？」我露出一臉不信。

「老奴冤枉！」不待我說話，旁的雲秀嬤嬤早已喊起冤來，「皇后娘娘，老奴做事一向盡心竭力，不想前兒夜裡染上風寒，昨兒頭暈得緊，向成公公告假後躺了一天，今兒方好轉些。老奴怕成公公怪罪而強撐身子過來，掃了一陣子復犯頭暈，便坐在旁邊歇歇，巧被成公公撞了個正著……」

我細瞧雲秀嬤嬤的神色，趨前兩步輕輕將手挨了一下她的額頭，隨即縮了回來，低呼：「好燙！」

我略略沉吟，才啓口道：「雲秀嬤嬤伺候了太后一輩子，沒有功勞也有苦勞，皇上本念你勞苦功高，讓你在佛堂裡供奉太后，偏生你又犯了錯。本宮看，雲秀嬤嬤年紀老大，是該好好安歇。」

我說著轉頭向淑妃笑道：「今兒個本宮就代雲秀嬤嬤朝淑妃妹妹討個人情，不如念在雲秀嬤嬤伺候太后有功又年歲老大的分上，免了雲秀嬤嬤的罰，同楊公公一般到香園頤養天年吧！不知妹妹意下何如？」

淑妃側過頭看了看跟在背後的眾人，忙笑道：「到底皇后姐姐考慮得周全些，如此，就依姐姐所見，讓雲秀嬤嬤去香園好生調養身子，以示皇恩浩蕩！」

「嗯，往後啊，年歲大了的奴才們就送到香園去，到底辛苦伺候了主子們一輩子，臨老就由皇家為他們頤養天年吧！」

「皇后娘娘仁慈！」背後眾人忙跪落齊道。

我頷首示意眾人起身，又轉頭高聲吩咐道：「小安子，通知內務府總管衛公公，將本宮的旨意傳達下去，好教奴才們盡心竭力伺候主子。」

「是，主子。」小安子答應著。

我又吩咐小碌子將雲秀嬤嬤送往香園，並傳了太醫即刻前往診脈。

處理完這等瑣事，我抬頭瞧瞧已然偏西的日頭，驚道：「哎呀，這一鬧騰，時候也不早了。蘇公公，這牡丹園還有多遠啊？」

「回皇后娘娘，就在近前了。」蘇公公忙答應著引領眾人穿過小徑，朝牡丹園而去。

入了牡丹園，穿過迴廊，一眼便能瞧見園中那幾株盛開的牡丹。這幾株秋牡丹雖不若春日牡丹嬌豔華麗，卻多了幾分樸實、幾分真切，看起來別有一番韻味。

我帶頭走上前去細細觀賞一番，笑道：「還真真是開了啊……本宮還以為秋牡丹純屬傳聞……」

此時淑妃並未像先前那般相隨我身側，而是混在眾妃嬪之中，一副不太自在的樣子。

雪貴人驚歎道：「美，真是美啊！」

雪貴人容貌自是沒得說，可這才情實教人不敢恭維，倘若像蓮嬪那般懂得掩飾倒也挺招人喜歡，偏偏她是個從不知掩飾的主兒，常常自曝其短，也難怪皇上……

雨婕妤面容浮上了難得的驚喜之色，久久沒移開目光，輕聲呢喃道：「果真是百花之王，雖開在深秋時節不比春天那等嬌豔，卻益顯端麗嫵媚、雍容華貴，無怪古人常言『牡丹，花之富貴者也』。」

雪貴人一聽立時漲紅臉，雨婕妤之語自是將她比下去，她恨恨地瞪了雨婕妤一眼，後者卻毫未在意，逕自品賞著牡丹。

我含笑上前拉了淑妃，問道：「我記得淑妃妹妹去年也一同賞過洛都送來的牡丹，妹妹以爲這秋牡丹如何？」

淑妃見我神色如常且態度親切自然，不由喜笑顏開，上前指了指某朵開得正盛的紫牡丹，嬌笑道：「姐姐瞧瞧這朵，開得多喜人啊！秋牡丹雖比不得春牡丹豔麗，可依舊豔若蒸霞，深秋季節能看到牡丹花開本是驚喜！」

「姐姐我也是這般想的。」我笑著轉頭吩咐道：「蘇公公，好生將養著，來年逢春分了苗圃，把園子裡都種上秋牡丹吧。」

「奴才遵命！」

蘇公公培育這秋牡丹，今時花開受讚，也算在我面前得了臉，此刻見我這等吩咐尤更是笑得合不攏嘴。

「嗯，蘇公公，等會子挑上幾朵開得特喜人的摘了，往本宮和淑妃宮裡各送上幾朵！」我又吩咐道：「培育秋牡丹甚爲辛苦，不如這樣吧，令內務府再多派兩個人手協助蘇公公打理園子。」

「謝娘娘恩典，奴才省得！」蘇公公一聽大喜，忙磕頭謝恩。

淑妃聞言眼波溜轉，臉上旋露出一絲欣喜，轉頭瞟了瞟眾妃嬪滿是羨慕的神情，推辭道：「姐姐，秋牡丹萬分珍貴，統共才這麼幾朵，姐姐插在房裡就成了，妹妹那邊不消多送的。」

我聽見她這假惺惺的推辭，心下冷哼一聲，面上卻不動聲色地拉了她的手，「妹妹這是哪裡話，姐姐一路走來，無論甚時、無論遇到甚事都有妹妹在旁協助，如今得了這稀罕物，自該一同分享！」

淑妃低頭含笑，「多謝姐姐，如此妹妹就不客氣了。」復又連聲道：「受之有愧，受之有愧！」

淑妃嘴裡謙虛，瞟向眾妃嬪的眼中卻是一片得意之色，嘴角不由得露出一抹微笑。我看在眼裡，只作不見。

直到傍晚時分起風了，我才命眾人散了各自回宮歇息。

過兩日我親自過問了雲秀嬤嬤的病情，命太醫們悉心照料著，待她身子康復後又親自前往探望。雲秀嬤嬤對我自是另眼相待，越發的親近起來。

我將前朝老奴們都送往香園養老，心知他們這些人個個皆跟他們故去的主子一般早就成精了，平日裡閒來無事，便常去和他們閒話家常，見他們缺甚也命人即時補上，犯了病痛亦差人好生照料著，久而久之他們就與我熟絡起來，明裡暗裡總不時提點我。

第八章 知面不知心

皇上一言不發，肅色緊瞅著我，彷若當我是個不相識的陌生人。

我渾身發冷，如今真真是毫無頭緒，宮裡頭我是防了又防，那些個瓜果、酸湯皆由彩衣和小安子一手操辦，不曾假以他人之手，怎麼就……

小安子的話言猶在耳：「奴才在宮中許多年，哪兒不曉君王恩寵不等同『情愛』與『敬重』這般淺顯的道理呢？」

四十七　群芳爭豔

過完年即是我進宮的第六個年頭，又將迎來選秀大事。前次並無進行正式的選秀，故今番定得展開正式選秀。

因著是我坐鎮六宮以來頭一回選秀，宮裡頭格外重視，早在新年之前，內務府的公公們就開始按照我的意思擬定計畫，置備名冊。如今年關剛過，內務府及各宮盡皆忙碌起來。當然，有人確實忙著幫襯準備選秀事宜，有的則是忙著在打自己的小算盤。

小安子將內務府整理好的名冊呈上，我翻開來詳閱，從皇親國戚到朝廷要員的小姐千金總共七十二人，名冊中最顯眼的，自然要數定遠將軍宋明浩之妹宋月嬌和新任戶部尚書孫大人千金孫巧珍了。

我看完後將名冊一闔，抬頭吩咐道：「小安子，備轎，赴御書房！」

抵御書房門口，殿前侍衛莫少帆朝我行禮，我手持名冊含笑示意他起身。

趁著小玄子入內稟報的空檔，我上下打量莫少帆一番，短短幾月軍營生活果然磨練了他，而今著殿前侍衛服的他看起來越發精神抖擻，我滿意地點點頭，當初的決定沒有錯！

未幾，小玄子出來了，朝我恭敬道：「皇后娘娘，請！」

我頷首相應，跟著小玄子入得御書房，皇上正低頭批閱奏章。

我忙上前端正跪拜道：「臣妾拜見皇上！」

皇上抬起頭朝我微微一笑，隨即擱下筆，轉過桌案趨前扶我起來，「皇后，你過來了！」

「皇上，朝政要緊，可身子也要緊，皇上得保重龍體。」最近忙著選秀之事，我有好幾日沒見到他了，如今一見，竟覺著他頗有疲憊之色，神情間亦顯憔悴。

「放心吧，言言。」皇上扶我同坐榻上，輕握著一雙雪白柔荑。

我莞爾一笑，掙脫開來，從袖中拿出名冊呈將上去，「皇上，這是今年選秀的名冊，請您過目。」

皇上接過去也不翻看，隨手往桌上一扔，轉頭看著我，「言言辦事一向嚴謹公正，朕十分放心。今時宮裡在跟前伺候的嬪妃們朕皆相當滿意，今年選秀就選上三五個進來塡個缺便成，朕無甚意見。言言你全權處理，斟酌著辦吧！」

我忙起身福了一福，「是，皇上，臣妾遵旨！」

皇上旋一把將我摟在懷裡，呢喃道：「好些日子沒見著朕的皇后了，朕可是想念得緊！」

我萬沒料到他會在此說這款私密話，忙轉頭望了望，好在小玄子早已領了奴才們退出去，要不往後在宮裡我可怎麼見人。

皇上埋首在我肩頭處猛啄著，我在心裡無聲暗歎道：「這就是男人麼？無論多麼寵你、疼你，最念著的還是你的身子。所謂的『恩寵』，所指的不也就是這碼事麼？」

我不再言語，收回心神專一伺候著他……

接下來的日子，整個宮裡都鬧騰起來了，尤其掌管六宮事宜的莫殤宮更是人來人往，好不忙碌。大半個月過後，一切終告結束，選秀結果也出來了。

本次選秀共選了四人入宮，宋月嬌和孫巧珍同被晉封爲貴人，餘下二人爲朝中大臣的千金，因才貌出眾被選中，分別封爲芳才人和豔才人。

我回想起當初我選中此二人時淑妃的表情，不免想笑，她本以爲我會點選那些個平庸俗色，可我偏偏選了七十二位秀女中容貌最爲出眾的二人。

我點出二人之時，淑妃倏地轉過頭，臉上閃過紛雜表情，驚詫之色表露無遺，到最後竟微透出怨憤情緒。

這宮裡本就有了高雅淡然的雨婕妤，有了才情美色兼備的柳嬪，有了貌似薛皇后又柔情如水的蓮嬪，更有人老珠黃仍舊寵冠六宮的我。皇上一月裡統共去不了永和宮一兩次，如今再選進幾位才貌甚佳的妹妹，只怕淑妃往後日子會更加寂寞難度了。

也難怪她是那款神情，想來她頗不能夠理解我的做法，畢竟我雖貴爲皇后，骨子裡到底是女人仍得爭寵，而我居然會選那樣容貌的女子進來。

選秀結束後，我本以爲皇上會圖個新鮮而少來我房中，不料賜封的當晚他便過來了。我身子已是疲憊不堪，折騰了一宿到翌日清晨，皇上剛上朝沒多久，我也便起身。

「主子您一晚上沒歇著，天色尚早，您多歇會兒吧！」彩衣心疼地看著我，苦苦勸道。

小安子一進來見我神情，愣頓一下又默默退出去命奴才們備好熱水，讓彩衣伺候我沐浴更衣。

我斜臥在貴妃椅上小口用著小安子奉上的參湯，倏地憶起前些天交代他辦的事，「小安子，我前天交代你辦的事情如何了？」

「回主子，昨兒傍晚時分南御醫已將您要的藥配好送來了，當時主子您正陪著萬歲爺，奴才便沒敢回稟。」小安子接過我手中空碗，遞上揩嘴的絲帕。

「嗯，那還不趕快去煎了送來。」我揩著嘴角，吩咐道。

「主子，您、您真的要……」小安子看我的眼神中透出些許的不贊同和疑惑。
「囉嗦什麼？快去！」我不由得加重了語調，小安子一個激靈，忙朝門口而去。
「可得謹慎些！」我朝著他的背影叮囑道。
俄頃，小安子托著一碗藥進來，擱放於旁邊小几上。我朝他伸出手，小安子躊躇著說：「主子，藥剛煎好還很燙口，涼一些再喝吧。」
我點了點頭，輕聲問道：「小安子，你是否覺得這兩年我又變得更心狠手辣了？」
「沒、沒有！」小安子身子微顫，抬頭看了我一眼又迅速低下頭去，輕歎口氣道：「奴才一路陪伴著主子走來，主子的艱辛和悲苦縱使他人不知，奴才卻是一清二楚。主子所做的一切純為自保，可主子您怎會想服這藥？主子您好不容易走到今天這一步，難道主子不想趁著現下，努力鞏固自身地位麼？」
「想，怎麼不想啊，連做夢都想呢！」我鼻子發酸，眼底湧升起霧氣，眼角一滴清淚滾落而下，「可我實在忍受不了了，受不了他那般索取無度，甚至連懷著龍陽時也不放過……」
小安子萬未料到我會突然情緒失控，聽著我內心的憋屈，他亦不禁紅了眼眶。
「這便是聖寵麼？我寧願不要！」我忍不住嚶嚶慟哭起來，「讓那些個妃嬪去爭吧，去鬥吧！」
「主子，主子！」小安子嚇得不顧禮儀，一把上前拉住我用力搖了搖。
我甫恢復清醒，閉眼深吸了口氣，漸漸平靜下來。
「主子，藥涼了，可以用了。」小安子小心翼翼端起青花瓷碗，慢慢送到我跟前。
我毫不猶豫地接過藥，遞至唇邊仰頭一飲而盡。

秀女進宮一個月後，新晉的四位妃嬪全蒙受過聖寵，但除豔才人外，其餘三人僅只一晚。

此外，皇上到過蓮嬪那裡五次，柳嬪那裡三次，雨婕妤那裡兩次，淑妃、榮昭儀、宜婕妤和鶯貴人宮裡各去了一次，其餘時候不是歇在養心殿就是留宿莫殤宮。這些起居記錄暗示著我這位皇后未因新人入宮而受冷落，反更彰顯帝后恩愛。

不幾日，宮裡頭便悄悄流傳著這款謠言：「皇后獨寵專房，致使後宮嬪妃不得雨露均霑。」各宮中多少都有奴才受過我恩惠，對於各宮的動靜我皆大概曉知，謠言自然很快傳到我這裡。

「主子，您不知那些膽大包天的奴才說得多難聽，連皇后的舌根都敢嚼……」秋霜邊替我梳著長髮，邊說道：「主子，您得整治整治這些妄傳謠言的宮人才是！」

「好了，好了，忙你自己的吧，淨在這兒惹主子生氣。」小安子打斷秋霜的話，接過雕鳳檀香木梳細細替我梳著頭，「大清早便在主子跟前絮絮叨叨的，也不讓主子耳根子清靜些。主子的早膳準備好了沒？還不快去小廚房催催，幫幫彩衣姑姑的忙！」

秋霜吐了吐舌，一溜煙跑開了。

「主子，秋霜向來嘴碎，您別聽她瞎說。」

小安子熟練地將我一頭烏黑秀髮高高於頭頂挽了個飛仙髻，在妝臺上的錦盒裡揀了幾支黃金鳳凰步搖插上固定住，髮簪頂上綴著翡翠珠子串成的流蘇，又揀了幾朵皇上令首飾房特意爲我打造的玉白鏤雕櫻花簪，悉心在髮髻旁簪了一排。

「怎麼會，嘴巴長在別人身上，豈是我能控制得了的？」我細細對鏡看著小安子給我梳的髮髻，甚是滿意，嘴角漾出幾許笑意。

「此事奴才已然查清楚了，那些閒話是從豔才人那兒的宮人們傳出來的。」小安子恭敬道：「要怎麼辦，主子心裡可有底了？」

「呵呵，小安子，你辦事能耐果眞厲害，這麼快就查出了？說說看，是怎地查出來的？」

我起身漫步至窗前，園中的櫻花又快開了，掌握權勢就是這樣，憑靠皇上一句話，去年還在月華宮的櫻花如今已綻放在莫殤宮中。

「豔才人雖非出身顯貴，可從小嬌生慣養而姿態頗高，入了宮自恃姿色過人，近日皇上翻她牌子的次數比別人多些，便越發不把別的主子放在眼裡，言行難免輕慢。無論新進的小主，還是前輩嬪妃們皆與她處得不甚融洽，哪有人肯爲她掩飾哩？此事奴才們來稟時便得了眉目，奴才後再著重去查，立刻就有了結果，還是靠跟她同住儲秀宮中的芳才人私下揭發的呢。」

我瞟了一眼小安子，笑道：「芳才人？只怕事情沒有你說的這等簡單吧？」

「主子英明！」小安子目露欽佩，「那芳才人出身貧寒，父親只是個翰林院的修書，芳才人請奴才轉告主子，說她的聖寵都是主子您恩賜的，她定會知恩圖報！」

「我說的不簡單可非指芳才人之事，只怕這謠言……」我沉吟片刻，輕聲吩咐道：「小安子，明兒早膳後宣各宮嬪妃都到莫殤宮來，本宮要召見她們。」

次日清早我剛起身，各宮的嬪妃們就聚到了莫殤宮。

我梳洗妥當，又用了些早膳，方才扶著小安子緩步入正殿，端坐在正中鳳椅。

眾妃嬪忙列成兩隊，齊齊跪拜道：「嬪妾拜見皇后娘娘，娘娘千歲千歲千千歲！」

我凜然看著跪在地上的十來個女子，她們或是入宮多年，在宮中有些位分的嬪妃，有的本是宮裡的奴才，偶然受寵才做了主子，有的是新進的小主，個個都是眉目如畫的恬靜女子。

過得許久，我才淡淡開口道：「都起來吧。」

我依例訓誡她們一番，無非也就說些什麼恪守宮規、盡心侍奉皇上、和睦相處之類的話語，她們亦循規矩，恭敬地俯首聽著，點頭稱是。

訓誡完畢，我又命她們坐了，令宮人奉上新沏之茶，和她們有一搭沒一搭的敘著閒話。

因著小安子昨日所稟之事，我格外留意了豔才人。她一身大紅褶裙，鑲紅玉的簪花步搖微顫，面若桃花，一絲勾人的丹鳳眼尤顯嬌豔無比，真真一個美人兒！選秀時我便覺著不凡，如今做了嬌嬌新婦越發迷人，也難怪皇上會對她另眼相看。

聊說到一半，小安子匆匆進來跪地稟道：「皇后娘娘，人已經帶來了。」

「嗯。」我點點頭，朝眾人道：「妹妹們隨本宮一塊出去看看吧。」

我率先起身邁步，背後的宮妃們一臉疑惑又好奇地跟隨我步出正殿，立於階上。

各宮嬪妃隨侍的宮女們也聞聲而出，聚於迴廊交接處偷偷觀望，一時間院子裡人聲鼎沸。

行刑司掌事太監江鋒立於高高的白玉階下，旁邊幾名身材魁梧的行刑太監正按著幾個太監、宮女跪在地上。

這江鋒正是往昔於寧壽宮中鞭撻我之人，曾爲麗貴妃跟前紅人，太后掌權後即找了心腹取代了他的位置。

我初掌六宮後爲建立人脈，便赴雜役房中找到他，他本以爲我是爲尋仇而往，不料我卻不計前嫌啓用了他。他對我的恩澤自然銘記在心，如今鞍前馬後伺候著，上刀山下油鍋只消我一句話，他即刻便會替我辦妥。看來他倒也算是個忠誠之人，當初我的決定果然沒錯。

「皇后娘娘，這是……」站在蓮嬪旁邊的豔才人認出被押的奴才是她宮中下人，她雙眼圓睜，略顯憤懣看著我。

我斜眼冷睇了她一眼，嚇得她將後話全吞進了肚子。

「啟稟皇后娘娘，就是這批賤奴在宮內妄傳謠言，詆毀皇后娘娘的清譽。經過奴才的審問，他們已經全招了，現供詞在此。」

江鋒見我立於臺前階上，忙趨前兩步跪了恭敬稟道，尖細嗓音中透出幾分陰沉和凶殘，直瘮人心。

「呈上來。」我不冷不熱地命令。

「是。」江鋒答應著，將供詞交予舉步下階的小安子，小安子手持供詞緩步走回。

「豔才人，你看看吧，畢竟是你宮裡的人。」我似笑非笑睇看她，示意小安子將供詞送至她跟前。

豔才人回視我一眼，伸出顫抖之手接過供詞細細覽了一遍，神色雖無太大變化，鬢邊步搖上簌簌抖動的珍珠流蘇洩出其不安心境。

「你們……你們好大的膽子！」豔才人舉步走下臺階，把供詞丟在幾個宮人面前，恨恨地罵道。

豔才人復又轉身面向我跪落，恭敬道：「婢妾管教奴才無方，還請皇后娘娘恕罪，允許婢妾帶他們回去好生管教！」

「大膽！豔才人，國有國法，家有家規，宮裡奴才們犯了錯，自有行刑司處置，你一個小小的才人竟敢在這兒口出狂言！」小安子上前兩步厲聲喝道：「對皇后娘娘不敬該當掌嘴，來人啊……」

我瞟了小安子一眼，舉手示意他退下。小安子說到一半即刻住了嘴，躬身退了下去。

階下跪著的豔才人這才害怕起來，原本抬起看著我的臉稍垂低下去，身形也沒方才那般筆直，且微微發顫。

旁邊眾妃嬪神色殊異，有人冷眼旁觀，有人事不關己，更多的則是幸災樂禍，芳才人眼中尤露出對豔才人的蔑視……

園子裡靜得連根針掉在地上都能聽清，所有人都關注我的神情，畢竟我乃六宮之主，況此事又關係著我，自然我最具有處決權。

我伸手撫了撫右手手指上兩支三寸來長的黃金鑲紅寶石雕花護甲，半晌才幽幽問道：「江管事，這些妄傳謠言的奴才依律當如何處置？」

江鋒恭敬跪著磕首，聲音微透幾分陰冷，「回皇后娘娘，這些奴才搬弄是非，妄傳謠言詆毀主子，依宮律當亂棍打死！」

那三個被押跪在地的奴才本於審問時就被江鋒杖責過了，見到我時早已嚇得瑟瑟發抖，如今一聽江鋒的話更是面無血色，某個膽小的小太監立時癱軟在地。

「主子，求求您，求您救救墨香！」一個著荷葉綠宮裝的宮女掙開押著她的太監，膝行而前，死死抓住跪在前面的豔才人裙角，顫聲求道。

「住口！你們做出如許大逆不道之事，陷我於不義，罪該萬死！」豔才人料不到墨香能掙脫開爬到跟前來，登時鐵青著臉，一手推開墨香任由她摔倒在地也不轉頭多瞧，只朝我恭敬磕著頭，「皇后娘娘，這些個蠢奴才做出此等大逆不道之事，誠屬婢妾管教不善，但婢妾確實不知情，請娘娘明察。

請娘娘按宮規打發了他們以儆效尤！」

話音剛落，原本被推倒在地喘著粗氣的墨香突然痛哭起來，失聲嚷道：「主子，主子，您怎可這般狠心，明明是您讓奴婢……」

跪在一旁的江鋒不待我發話，倏地跳起身來一把捂住了墨香的嘴，忙從旁邊小太監手中取了軟布塞入她口裡，厲聲呵斥道：「大膽奴才，皇后娘娘面前豈容你再行狡辯？」

那墨香被太監制住掙脫不開，口中又塞了軟布，不能言語，只怨毒地瞪視豔才人。

我看著眼前的一切，對江鋒甚是滿意，當初果無看錯人，凡事都辦得恰到好處，令我十分滿意。

我緩步走下臺階，伸出單手挽起被嚇得面色發白的豔才人，柔聲道：「妹妹快起來吧，天氣趨暖，可跪在地上久了膝蓋也會疼的。」說著扶她走回階上。

見眾妃嬪皆露出失望之色，我朝豔才人嫣然一笑，「本宮亦相信此事與妹妹毫無干係，妹妹甫進宮，哪會招惹這等是非，只是最近宮中有些奴才越發的不知深淺，狂妄自大，不好好管教一下，只怕還會鬧出更大的亂子來。妹妹，你說是吧？」

我滿臉堆笑看向豔才人，迎著晨光的鳳眼微瞇，兩束冷光如兩簇刀光，直射向豔才人心底深處。

豔才人不由得打了個寒噤，微微避開我的雙眸，聲音裡透著恨意，「皇后娘娘說得是！」

我滿意地轉過身，對著階下眾人高聲道：「太后在世時便一再重申宮中嚴禁妄傳謠言，爾等明知故犯。宮規森嚴，本宮饒你們不得，但念在爾等是今年新進的奴才，本宮就網開一面，從輕發落。」

臺下幾人一聽，原本死寂的心中又燃起了希望，驚訝地抬頭望向我。

「既然你們愛妄傳謠言，詆毀主子，本宮就讓你們牢記搬弄是非的教訓，每人賜啞藥一碗，遣出儲秀宮，送雜役房！」

俗話說「好死不如賴活著」，雖說往後再不能說話，然被遣往雜役房，如今那兒的奴才不似往常那般任人欺凌，也算是有了活路。幾人一聽，忙不住地磕著頭。

「江公公，即刻拖了他們去吧！」

我揮揮手，江鋒忙令行刑的太監拖了地上跪著磕頭不止的四人出去。

「有人的地方就有是非，這後宮的是非尤其紛雜荒謬。今兒之事妹妹們就當個警惕，以後好好看著自己的奴才，若再鬧出什麼事來，做主子的只怕也難逃干係了！」我瞟了眾人一眼，聲音中透出無形的威嚴。

眾妃嬪聞言，頓時全白了臉，一個個低下頭去，大氣都不敢再出。

我頓了頓，莞爾一笑，「妹妹們也不用太緊張，站了好一陣子，都進殿裡歇會兒吧。」

眾妃嬪一聽，忙跟著我入了殿中，依序落坐。

我命人奉上安溪新貢的濃香鐵觀音，大殿裡茶香四溢，宮女們又奉上了些新切水果，直如一派祥和情態，彷若方才之事不曾發生過般。

「妹妹們，此乃安溪新貢的濃香鐵觀音，味道甚是甘甜，都嘗嘗吧。」我笑著端了白玉品茗杯送到口中，其他人也紛紛端起杯子小口品嘗著，連連稱讚。

我放下茶杯，轉頭卻見那豔才人仍舊如驚弓之鳥般，愣坐在椅上緊盯著几上那只白玉杯，身子猶自輕顫不已。

坐於她下首位的芳才人呷著茶，目光卻瞟向豔才人，露出幸災樂禍之狀。

我將一切盡收眼底，淡淡一笑，輕聲道：「豔才人！」

「啊！」豔才人聽見我喚她，即刻站起，手足無措地立在那裡。

我起身走到她跟前，瞟了一眼正暗自得意的芳才人，嚇得她立時低下頭去。

我執起豔才人冰涼的纖纖玉手，展顏柔聲道：「妹妹，如今那幾個宮人去了，妹妹身邊缺了侍奉的奴才，不如就從本宮宮裡邊挑幾個伶俐的過去使喚吧！」

豔才人手一抖，隨即強作鎮定，恭敬回道：「皇后娘娘盛情，婢妾本不該推卻，可是娘娘掌管六宮日夜操勞，正要人伺候，婢妾實不敢勞煩娘娘身邊的各位姑姑。」

我點了點頭，也不強求，只說道：「難得妹妹有心，那……你就自己選些中意的奴才吧，選好了，告訴內務府一聲便是。」

我緩步走回寶座，與眾人閒聊起來。又過了大約半個時辰，眾人方才陸續告退而去。

四十八　揠苗助長

我回轉暖閣中，斜臥貴妃椅上，讓彩衣拿了美人槌替我捶著腿。

「主子，您看那芳才人可信麼？」彩衣見我神思飄忽，邊捶腿邊問道。

「不可信！」我瞟了她一眼，乾脆地答道。

「啊？」彩衣驚訝得喊出聲來，美人槌提起就忘了往下放，「既如此，那主子為何還將那芳才人的兄長從右威衛軍中調往殿前侍衛營呢？」

我懶懶地瞟了她一眼，彩衣卻自顧自說道：「主子這般不是添了她的羽翼麼？」

「那芳才人的確不是個善主兒，可如今本宮自信還掌控得了她！」

我睜眼瞅看了彩衣一眼，又瞇起眼來。

彩衣猛然驚覺自己說錯了話，忙道：「主子恕罪！」

「那芳才人的父親在翰林院是很難有所作爲了，然她那兄長雖說在軍中亦歸在西寧將軍手下，可畢竟人員眾多，不好控制；但調到殿前侍衛營就不同啦，莫大人如今是殿前侍衛營的副統領，芳才人的兄長在莫大人手下，芳才人即便有了通天本事也翻不出主子的手心。」小安子邊往香爐中添著薰香，邊向彩衣解釋道。

彩衣甫才恍然大悟，連連敬佩道：「主子就是主子，甚事都想得周全。」

我長吐了一口氣，呢喃道：「如若不想得周全些，只怕本宮這會子墳頭的雜草都齊人高了！」

「呸，呸，呸！」彩衣連聲呸著，「主子快別說這些個不吉利的話，主子如今可是天下第一尊貴的女人！」

我輕笑出聲，只怕說下去她還更來勁呢，忙吩咐道：「彩衣，快去看看午膳準備得如何，本宮有些餓了。」

彩衣忙點點頭，一溜煙跑了出去。

午憩起身後，我命玲瓏帶了睿兒和蕊雅過來，也許是從小孤獨和寂寞，再加上入宮後經歷了這些風風雨雨，我私心裡希望我的孩子能多親近親近好增進兄妹間的感情，至少在我維護不到他們，或者我不在了的時候，他們能相互扶持著走下去……

三歲多的睿兒身著皇子宮袍，邁著穩健步伐走進來。我含笑朝他招了招手，柔聲道：「睿兒，快到母后這兒來。」

我一把抱起走上前來的睿兒摟在懷中，不料他卻掙開了我的懷抱，挪至一旁的軟凳上落坐。

我僵在當場，不明白一向與我親近的睿兒怎麼會突然間生分，我不明所以的轉過頭去，望著跟在背後的寧嬤嬤。

寧嬤嬤見睿兒此狀同露出詫異神色，見我望過去不免惶恐起來，怕我怪罪，只看著睿兒，一副欲言又止的樣子。

「母后，抱抱！」由玲瓏抱進來的蕊雅一進屋便邁著小步撲進我懷中，撒著嬌。

我立時滿臉堆笑抱起蕊雅，哄道：「好，母后啊，就抱著蕊雅小寶貝！」

蕊雅咯咯笑著，如往常般伸過手去拉睿兒，口中猶自嚷著：「哥哥……哥哥……」

原本悶悶不樂的睿兒臉上浮現了難得的笑容，拉了蕊雅的小手笑道：「妹妹乖，讓母后抱！」說罷又低頭悶著。

我朝正欲上前的寧嬤嬤微微搖頭，示意她不消緊張，轉頭望著睿兒柔聲道：「睿兒，怎麼啦？遇到什麼不開心的事麼？」

睿兒抬頭看看我，頓了一下才道：「母后，爲甚五哥哥可以去龍翔殿念書，睿兒不行呢？」

我一聽，微愣了一下，這才想起打今兒開春，六歲有餘的宏兒便開始在龍翔殿正式接受夫子的教導了，睿兒連四歲都不到，正是無憂無慮的年紀，怎會突然問起這問題呢？

「那是因為啊，五哥哥長大了，得要讀書了啊！」
「可是……」睿兒嘟著小嘴，嘟噥道：「睿兒也想讀書！」
「想讀書啊？那就去讀吧！」門外響起醇厚嗓音，隨著珠簾響動，那身明黃早已閃進屋中。
我忙放下蕊雅迎將上去，屋中一併奴才齊跪下見禮。
皇上扶我起身，揮退了眾人，攜我往睿兒和蕊雅而去。
蕊雅一見到他，邁著不穩健的步伐一路小跑到跟前，舉著兩隻小手，口中直道：「父皇，抱抱！雅雅乖乖！抱！」
皇上朝我一笑，低頭抱起蕊雅，柔聲道：「好，朕的小寶貝，抱抱！」
睿兒卻一言不發地上前兩步，一本正經跪拜道：「兒臣給父皇請安！」
我二人皆是一愣，驚訝地對望彼此。
皇上輕咳一聲，甫道：「起來吧！」
「謝父皇！」睿兒起身退至一旁，待皇上和我上前坐了，方才坐回軟凳。
我遲疑少頃，方問道：「睿兒，這行禮之事是誰教你的？」
按規矩，皇子們五歲時內務府會指定專門的夫子進行啓蒙教育，六歲開始到龍翔殿接受翰林院大學士正式教導。睿兒連接受啓蒙教育的年齡都還不到，怎麼會這些禮儀的呢，我不免好奇起來。
「是睿兒聽到的，然後問玲瓏姑姑，姑姑教我的！」
「聽到的？」我將他拉過移坐到我身側，柔聲問道：「那睿兒是聽誰說的啊？」
睿兒低下頭去，過了半晌才輕聲道：「母后，睿兒昨兒午後偷偷去往龍翔殿，在窗外偷看五哥哥他們上學了。夫子說做人首先要懂得禮義廉恥，睿兒回來便問玲瓏姑姑什麼叫禮義廉恥，玲瓏姑姑就告訴睿兒，見了父皇母后要行禮！」

我朝皇上望過去，正在逗弄蕊雅的他頭也沒回，只問道：「那睿兒覺得上學好麼？」

睿兒點點頭，道：「好！」

「那睿兒想和五哥哥他們一起上學麼？」

睿兒臉上乍亮，隨又黯然下來，紅了眼眶，「可是……五哥哥說我還沒長大，不能上學！」

皇上騰出一隻手拉了睿兒到跟前，沉聲道：「睿兒，男子漢大丈夫不可哭鼻子！告訴父皇，你是不是眞的很想去上學？」

睿兒吸吸鼻子將眼淚逼回去，固執地點了點頭。

「哈哈，好，好！」皇上甚爲寬慰，笑道：「准了！小玄子，傳朕旨意：從明兒起，特准六皇子到龍翔殿旁聽！」

立在門口候旨的小玄子恭敬答應著退了出去。

睿兒掙開皇上的手，退後兩步，又一本正經跪落回道：「兒臣謝父皇恩典！」

我看著眼前小小人兒沉著穩重的表現，不由得濕了眼眶，不知不覺中我的睿兒已經長大，就要去上學了。

用過早膳，我喝著小安子送來的湯藥，心中不免有些後悔。當初生蕊雅時南宮陽便說施針後可能再不能生養，出月子後又開了許多方子，好不容易調養得宜，如今又還得辛苦喝藥。哎，早知如此，當初就不該……

剛喚人撤下空碗，正吃著堅果去苦味，小安子入內笑道：「主子，六皇子過來了！」

話音剛落，睿兒已由小碌子打簾領進，我放下堅果，抬頭望去。

睿兒已邁步上前行禮，又是一本正經地高聲道：「兒臣給母后請安！」

瞧著眼前興致勃勃的睿兒一副小大人姿態，我雙目含情應道：「好，好。快起來吧！」又拉他到跟前，細細瞅看，「今兒怎麼這會子過來了？」

「夫子說，上學頭一日須準時給母后請安，兒臣一放學就過來了。」

「喜歡上學麼？」我這才發現他額上冒了細細一層汗，想應是一路奔跑過來的吧，我抽出絲帕悉心替他揩擦。

珠簾響動，門口傳來寧嬤嬤氣喘吁吁的聲音：「皇后娘娘恕罪，娘娘恕罪！」

我抬頭看去，只見跪在地上的寧嬤嬤滿頭大汗地磕著頭，鬢邊早已汗濕，一副上氣不接下氣之樣。

我忍不住回頭，肅起臉責怪道：「睿兒，怎麼跑那麼快？看把寧嬤嬤累得！」

睿兒轉頭看了寧嬤嬤一眼，低頭呢喃道：「睿兒想早一點見到母后，告訴母后睿兒今天上學了！」

我心中閃過一絲柔情，臉色立時趨緩，輕歎了一聲，朝寧嬤嬤道：「寧嬤嬤，難爲你了，快起來去歇著吧。」

「謝娘娘！」

「寧嬤嬤，往後陪伴睿兒上學之事就交給玲瓏和公公們吧，你好生養著，睿兒的起居還得靠你多費心呢！」我看著上了年紀微顯發福的寧嬤嬤，吩咐道。

「老奴省得，謝娘娘恩典！」寧嬤嬤謝過恩，躬身退了出去。

把目光挪回到懷中的睿兒，我細聲問道：「睿兒，上學累麼？」

睿兒見我沒有生氣，抬起頭睜睜望著我，搖了搖頭後脆聲應道：「回母后，孩兒不累！」

我頷首道：「睿兒要是累了的話，就歇息幾天才去上學，知道麼？」

睿兒點點頭，又拉著我高興道：「母后，爲甚五哥哥叫夫子爲太師，而我只能叫夫子呢？」

「呵呵……」我的睿兒還眞是好奇寶寶，「因爲啊，秦太師是皇上爲五哥哥指定的太師，而你年紀尚小，還沒有專屬太師，因此你只能稱五哥哥的太師爲夫子呀！」

「那太師和夫子……」

我一聽，不由得伸手揉了揉額頭，眞眞是辛苦玲瓏了，成日裡對著這個過分好奇的孩子。

近一個月內，皇上分別給新進的嬪妃們晉了位，兩位貴人分別晉爲月嬪和珍嬪；芳才人晉爲芳貴人，今兒一早更是將豔才人躍晉爲豔嬪。

宮裡嬪妃們一時紅了眼，但因著豔嬪宮人之事，誰也不敢多嘴，只在心裡小聲嘀咕著。眾人本以爲豔嬪與我有過節，如今她越級晉位，我自然容她不下，偏請安時我卻一副平和之態，無半點刁難情事。

接下來的幾日裡，總有人暗暗在我宮人周圍打探，因我特意交代過，他們自然問不出好歹來。

這日傍晚，我帶了小安子和彩衣候於龍翔殿門口焦急張望，小安子在旁連聲道：「主子莫急，就快出來了。」話剛說完便看見宏兒一馬當先出了宮門，背後湧出幾位前來伴讀的朝臣家公子，我急切地尋找睿兒。

待宏兒幾人散去，我失望難當的時候，睿兒在玲瓏帶領下踏著輕快步伐一路蹦跳而出。我鬆了口氣，露出笑容迎前幾步喊道：「睿兒！睿兒！」

睿兒循聲望過來，瞧見到我後立時放開玲瓏的手，一路小跑撲進我懷中，興奮道：「母后昨兒答應孩兒待放學後來接孩兒，果眞來了！睿兒還眞怕母后忘記了呢！」

「怎麼會呢？」我撫了撫他的小臉蛋，笑意盈盈，「睿兒和母后打小勾勾蓋過印的，母后怎可能忘了呢！」

我牽著睿兒的手，一路朝園中行去。枝頭有隻小鳥吱吱喳喳叫個不停，睿兒舉頭遠望，登時放開我的手興奮跑上前去，「母后，樹上有個鳥窩，裡頭有小鳥在叫呢！」

「是啊，天快黑了，鳥媽媽出門爲小鳥覓食未歸，小鳥兒肚子餓了，又擔心著鳥媽媽，這才叫著喚媽媽回巢呢！」

「嗯……這樣啊！」睿兒歪著小腦袋想了想，露出恍然大悟之狀，轉身一指旁邊的小太監，吩咐道：「你，爬上去把鳥窩拿下來！」

「這……」小太監一愣，轉頭看著我。

我示意他退下，趨前柔聲道：「睿兒，你拿鳥窩做什麼呢？」

「母后，小鳥肚子餓了，睿兒想拿下來餵牠吃點東西，這樣小鳥就不會餓著肚子等媽媽了。」睿兒得意地看著我，正爲他自己想出這樣兩全其美的辦法雀躍不已。

我天眞的睿兒啊，他是如此的善良……

「睿兒眞好，知道小鳥餓了要餵牠，可若是把鳥窩拿下來，小鳥就會受到驚嚇，鳥媽媽也不敢回來了。小鳥沒有了鳥媽媽的照顧，就會餓死，再也不會飛了！」我耐心地教導他。

「是麼？」睿兒擰著眉頭，苦惱地問我，「母后，那應該怎麼辦啊？」

我上前拉了睿兒，退後幾步道：「睿兒，你看鳥兒那麼嬌小，而你是這麼高大，鳥媽媽看到你站在這裡，嚇得都不敢回家了，這樣小鳥會餓壞的。只有我們離得遠遠的，這樣鳥媽媽才敢回家。」我邊說邊指著盤旋在空中許久的兩隻小鳥。

睿兒將信將疑地看著，我含笑拉了他退入林中，隱身起來。

過得好一會，空中那兩隻小鳥經過幾番試探確定無所危險後，便飛入了鳥巢，將叼在嘴裡的蟲兒餵給小鳥吃。

睿兒一看樂了，激動地拍著手，「母后，鳥兒回家啦，鳥兒回家啦！」

我含笑看著他，柔聲道：「是啊，鳥兒回家啦！這下子你不用擔心小鳥餓壞了吧？」

睿兒點點頭，興奮地跑開，拉玲瓏去園子裡玩去了。

我緩步走向園中石椅坐了下來，不冷不熱地朝對面那叢樹蔭處高聲道：「你跟著也有一陣子了，是有甚事找本宮麼？出來吧！」

過得少頃工夫，隨著樹枝輕擺，轉角處挪出個小小身影，低頭吶吶道：「皇后娘娘……是我。」

我一看那人，微愣一下，隨即上前伸手牽他過來，「宏兒，你怎麼在這裡？」

宏兒頗生疏地看著我，俯首不語。我四下張望，沒看見半個人，俯首柔聲問道：「宏兒，怎麼這副神情？是誰欺負你了麼？你的隨從呢？」

「沒有人欺負我，是我自己不開心，趁他們沒留意時偷跑出來的。」宏兒仍舊低著頭回道。

我牽了他坐到石椅上，瞅看他稚氣的臉頰，「放學了怎麼也不回去？你母妃知道麼？」

「不知道。哼，就算她知道了也沒什麼！」宏兒提到淑妃，臉上竟有些忿忿。

「有甚不開心的事，可以告訴我麼？吐說出來，心裡會舒坦些的。」

我跟良妃到底相識一場，無論怎樣，宏兒也是我看著長大的，一直以來我也很喜歡這孩子。瞧他這等神情，我不由柔聲哄著他。

「母妃就知道讓我每天讀書和習武，四個時辰讀書寫字，四個時辰練武射箭，四個時辰歇息，連玩的時間都沒有，我、我很不開心！」宏兒說著又紅了眼眶。

我蹙緊眉頭，雖說望子成龍是每位母親的心思，可也不用把孩子逼得這麼緊啊，宏兒不過還是個孩子而已。

我心疼地把他拉向自己，他猶豫了一下，溫順地依偎在我懷中。

我輕聲道：「宏兒，你母妃希望你學有所成，誠屬一番苦心，你亦得體諒體諒她！」

「哼，才不是呢！」宏兒紅著眼眶，忿忿然道：「那是因爲她不是我的親生母妃，所以才對我這麼不好，也不給我時間玩耍！皇后娘娘，您看您對六弟多好，他肯定感覺很幸福！」

我心下暗暗驚道：「宏兒如何得知淑妃非他親生母妃？看來……」臉上卻不動聲色地笑道：「哦，是麼？宏兒，你從何曉知她並非你的親生母妃？你又怎生知道睿兒肯定很幸福的啊？」

「是馮嬤嬤告訴我的。」宏兒窩在我懷中，輕聲道：「母妃每日嚴厲地對待宏兒，還說宏兒比三位哥哥年小許多，又沒有六弟得父皇歡心，如果不加倍努力的話，就不能讓父皇刮目相看，沒有資格成爲太子！可每日讀書習武好辛苦，宏兒便偷偷躲在後花園哭，馮嬤嬤看到了，也抱著宏兒心疼地哭，還直說『不是親生的，難怪不知道心疼』……」

我暗自驚心，向覺著她不似表面所見那般恬和，卻不想她竟是存了這等心思！只是苦了宏兒，為著她的私心，竟連童年都不得歡樂。

我一把扳過宏兒的身子，肅色看著他，一字一句交代道：「宏兒，此事千萬不可胡亂對別人提起，否則馮嬤嬤會因此受到很重的懲罰。馮嬤嬤那麼疼你，你不想她受到懲罰吧？」

宏兒被我嚴肅的神情看得緊張起來，凝重地點了點頭。

我甫舒了口氣，招了彩衣奉上隨身為睿兒準備的小食盒，放在旁側白玉石桌上。

彩衣上前拿出一塊綠豆糕，哄道：「五皇子殿下，您餓了麼？用塊點心吧！」

宏兒聞那碧綠糕點散發清香誘人的味道，受不住誘惑，抬眼看了看我。

我含笑著對他點點頭，他這才不客氣地伸手拿取，放在口中咬了一小口，驚喜地瞪大了眼睛，「嗯，好吃，真好吃！」說著忙不迭地伸手又拿了一塊塞到嘴裡。

「哎喲，你慢著點，還有好多呢！」我笑著替他拍拍背，防他梗住。

宏兒塞了滿滿一口，含糊問道：「皇后娘娘，這是誰做的？」

「是我命丫頭們做的。」我憐惜地看著狼吞虎嚥的他，「你喜歡就多吃點。」

「皇后娘娘，六弟多幸福啊！放學了您會去接他，帶他逛花園，還每天都能吃到這爽口的點心！」

宏兒舉起手中咬得剩一半的綠豆糕，滿臉天真地說道。

我們幾人皆被他這番童言逗笑了，他卻莫名其妙地看著我們。

睿兒聽到笑聲，跑了回來。一看到宏兒手中的綠豆糕，睿兒饞了嘴，直嚷著：「母后，我也要吃五哥哥吃的綠豆糕！」

「好，過來吃吧！」我一把拉過讓玲瓏擦淨手的睿兒，左右兩側各摟著個孩子，笑道：「吃吧，還有好多呢！」

「母后……」宏兒聽見睿兒喚我母后，這才想起太師教授的禮儀，羞紅了臉垂低頭輕聲叫道。

「呵呵，」我看著純真的他，淺笑出聲，「怎麼方才叫皇后娘娘，這會子又想起來叫母后啦？」

宏兒一聽，一下子連耳根都紅了，半晌才吶吶地說：「是秦太師教的禮儀，稱母妃為母妃，稱皇后娘娘為母后。方才我避開了馮嬤嬤她們自己偷偷跑出來，恰看到母后來接六弟，我好奇之餘就一路跟隨而來，不想被您察知，我一緊張就、就……」

「呵呵，好孩子，本宮不會怪你的。」我輕輕撫摩他的臉頰，望了天色，柔聲道：「宏兒，時候不早了，我送你回去吧，不然你母妃可要擔心了。」

「不用，不用！」宏兒一聽，急忙朝我擺著手，焦急婉拒道。

我錯愕地看著他，好一會過去，他才戒慎恐懼地對我啓口：「母后……您可否不告訴母妃我偷偷跑出來玩呢？」

我聞言略感困惑，一時間不及應話。

「母后，求您別告訴母妃好麼，不然她真要打我的！」宏兒眼淚都快急出來了，一臉可憐兮兮地望著我。

「宏兒，她經常責打你麼？」我面露詫色，微微歎了口氣，「好吧，瞧你這麼可憐，我只有幫你保守這個祕密啦。」

「真的？」宏兒一聽，兩眼發光。

我拍拍他的頭，笑道：「當然是真的了，我不會欺騙小孩子的。不過，你要答應母后，往後有甚不開心的事，就來告訴母后！」

「真的麼？」宏兒雀躍看著我，一下子撲到我懷裡，哽咽道：「母后最好了，你要是我的母妃就好了！」

「天快黑了，快回去吧，別讓馮嬤嬤她們找太久，否則給你母妃知道了，她們就要受罰了。」

宏兒一聽，抬頭觀望天色，焦急道：「母后，我該回去了，再晚讓母妃知道了，她會責罰我的！」

愣看著宏兒朝我擺手後一溜煙跑掉的背影漸漸變小，我的心寸寸沉降，我哪兒不曉她豈是那麼容易認輸死心的人呢？

今春四位妹妹進宮後，木蓮不似往常那般受寵，好在她本是個清淡之人，只求一家衣食無憂，況且有海雅相伴，我又慢慢教她管了些日常的後宮事務，她倒也忙得不亦樂乎。

「皇后姐姐，這是上月各宮的用度，您看看，這帳目是否妥帖？」

我接過木蓮遞過來的帳本，細細查看著帳目，果真按我所指示，各宮每一筆花銷歷歷在目。由此可見木蓮雖出身卑微，亦堪稱聰慧，僅僅幾月工夫，就把原本稍嫌混亂的各宮用度帳，整頓得井井有條。

我點點頭，將帳本遞還回去，連連頷首道：「不錯，妹妹是做得越來越順手了。」

木蓮見我誇獎，不由得紅了臉頰，低聲道：「皇后姐姐過獎。」

我笑著覷看她，搖搖頭，「看你，臉皮還是這麼薄！咿，對了，上個月哪個宮的用度最多？」

「回皇后姐姐，上個月用度最多的當屬榮昭儀宮裡，昭儀娘娘以二皇子年歲漸大花銷也大爲由，領了不少布疋錦帛和日常配飾。」

「各宮的皇子、公主，內務府不是規定有專門的用度補貼麼？」

「是，可昭儀娘娘說了，二皇子如今年紀大了，比不得其他年紀輕的皇子，花銷自然大些！」

我重重地往桌案上一拍，忿忿道：「別人都過得了就她過不了麼？二皇子今年也有十六了吧？」

「是，皇后姐姐。」木蓮見我上了火，小心翼翼回道：「您還記得開春選秀時，皇上說要尋個合適人選給二皇子訂親麼？」

我瞠了木蓮一眼，「這麼大的事兒，本宮怎麼會忘呢？後來不是定下翰林院大學士梁大人的嫡孫女麼？這會子怎地提起此樁來了？」

「皇后姐姐，十六歲男兒若在民間，連兒子都有了亦屬尋常。嬪妾聽說，端王爺當年不過十五便已大婚且遷入如今的端王府，不住宮裡了。」木蓮一字一句說道。

我心下一沉，抬頭望了過去，「你是說……」

「皇后姐姐，這親都定了，就莫耽誤了女兒家大好青春年華吧。」

我頷首而應，看不出木蓮也能這般思慮周全，還眞眞小覷她了。

「對了，皇后姐姐，妹妹前兒個翻帳本還發現了一件怪事。」

「哦？」我略略詫異地瞅著木蓮，想不到她竟細心至此，「什麼事？」

木蓮湊近耳語道：「姐姐，月嬪妹妹的帳目和日常用度著實蹊蹺！上月裡除了榮昭儀，用度最多的當屬月嬪妹妹，嬪妾稍加留心，發現月嬪妹妹雖領用不少的綾羅綢緞，可她自個兒卻極爲樸素，平素甚少穿戴招搖的首飾。」
「嗯，那你再留心留心吧，許是放在殿裡或是丫頭們尚未縫製好吧。」我心下不以爲意，只稍稍鬆了口氣。
「言言，蓮兒，怎麼這會子還在看帳本？」珠簾響動，皇上隨即走進，「累壞了朕可要心疼的！」
我和木蓮相視一笑，隨即放下帳本迎將上去，扶了皇上朝炕上走去。
我瞠了皇上一眼，笑道：「臣妾和蓮妹妹早已是昨日黃花，怎敢勞駕皇上心疼啊，皇上還是去疼那些個新妹妹好了！」
「喲！蓮兒，你聽聽，你聽聽。」皇上指著我，笑道：「朕的皇后可是在跟朕訴苦，指責朕冷落了你們啊？」
我一聽，立時羞紅了臉，「皇上，這是哪裡話，臣妾不過就是這麼一說……」
「朕知道，朕知道。」皇上輕拍我的手，「皇后啊，朕今兒個來，是有件事想與你商量商量。」
木蓮一聽，立時起身朝我二人福了一福，「臣妾告退！」
待木蓮出去了，我才道：「皇上，究竟什麼事呢，害臣妾亦不由緊張起來了。」
皇上頓了頓，方道：「也不是何等大事，只是方才太醫診出豔嬪有了身子，朕大喜之下，應了豔嬪要晉她的位，可貌似朕上個月剛晉了她的位，所以過來問問皇后，此是否有於禮不合之處。」
我心中說不出究竟是何滋味，面上卻自動堆起了笑容，「皇上大喜啊，晉位自是應當！」
皇上見我這般反應，竟彷若鬆了口氣似的。
我沉吟有頃，又道：「按理說，皇上寵愛誰屬皇上之喜好，皇上的話便是聖旨，臣妾本不該多嘴。

可是，皇上這般獨寵豔嬪，只怕會給豔嬪妹妹帶來額外的麻煩啊。」

皇上睇了我一眼，眉頭輕鎖，沉思不作聲。

我又勸道：「如今這宮裡在皇上跟前有寵的嬪妃不多，皇上須得顧及雨露均霑才好，皇上想晉豔嬪妹妹的位，倘若單晉她一人，豔嬪妹妹立時便會成爲眾矢之的。要是……皇上將宮裡有寵的嬪妃都晉上一級，此來一可晉了豔嬪妹妹的位，二來又安撫了其他妹妹的情緒，豈非一舉兩得？」

皇上聽了連連點頭，大喜展顏，「還是言言有辦法！」說罷朝門口高聲喊道：「小玄子！」

小玄子一聽，忙打簾子進來恭敬道：「奴才在，萬歲爺有何吩咐？」

「待會子由皇后代爲擬旨，你著人前去宣旨！」皇上吩咐道。

「奴才遵旨！」小玄子答應著退了出去。

「皇上，臣妾尚有一事相稟。」我想起木蓮方才提起之事，覺得如今正值大好機會。

「哦？皇后有何事，儘管道來！」

「方才臣妾查看帳目，恍然驚覺二皇子已然十六，這才想起開春選秀時皇上爲他定下親事。臣妾想，二皇子年紀不小，是該成家了，況也不好耽誤姑娘家的青春年華啊！」

「嗯！」皇上點點頭，「皇后果一如以往思慮縝密。這樣吧，明兒朕便命人在皇城中選址建造府邸，待入了秋由內務府著手準備大婚事宜。」

「臣妾遵旨！」

「言言，母后去了後，這偌大後宮就你一人撐持，辛苦你了！」皇上緊握住我的手。

「皇上說哪裡話，有宮裡姐妹們協助，臣妾不覺辛苦！」我垂著眼，低聲道：「只是，爲皇家開枝散葉就要靠妹妹們了。皇上務使後宮雨露均霑才好，若是皇室子嗣單薄，臣妾只恐皇權落入外人之手……」

「言言，」皇上擁我入懷，「苦了你了！你放心，朕即刻張榜廣招天下名醫為你……」

「皇上！不要緊的，臣妾不覺得苦！臣妾有了睿兒和龍陽，已然心滿意足！」

皇上越發用力擁著我，半晌才重重歎了口氣，「言言你放心，在朕有生之年，任何人絕不可能有機會越過你，得到朕更多的寵愛！」

我窩在他懷中，眼睛微生濕潤。

說不感動麼，當然是假的，只是在經歷了那場生死拚搏後，我心裡已吞不下他這些個濃情密意。龍陽生產後，我心中只剩一片冰冷，再激不起半分波瀾……如今的我，心中容不下任何東西，唯只皇權。

也許，待到睿兒達成他自小的心願，身著那道明黃之色時，便是我真正離開之時……

四十九　落井下石

翌日午後，我傳了眾妃嬪到莫殤宮中閒話，按例訓導完畢，令眾人坐了閒話家常。

我覷看坐在蓮嬪旁邊的豔嬪，笑道：「豔嬪妹妹如今身懷龍胎，安心養胎為要，往後的晨昏定省就免了吧。」

豔嬪自上次之事後對我甚是小心，忙起身朝我福了一福，「謝皇后娘娘恩典！」

我點點頭，又道：「妹妹毋須多禮，快坐吧。本宮已替你向皇上討了旨，妹妹養胎期間，一切宮廷禮儀暫時皆免，妹妹就不著這麼客氣。」

豔嬪倏地抬頭看向我，一臉驚詫應道：「謝皇后娘娘恩典！」

我含笑點點頭，示意她坐下，又轉頭看向眾人，「眾位妹妹亦得多加努力，盡力爲皇家開枝散葉才是！」

眾人忙起身齊聲道：「謹遵皇后娘娘懿旨！」

未幾，小碌子的通傳聲在殿門口響起：「衛公公到！」

「傳！」

小玄子手握聖旨走進，朝我躬身道：「稟皇后娘娘，皇上聽說娘娘傳了各宮主子過來閒話，特命奴才前來宣旨！」

我頷首應道：「衛公公客氣了，公公請！」

小玄子朝我躬身示意後，轉身面向眾妃嬪尖聲唱道：「雨婕妤、柳貴嬪、蓮嬪、豔嬪、鶯貴人、玉才人、惠才人接旨！」

被點到名的七人滿臉疑惑，但聖旨又不得推辭，忙起身行至殿中央依位分端正跪了，齊聲道：「臣妾接旨！」

小玄子展開聖旨，高聲道：「皇上口諭，七位嬪妃賢良淑德，溫柔賢慧，特晉位一級！」

眾人一愣，隨即露出喜色，激動著行跪拜之禮謝恩：「臣妾接旨，皇上萬歲萬歲萬萬歲！」

我瞟了瞟下首位的淑妃，一臉平和的她面帶微笑，彷若殿中之事與她無關般，然頭上那支赤金鑲玉六尾鳳凰步搖上的流蘇抖動不停。

芳貴人微微發顫的身子緊擰著手中絲帕，我嘴角不由逸出一絲冷笑，上個月她雖也晉了位，但皇上卻再沒翻過她的牌子。

在我跟前都敢造次之人，我豈能相容？無寵是自然，如今晉位自然沒了她的分。

「恭喜眾位妹妹！」我對幾位晉位的妹妹笑道。

淑妃瞟了我一眼，心知今日的晉位是我一手所安排，卻仍跟著滿臉堆笑道：「妹妹們大喜！皇后姐姐，這麼多妹妹大喜，怎麼著您這做姐姐的也理應破費才是啊！」

「淑妃妹妹所言甚是！」我不動聲色地笑著吩咐道：「小安子，差奴才們在後院的莫殤亭中擺宴，姐妹們同樂！」

「是，主子！」小安子得令，忙一路小跑而去。

「皇后娘娘，容奴才先行告退，萬歲爺等著奴才前去覆命呢！」小玄子朝我行禮告辭。

「衛公公公事在身，本宮就不多留了！」

小玄子前腳才離，小安子後腳就進來稟請我們前往入席。

我不得不感歎權力好用，今時的我一聲令下，內務府即刻傾巢而出，一時三刻便能夠按我的要求行妥一切。

我領了眾妃嬪沿階登上寬闊的莫殤亭，伶人們正彈奏歡快之曲，我又命人開了兩罈新製櫻花釀，與眾人同飲。

莫殤亭四周早擺滿了冰盆降暑，亭中清涼無比，眾人齊樂。我舉目望去，眾妃嬪喝成一團，晉位的喝著喜酒，未晉位的喝著悶酒。

直到日已偏西，眾人方才盡興，散亂著步出莫殤亭，步伐飄渺。豔貴嬪走在我側前，我看著小心翼翼步下臺階的她，心中突閃現一縷奇思：若是豔貴嬪不慎踩滑，從這高高臺階滾落而下，今兒晚上這宮裡頭可不知有多少人會興奮得睡不著，抑或是睡著了都會笑醒！

我正暗自責怪自己竟有這般想法時，卻鬼使神差地走快兩步挨著她並行。倏地，身子彷若被人撞了一下般往旁邊傾斜而去，撞到了旁邊的豔貴嬪。

眾人登時倒吸了一口氣，我穩住身子，伸手一撈，抓住了豔貴嬪的衣袖，她方才穩住了身子。

「哎呀，豔妹妹，你如今身子重可得小心些，所幸皇后娘娘抓住了你，否則從這臺階上滾下……」

淑妃責怪語聲從背後響起，我回過頭去，卻見淑妃在後快步擠上前來。

我細細回想著方才的情形，清楚地感覺到有人推攘我一把，查看身邊，蓮嬪緊跟在後，旁邊是芳貴人、雨昭儀及柳婕妤幾人。

我不禁疑惑起來，正發愣間，豔貴嬪卻掙脫了我的手，疾步朝前走去。

眾人又一陣驚呼，我忙回過頭去，卻見雨昭儀身子緩緩下滑，旁人趕緊幫忙扶住。

我趨前兩步，她已幽幽醒轉，只是臉色異常蒼白。我急命人將她抬回去，又傳御醫過來，後來診出雨昭儀也身懷龍胎。

眾人口中道著恭喜，神情卻訕訕地離開散去。

這一折騰，竟已至掌燈時分。我癱軟在貴妃椅上，已晉位爲蓮貴嬪的木蓮坐在一旁，半晌才道：

「姐姐，今兒莫殤亭之事，嬪妾細細回憶了一下，當時在姐姐身邊之人，怕是芳貴人最爲可疑。嬪妾記著，她明明是緊挨著嬪妾站在娘娘身邊的，可偏生豔貴嬪一出事，她便隱到了雨昭儀旁邊……」

我歎了口氣，道：「妹妹啊，只怕這後宮又要起風波了！」

端木雨有孕我自然不敢大意，且不說其他，就衝她是端木晴之妹，我就不得不善加留心。皇上上心，端木大人上心，就連西寧楨宇對她也是格外上心。

隔上一兩日我便要過去探望一下，平日裡內務府但進了稀罕物總不會少了她那份，一來二去，端木雨也不似往常那般冷清，跟我熱絡了不少。

端木雨今已居昭儀之位，倘若產下一男半女則晉位封妃自是不在話下，端木雨平日裡甚爲清淡，如今有了身子也不特別謹慎。我甚是擔心，只恐宮裡他人暗動手腳，遂將她身邊的人都詳加查過底，又調了個宮裡的老嬤嬤過去幫手，日常用度亦由我一手操辦。

此日，我正躺在貴妃椅上午憩，朦朧間聽得有人在跟前輕喚道：「主子，主子……」

我聽出是小安子的聲音，倏地驚醒，平素若無要事，他斷然不會在我歇息時喚醒我的。

「怎麼了？」

小安子喘著粗氣，顫聲道：「主子，您快去看看吧，雨昭儀她、她不好了！」

我猛吃一驚，翻身坐起來，急道：「怎麼不好了？你倒是說清楚啊！」

「回主子，方才奴才去內務府的途中，碰上了雨昭儀宮裡的奴才前來稟報，說是雨昭儀見紅了。奴才半刻也不敢耽擱，趕緊跑了回來。」

我忙下地穿鞋，隨意整了整衣衫，口中急道：「上晝不都還好好的麼？怎麼這會子卻說不好了？」

我一路急匆匆趕抵儲秀宮正殿時，皇上和淑妃、榮昭儀等人早已齊聚殿中。

我氣喘吁吁上前問道：「皇上，雨妹妹她怎麼樣了？」

皇上瞅了我一眼，一言不發地轉過頭去。

我不明所以的掃視周圍，這才發現殿中氣氛微顯詭異。

俄頃，淑妃上前扶了我坐到一旁，黯然道：「皇后姐姐，御醫說雨妹妹無甚大礙，只是、只是已經滑胎！」

「什麼？」我大吃一驚，顫聲道：「怎麼會！今兒上晝我還過來探望過妹妹，給她送了些日常吃食用度，怎麼好好的就這樣呢？」

「你倒還自己認了？」皇上拔步走近，陰沉著一張臉炯炯瞪視於我，彷似要望進我心底深處，「雨昭儀的日常用度全是皇后你一手操辦，如今雨昭儀的龍胎沒了，你、你……」

我心下乍沉，震驚得抬起頭來直直望著皇上，連張了幾次嘴方才尋回自己的聲音，「皇上、皇上是在懷疑臣妾麼？」

皇上見我如許神色，堅毅眼中閃過一絲軟弱，卻仍執著地盯視我，最後才默默轉身走開。

我的心逐寸沉落下去，終於還是迎來這一天，我一直想像有日他會爲了另一個女人跟我冷眼相對，也一直在爲這一天的到來做好心理準備。不想這一天終究還是來了，在我無所防備時這般迅速乍到，讓我措手不及……

我木然盯著他的背，一字一句冷聲道：「皇上，您懷疑是臣妾下的毒手麼？」

皇上脊背僵了一下隨又朝前走去，殿中氣氛頓時沉悶下來，眾人大氣都不敢出，唯恐觸怒龍顏而做了替死鬼。

「皇后娘娘，昭儀娘娘跟前的貼身侍女濃香一口咬定雨昭儀除了食用皇后娘娘送來之物外，再未食用過其他東西……」垂手立於一旁的惠貴人細聲道。

淑妃凌厲目光閃了過去，惠貴人身子微顫一下，往後縮了縮，噤了聲。

呵呵，原來是這麼回事，千算萬算最算不到的就是人心，千防萬防最防不了的也是人心！

淑妃上前扶住搖搖欲墜的我，柔聲勸慰道：「皇后姐姐心善，這宮裡誰人不知，定是那丫頭胡言亂語，姐姐別往心裡去。」

我心狠手辣我承認，但我自認從未害過無辜之人，皇上如今這番神情，定然是信了那宮女的話而對我心存疑慮了，只差在缺乏確鑿證據治我的罪罷了。入宮這些年，無論他怎生對待我，我從未存有貳心，雨昭儀之事我尤其盡心竭力，事事向他稟告，若是要下手，早在一個多月前就有大把機會下手了，何苦熬上這等時日？

心中悲憤難平如針扎般刺痛，我一把揮開淑妃，趨前兩步「咚」的跪落，冷然道：「請皇上下旨，徹查此事！」

皇上霍地轉身，滿臉苦楚之狀舉手連指了我幾下，最後終是頹然放下手去，半晌才沉聲道：「此事……到此爲止，誰也不許再提！」

我直直跪在地上，抬起頭不屈不撓盯視於他，一字一句道：「請皇上下旨，徹查此事！」

「你！」皇上愕然瞪著我，連說了幾個「你」，卻無下文。

「啓稟皇上，昭儀娘娘醒了！」南宮陽從暖閣中出來，跪下稟道。

「來人呀，皇后娘娘身子不爽，胡言亂語，速速送回宮中歇著！」皇上吩咐完，舉步走進東暖閣。眾妃嬪忙跟隨皇上入了東暖閣中，我身子發軟癱坐在地，腦中一片空白。

「主子，此間情況不對，先回去吧！」小安子和彩衣上前扶我，悄聲勸道。

「可是……」我露出苦楚臉色，眼底流露前所未有的悲哀和赤裸裸的傷痛。

「主子，此事絕非尋常，怕是有人早就下好了套，主子久待在這兒亦是無用，只會落得自取其辱！」小安子說著說著便紅了眼眶。好半晌工夫，他吸了吸鼻子恢復鎮定，瞧看一旁的內侍後又道：「主子，您就別讓奴才們爲難了，暫先回去吧，此事得須從長計議才行。」

我順著小安子的目光瞅看旁側幾個一臉爲難的內侍，頷首而應，茫茫然任由小安子和彩衣攙扶著回轉莫殤宮。

端坐於窗前，窗外一片漆黑，幾盞宮燈在夜色中發出微弱的燈光。我出神地望著漆黑夜空，此情狀可不就像看不到往後之路般，心中不由無限淒涼。

到底是誰陷害我呢？淑妃？榮昭儀？還是其他我並未發現的潛藏敵手呢？

「皇后姐姐，嬪妾知道您心裡難受，平素你那般照顧雨昭儀，今時出了事卻怪罪姐姐。可無論如何，姐姐也得歇息。」背後蓮貴嬪的聲音響起，「都已三更天了，姐姐，您可要保重自己的身子啊！」

木蓮！怎麼這般時候，她還待在我這兒？

我轉過頭去，不明所以的看著她，這時的莫殤宮人人避之不及，怎麼她還巴巴的跑來，這大半夜的還陪我坐著？

「妹妹，你怎這會子還在呢？快些回去吧，倘被有心人瞧見，你會被姐姐我牽累的！」我慘然一笑，有氣無力地說道。

木蓮聞我這番話竟紅了眼眶，顫聲道：「姐姐，嬪妾不怕，嬪妾相信您是清白的！」

「你相信？」我自嘲地笑了笑，「你相信有何用呢？事實已擺在眼前，雨昭儀懷胎以來的一切都是我一手操辦的，即便不是我，我也難逃干係。」

「姐姐莫灰心，眼下事情未得明朗，純只濃香說是雨昭儀吃了皇后娘娘送的食物，可太醫那邊尚未公布雨昭儀滑胎之因，指不定未必是食物的問題。」

「妹妹別費心寬慰我了，宮中這等莫須有罪名曾害死多少人，姐姐看多了。」我無奈地笑笑，木蓮到底見識有限，況且平日裡有我護著，她哪會得悉這等事，更遑論親身經歷了。

「不，姐姐，嬪妾明曉的。」木蓮沉吟有頃，方道：「其實我在斜芳殿那些日子，也常聽斜芳殿那些不得寵的嬪妃們談論娘娘您的事。」

木蓮惶恐地抬頭看了我一眼，沒敢再說下去。

我卻來了興致，追問道：「哦，是麼，都說本宮什麼呢？不妨說來聽聽！」

「恐怕有些不大中聽，姐姐聽了可別生氣才是！」木蓮看了看我，小心翼翼言道。

「妹妹之於我，還有不能說的事麼？」我眼中閃過一絲憂傷光芒，隨即低下頭去。

「不，不！皇后姐姐對嬪妾的恩典，嬪妾幾輩子也報答不完，嬪妾只恐又惹姐姐傷懷生怒。」木蓮見我神情不似方才那般落寞，甫接著道：「斜芳殿那些人不過是閒來無聊而說說罷了，姐姐聽聽，權當解悶。」

木蓮端了彩衣剛奉的茶遞到我手上後，娓娓述道：「王皇后故去後，太后一怒之下將嬪妾送入斜芳殿，六宮盡在娘娘掌握之中。彼時嬪妾身懷有孕，爲著能順利生產，平日裡便在殿中走動，一來二去也跟殿中的人熟稔不少。斜芳殿裡的人每日除了用膳歇息，便只有閒話家常，時日一久，嬪妾多少聽她們說了些。

「那時姐姐還是德妃娘娘，那些奴才們便說，娘娘您明著是榮寵萬千，實則步步驚心，因爲娘娘入宮之時不過是個從六品的答應，五年間便擢升爲正二品的妃子。該是何等聰明伶俐，何等城府心機之人才能做到啊？她們對娘娘卻不怎看好，因爲太后絕容不下宮裡比她精明的人掌權六宮，所以娘娘接嬪妾出斜芳殿後，嬪妾著實爲娘娘您擔心。

「好不容易太后去了，娘娘終是坐鎮六宮，嬪妾本以爲娘娘您從今往後能夠母儀天下，一帆風順了，而今看來……」

我靜靜坐著聽木蓮說話，不吭聲。

木蓮歎了口氣，又道：「嬪妾平日裡跟在姐姐身邊，有姐姐護著，嬪妾誠然過得平靜安詳，可嬪妾卻每每爲姐姐捏一把汗，恨不能替姐姐擔危解難！」

「姐姐總以爲嬪妾不知，嬪妾心裡卻是瞭然，姐姐生龍陽時皇上的反應著實蹊蹺，嬪妾在旁看得明白，嬪妾亦知姐姐心裡同樣明白。姐姐一心爲著皇上、爲著皇室，卻得處處忍受其他嬪妃的算計，蒙受皇上猜疑，姐姐心裡該有多苦啊……」

「木蓮，你……」我從來不曾去想，原來她知道的，原來她也心疼著的，原來……

「娘娘，嬪妾本不該說破，但如今看來，一心惦記著您的人可不止一個啊！」木蓮略略躊躇，始又道：「那豔貴嬪也不是個善主兒，打上回的謠言風波後她的確收斂了不少，然暗地裡卻與榮昭儀走得極近，今又懷了龍胎，只怕不會那等善罷甘休啊！還有，前些日子裡淑妃娘娘……」

木蓮突然提到她，我暗吃一驚，勉力穩住心緒，不讓木蓮察出半分異常，輕聲問道：「淑妃麼，難道連她也有動作？我可一直把她當作好姐妹啊！」

「別人都說皇后娘娘您狠毒，嬪妾卻覺著娘娘才是最善心的人，娘娘掌管六宮以來，連雜役房的奴才們都念著娘娘的好，對各宮姐妹們同是禮遇有加，從未短過那個宮的用度，甚至有時還把自個兒的銀子貼給姐妹們補缺，可偏偏……人心不足啊！」

木蓮搖搖頭，歎了口氣復道：「皇后娘娘對淑妃娘娘的好，大家有目共睹，豈料到……前幾天淑妃娘娘趁您不在時，來嬪妾宮中找過臣妾，她說當時王皇后殯天，姐姐您爲了討好太后，將責任一概推到嬪妾身上，太后故才下令將嬪妾送往斜芳殿中。她說姐姐您如今一人獨掌六宮，行事專斷，早已引起眾妃嬪的不滿，她讓嬪妾與她聯手對付姐姐您。嬪妾當場拒絕，說姐姐爲人寬厚，對嬪妾更是恩重如山，淑妃娘娘憤然離去，直說臣妾不曉姐姐眞面目，總有一天會後悔……」

「她果眞是存了這份心思，此實非一日兩日的事呀。」我歎了口氣，細細回想著當時之事，「當日裡她有太后扶持著，一心想爲后，那陣勢妹妹亦然親身經歷過，若不是我定下計謀，只怕而今掌管六宮之人未必是我。她心中定是恨著的，即便後來我對她禮遇有加，她仍覺著是我搶了她的后位。」

「淑妃娘娘眞眞糊塗，怎就想不到太后扶持於她的最終目的呢，竟還那般傻傻被利用著。」

「妹妹，天下第一尊貴的女人，哪怕就是做一天，她也死而無憾了！」我頓了頓，拉著木蓮的手道：「妹妹，事到如今，姐姐也不多瞞。其實我對你好，最初不過是因著內疚，而時日長了，我又怕你知悉後不能原諒我，如今看來遲早有日你也會知曉，與其讓旁人添油加醋，不如我自己坦告吧！」

木蓮詫然看著我，我輕聲說道：「其實，當初送你到皇上跟前伺候，是我和淑妃合謀所定下對付王皇后的毒計！」

「啊！」木蓮愣在當場，半晌甫道：「娘娘您不是說嬪妾長得與薛皇后有幾分相似，這才送了嬪妾過去，讓皇上看著熟悉些，便能好生幫娘娘照顧皇上麼？」

「是，這是一方面的原因，另一方面也是我和淑妃合謀的計策。」我看了木蓮一眼，接著道：「妹妹還記得你被召去儲秀宮前，姐姐送您的那支髮簪麼？」

「當然記得，那可是支千年烏沉木經能工巧匠精雕而成，嬪妾相信見過一次的人都絕不會忘記的。那支髮簪有何不妥麼？」

「那不是宮中之物，乃是薛皇后的陪嫁。你也聽說過吧，淑妃原是王皇后的丫鬟，這支髮簪也是王皇后轉贈之物。你想想，一個身染重疾之人遽然知道自己信任幾十年之人竟背叛了自己，該是多大的打擊呀。」

「啊！」木蓮想起王皇后當日情狀，依稀就是在她靠前看清了自己頭上那支髮簪始神色大變，病情隨之加重。木蓮好半晌工夫才顫聲道：「姐姐您是說，王皇后她……其實是被活活氣死的？」

「木蓮，抱歉！」我轉過頭去，不忍再看她，過了好一會才吸回了眼中淚花，輕聲道：「我沒有你想像中那等善良，雖然整件事是淑妃付諸實行，然眞正策畫者卻是我，我才是最狠毒之人……」

「那、那雨昭儀……」木蓮一臉驚恐看著我，顫聲問道。

「不是我！」我目光炯炯直視著她，「雨昭儀是晴兒的妹妹，況且雨昭儀向來爲人清淡，我就是怕她遭人謀害，才一手操辦著她的養胎事宜，不想……真真是人算不如天算！」

「皇后娘娘，」木蓮猶陷震驚之中，語無倫次道：「嬪妾、嬪妾先行告退了！」

她起身朝我福了一福，退了幾步又抬頭道：「姐姐您莫見怪，請再給嬪妾一些時間，多幾日就好……」

「妹妹，夜深了，快回去歇著吧！」我柔和看著她叮嚀道。

待木蓮離去，守於房門口的小安子上前來，擔憂地看著我，「主子，您怎麼對蓮主子吐露這些啊，您不怕她……」

「她不會！」我以篤定口吻說道：「唯有讓她曉知本宮的祕密，她才會更忠心為本宮賣命。即便她知曉了又能怎樣呢，去向皇上揭發本宮麼？別忘了，淑妃落水時她可是主動替本宮擋卻那場水災；髮簪之事，她跟淑妃才是真正參與者，我現下說是我預謀的，可只我和她二人在，誰也無實據證明是我，因為那支髮簪藏於我手裡……」

小安子鬆了口氣，仍有些不太放心，「主子還是小心為上，畢竟眼下雨昭儀之事已令萬歲爺起了猜疑。」

「越是在這種時候，她越是會原諒我，也越是在這種時候，她越會理解我的所為！」我對自己挑的這個時機甚為滿意，更堅信自己的判斷沒有錯。

「主子，快五更天了，您歇歇吧！」小安子看看房中的沙漏，苦苦勸道。

「不！」我固執地搖了搖頭，「小安子，本宮在等！」

「等？」小安子露出不解之色，「等什麼哩？」

「等他！」我面無表情，一字一句道：「若他對本宮還存有一點疼惜之情，他定然會來，那我還可像往常般一心一意侍奉他，若他今晚不來，那……」

我望著漆黑的窗外，心中不停緊縮，喉嚨哽塞，半晌才輕輕吐出：「那就眞的沒有以後了……」

小安子紅著眼，拉拉衣袖揩拭眼角淚水，未再多言，只默默退了出去。

五十　難脫羅網

我雙目迷離望著漆黑屋外，等著天邊露出曙光，心底的希望卻逐漸渺小，一寸寸陷入絕望……

「哎……」不曉過得多久，背後響起了重重一聲長歎，「朕就知道你還沒歇下！」

他終於來了！

驀然回首，那身明黃已近在跟前，熟悉的氣息撲鼻而來，萬般滋味湧上心頭。我不知是該感激他的到來，還是該怨恨他的到來？

幾年的恩寵，即便是不能接受或不想接受了，又豈是一夕之間便可完全忘卻的？緣於彼此身分，已是注定了這一世不能完全擁有彼此。除了我，他還有淑妃、榮昭儀、雨昭儀、豔貴嬪、月貴嬪……有許許多多的貴人、才人、常在和答應；而我呢，我除了自己就什麼也不剩。君王的恩寵向來是說淡便淡了的，他的寵愛不可缺，然他若不寵愛了，如何生存下去才是緊要！

天邊此時已經慢慢轉成淡灰，爲甚？爲甚總要在我狠下心忘情絕愛時出現曙光呢？爲甚每每在絕情以對之後，又總表現得那般痛苦和無奈呢？

「言言，何苦這般折磨自己？」他伸手輕撫我的髮絲，擁我入懷，緊緊抱著我顫聲道：「你明明知道我會心疼！」

我隱忍整整一晝夜的委屈，在這一刻抑制不住地爆發出來，眼淚簌簌而下。

良久，我才哽咽道：「皇上您不信我！」

「不，不是的！」皇上輕拍我的背，替我順著氣，「我信言言你！」

「皇上！」我從他懷中抬首，淚痕滿面卻目光灼灼望著他，語氣堅定地說：「既然皇上相信臣妾乃是無辜，那就請您下旨徹查此事，將那惡毒的下藥之人抓將出來，繩之以法！」

「言言，此事就到此爲止吧！」皇上伸手輕輕撫去我臉頰淚水，柔聲道：「你莫多想，無人敢拿你怎樣。你好好保重身子，此事朕會處理的！」

「不！」我款款搖頭，「皇上，您若將此事壓下而不了了之，難道忍心讓臣妾背上莫須有的罪名麼？難道忍心讓宮裡其他人在背後數落臣妾善妒成性，容不下其他嬪妃麼？」

「誰敢！」皇上提高了嗓門。

「皇上當然可以下旨封住攸攸眾口，偏生聖旨封得了眾人的嘴卻封不住眾人的心，沒人敢說並不代表沒人敢想！」我同步提高了音量。

「你！」皇上恨恨地瞪著我，一副當我不可理喻的樣子，大喘粗氣於屋中來回踱步。

「萬歲爺，五更天了，該上朝了！」劍拔弩張的緊要關頭，小玄子的聲音適時於窗下響起。

「滾開！」皇上轉頭朝窗外怒吼道：「今日不早朝了！」

「是，奴才遵旨！」小玄子答應著退下，腳步漸行漸遠。

「為甚你不理解朕的苦心呢？」皇上回首看向我，展露痛心之狀，「宮裡頭誰都知雨昭儀養胎期間的衣食用度皆由你一手操辦，雨昭儀宮裡物事樣樣與你有所牽連，怎麼查？查不出半點蛛跡，你就更加說不清呀，即便查出些什麼來，你亦難逃干係！」

「正因為宮裡誰都知雨昭儀的衣食用度皆由臣妾一手操辦，才不得不查！雨昭儀乃晴姐姐胞妹，臣妾事必躬親，如斯嚴防之下仍遭人動了手腳，便可知此人絕非尋常之輩。臣妾坐鎮中宮，打理六宮事宜，絕不容許宮中潛藏這等狠毒之人！」

「你！」皇上用手指著我，怒道：「你真是固執到不可理喻！」

「臣妾誠然固執，可臣妾既是代皇上打理六宮，就不敢有絲毫馬虎。為了妹妹們安危，為了皇室子嗣，即使皇上不下旨徹查此事，臣妾亦會用盡全力自行查證！」我語氣堅定，絲毫不為所動。

「隨你！」皇上一副認我是瘋婦之態，不再與我多說，當即甩手離去。

到這時，我甫察覺自己羅紗裙下的雙腿早已顫抖不止，軟軟滑倒在地。

「主子，您這是何苦呢……」小安子見聖駕離去，忙命彩衣去小廚房熬薑湯，自己則進屋扶了我靠在床榻之上，心疼道：「奴才都聽見了，皇上也是為了主子您好，主子又何苦這般執著非惹皇上惱怒呢？」

「小安子，你難道不明白麼？我必須行此險棋！」我長長舒了口氣，全身無力地陷入引枕間。

「奴才明白。奴才在宮中許多年，哪兒不曉君王恩寵不等同『情愛』與『敬重』這般淺顯的道理呢？昨兒午後之事，任誰都看得出來，皇上雖未明確表態，但確然心存疑慮。」

「所以我必須要讓他打消此層疑慮，還有甚比坦蕩堅持要求徹查此事更引人信服的呢？」我看著小安子，拿無奈口吻道：「這莫須有之罪名我是背定了，可雨昭儀身分特殊，不消我說你也清楚，我在他面前必須有所交代，所以此事還是鬧得越大越好！」

「此箇中重要性奴才最明白不過，只怕這會子那邊已然獲知，主子還是及早行妥準備才是！」小安子想著，又是一臉憂色。

「準備什麼？眼下準備什麼都是無用，船到橋頭自然直，此事我問心無愧，有甚好怕的！」

「那下毒之人實在惡毒至極，竟挑了這麼個棘手的人兒下手……」

「這也是我堅持要求皇上徹查的緣由之一。那人既在此節骨眼挑了這樣棘手的人兒下手，等於鐵了心要對付我，倘事情被皇上給壓下來，那人也便隱遁無蹤，這對於我來說有如潛藏的威脅。」

「主子防備得萬般森嚴，仍被她得了手，看來她不是那等容易對付的！」小安子若有所思地細細剖析著。

我頷首道：「眞查將起來，她必然心虛而多少會露出些馬腳，即便抓不住她，亦能夠讓我心裡有個底，就算她藏得無懈可擊，也足以引她膽怯。一旦作罷不查，她隨時都有可能再出手，皇上如今已是將信將疑了，只怕到時……」

「主子，薑湯熬好了！」門外響起彩衣焦急而關切的喊聲。

喝過彩衣送來的薑湯，我終於抵不住小安子命她添加薑湯中的安神藥，墜入沉沉睡眠。

醒來時已是午時，才用了幾口彩衣送上的燕窩粥，便擺擺手讓她端下去。我獨坐在楠木椅，手指有節奏地輕敲旁側小几，努力將腦中萬千思緒梳理出來，好爲下一步做好打算。

「主子，蓮貴嬪來了！」門外小安子邊替木蓮打起繡簾，邊細聲通傳道。

我剛一抬頭，木蓮已近前來「咚」的跪落我跟前，哽咽道：「姐姐，嬪妾對不起您，請您原諒嬪妾的猶疑！」

「妹妹，你這是做什麼？快起來！」我心下暗鬆了口氣，瞭知她已是想通，手上卻片刻也不遲緩，忙扶她起身。

木蓮乍抬起頭迎上我的目光，我猛吃一驚，那通紅雙眼和滿臉憔悴神情……想來她昨兒回去後到現下只怕是沒有歇息過一刻。

我心中一軟，忙扶了她同坐炕上，「妹妹能諒解姐姐的所作所爲，姐姐便已心滿意足，妹妹何苦如此……」

「姐姐，嬪妾回到殿中將入宮以來之事細細想過一遍，總算想通了。這後宮本就是踩低墊高，吃人不吐骨頭、殺人不見血的地方，做奴才的如此，做主子的又何嘗不是這樣？姐姐您何嘗不是被逼無奈，方才那般做的？姐姐要不那樣做，恐怕此時墳頭長草的便是姐姐和嬪妾二人了！」木蓮深深地看著我，吸了口氣才道：「淑妃娘娘落水之事，嬪妾老想不明白，嬪妾爲何要幫襯姐姐您那般做，現下嬪妾明白了，此間本就是個『你死我活』之地。如今姐姐做了皇后，尚且容得下各宮嬪妃們，若當初眞讓淑妃娘娘入主中宮，指不定這會子嬪妾又重回了那斜芳殿去！」

「妹妹能想明白這些，姐姐便就放心！」我拉過木蓮的手，輕輕拍了拍，「一直以來我都擔心你知道了不能理解，又擔心著你被人給欺負，更擔心著你被人利用了去！」

「放心吧，姐姐！」木蓮反握住我的手，「嬪妾永遠不會忘記今日一切都是姐姐您給的，嬪妾不再依靠姐姐維護了，往後嬪妾要努力維護著姐姐！」

「好，好！好妹妹！」我哽咽著應道，沒想到我當初的一念之仁，竟能換來木蓮這份深情厚誼。

「主子！」小安子急匆匆掀了簾子上前來道：「剛剛接到消息，皇上晉封雨昭儀爲雨妃，掌儲秀宮一宮之主！」

「什麼？」木蓮一驚，轉頭望著我，「姐姐，這可如何是好？」

「我就知道他會這麼做！」我歎了口氣，吩咐道：「小安子，備份厚禮叫彩衣送往儲秀宮替本宮賀喜，請雨妃娘娘好生調養身子，本宮過幾天再前去看她。」

小安子忙答應著出去了。

「姐姐，您爲何說早知皇上會這麼做的呢？依嬪妾看來，皇上這般也是爲了維護姐姐您啊！」

我搖搖頭，一副不敢苟同之狀，「妹妹，你入宮時日也不算短吧？」

「嬪妾十三歲入宮，在雜役房做些粗活，至今已整整八年了。」木蓮有些不明所以，但仍如實回答了我的問題。

「那妹妹合該知道，當初備極榮寵的麗貴妃代管六宮之時，如貴嬪、良妃去了，皇上不也這般不了了之麼？濃寵至此，看似招人眼紅，可結果呢？如今的麗貴妃別說進不了皇陵，就連墳頭也無！」

木蓮聞我此言，臉色越發蒼白，渾身打了個激靈，「男人薄情，三妻四妾已屬常態，做爲君王的男人更薄情，三宮六院都嫌不夠……寵愛時，你怎樣做都是對，而厭惡時，你怎樣委曲求全都是錯！姐姐，您是對的！」

「妹妹，這話也就咱們在這兒說說，妹妹切莫輕信他人，在他人面前提說。」我小心叮囑著木蓮。

「姐姐放心，妹妹省得。」木蓮信誓旦旦地保證，頓了頓又道：「姐姐，接下來咱們該如何是好？」

「如今我與皇上生了間隙，聖寵之事得靠妹妹多上心了！」我拉了木蓮的手道：「妹妹光有海雅公主是不夠的，在這個母憑子貴的地方，妹妹還得努力再產下一男半女才是！」

「可是……」木蓮聽我如此一說，竟紅了臉，略略怕羞地俯下頭去。

「妹妹這是怎麼了？有甚難言之隱麼？」我看著木蓮，追問道。

「姐姐別看皇上時常翻嬪妾的牌子，大多數時候萬歲爺也只是看著嬪妾、跟嬪妾敘敘話什麼的，還有時、有時頂多摸摸嬪妾罷了，真正讓嬪妾伺候的時候並不多……」木蓮越說越小聲，最後才又道：「不知道皇上是越來越不中意嬪妾了，還是到其他人殿裡也是這般！」

我好不容易才聽明白了木蓮的話，愣生生吞下逸到唇邊的笑意，歎道：「哎，妹妹別看皇上每月裡到姐姐這兒的時候最多，其實大抵都是跟姐姐說說話便歇下。這兩年皇上越發顯老了，那方面也有些力不從心，姐姐不過是名聲在外，說甚專房獨寵罷了！」

我遲疑一下，又道：「自從生下蕊雅，御醫又斷言可能再不能生養以後，皇上就很少讓姐姐我伺候了。」

我沉吟片刻，還是決定不告訴木蓮已治癒之事，又勸道：「其實皇上也是男人，好面子，總不能承認自己不行吧？眾妃嬪心裡明白，只是都不說破，心照不宣而已。但皇上縱然不似往年那般精力旺盛，也非就真的不行了，要怎麼做，猶得要靠妹妹你自己多費些心思啦。」

木蓮連連點著頭。

我笑道：「快回去歇著吧，瞧你，只怕是從昨兒到這時辰都沒睡吧！」

我再見端木雨時，她卻沒有多大反應，彷若那件事未曾發生般，一如既往的清冷。

我不免疑惑，從她神色中竟瞧不出幾分悲痛，言行舉止毫無異狀，若非眼中那一閃而逝的光亮，我幾要以爲這件事純爲夢境，她也從未有過身孕。

我不懂，爲甚在這個母憑子貴的地方，她卻對失去的龍胎那般不屑一顧，甚至嘴角邊還時常逸出一絲舒心笑意，彷若那是件值得慶幸之事。

在御醫悉心調養下，她恢復得十分好，皇上尤對她越發心疼，今又擢升爲妃，每日裡總有絡繹不絕的人前往儲秀宮。這些訪客含笑祝福著，我不知她們笑顏面具後是無限的嫉恨還是暗自銀牙咬碎？

每每我出現之時，原本熱鬧的氣氛就會冷清下來。眾人嘴上自是不敢說什麼，但看我的目光總是顯得異樣。我對這些恍若未見，只每日如常日出而起、日落而息，彷彿那件事不曾有過，只在暗地裡命人查證此事。

此日小安子扶了我去內務府，走著走著御花園中乍起了大霧，我們忙疾步前行。行走間，小安子竟突然不知所蹤，剩下我隻身一人。

大霧瀰漫，幾步開外的地方也瞧不清楚，無奈之下我緩緩前行而去，走著走著，我竟發現自己走到了一處不知名的地方，四周一片荒涼。

我不禁慌張起來，隱隱有不明東西正靠近我，我慌亂之下拔腿就跑，那東西卻如影跟隨，空氣中甚至傳來陣陣怪笑。

我停了步四下觀望，卻只見茫茫迷霧。我喘吁吁地透著氣，站在原地高喊：「誰？是誰？你出來啊，我不怕你！」

久久不見回音，就在我鬆了口氣時，遽然由遠及近響起一串怪笑，我剛落下去的心倏地又吊起來，周身一顫。

「啊！」的低呼出聲，我猛地坐起身，映入眼簾的卻是雕花床架和雪白帳子，原來我做了噩夢！

我渾身大汗淋漓，伸手拭了拭額上汗珠，長長地舒了口氣。

等等！我這才覺察出陣陣怪異，今兒晚上是小安子守夜，他向來警醒，我但有絲毫動靜他皆會上前詢問，怎麼這會子未見蹤影？難道……屋子裡靜得出奇，我的心也隨之不斷緊縮。

「做噩夢了吧？」嘲弄的聲音響起，「原來你也知道怕！」

他終於還是來了！

我渾身一震，轉頭望向紗帳之外，立於屋中那英姿颯爽之人不是他，卻又是誰？他來，乃我意料之中，只是沒想到他能熬到此時才來。

我伸手打起紗帳起身下床，一身雪白繡櫻衫裙隨著步伐飄蕩空中，齊腰長髮隨意散落肩後，秀氣的鎖骨若隱若現，衣襟處一片白皙延伸而下。

他眼中乍亮，隨又湧上陣陣嫌惡之情。我嘴角逸出一絲冷笑，男人啊，皆不過如此！

我瞟了一眼躺在門邊地上昏睡的小安子，轉頭對著他，冷然道：「西寧將軍大半夜闖入莫殤宮，該不會是專程來看本宮發噩夢的吧？」

西寧楨宇冷冷看著我，一言不發。

我當然明白他是來興師問罪的，只是……我又能如何呢？他早已認定我心狠手辣，所以他作何想對我來說毫無緊要。重要的是，我手中有那張王牌在，他始終會站在我背後。

這本就是場遊戲，遊戲的規則雙方心中皆有數，所不同者只是遊戲過程罷了。若雙方合得來，這場遊戲也就順利輕鬆些；若雙方無法相互協助，這場遊戲也就曲折沉重些。

但是，有甚關係呢？這些或順利或曲折的過程根本不會影響到結果，這對我來說就足夠了！

我不再言語，轉身漠然朝床榻走去，冷言道：「西寧將軍既然無話要說，那本宮便就再歇下，相信有西寧將軍護衛在側，本宮不會再發噩夢了！」

「該死的！」

西寧楨宇從背後欺上身來，我萬沒料到向來冷靜行事的他也會動粗，感覺自己的衣衫被他拉扯，我轉身掙扎間被他抓住了衣襟順勢推倒在床上。他憤恨而顯猙獰的臉孔，驟然放大在我瞳眸中。

在未及做出任何反應時，他已然挨近，粗暴地抓住我的肩膀，瘋了似的搖晃著我，那向來平靜無波的眼瞳裡承載著滿滿的掙扎和痛苦，咬牙切齒道：「你心狠手辣我知道，可我沒想到你竟如此泯滅人性，連未出世的孩子都不放過！」

我倏地停止了掙扎，一雙美眸目不轉睛望著他，生生地直望進他的眼瞳深處，雙唇輕顫吐出三個字：「不是我！」

「不是你還能有誰？」西寧楨宇輕蔑地轉開了目光，一臉苦楚哽咽道：「你曉不曉得她有多難過！你也是做娘的人，你應該知道……」

「你去看過她了？」我緊緊盯視著西寧楨宇，「是她告訴你害她之人是我麼？」

「你還有臉問！」西寧楨宇倏地加重手勁，我單薄的肩胛在他掌中幾欲碎裂。

我伸手抓住他的衣袍，喘著粗氣，一字一句道：「你既已信了她的話，那我再說什麼又有何用？你殺了我，替她報仇吧！」

「你以爲我不敢麼？」西寧楨宇兩眼噴火，臉頰漲紅，俄頃口中逸出狠絕聲音，雙手往我脖子處收攏而去。

我重重透了口氣，雙眼微閉，倨傲地抬起下頷，一副無懼之態。

頸脖處傳來痛楚，胸部透不過氣的折磨之下，我癱軟著未作掙扎，小臉憋得通紅，意識逐漸淡薄……

「該死的！」他倏地失了力氣，伸手輕撫胸前替我順著氣，「你爲何不求饒？」

我倔強地別過頭去，大口大口喘息著，那一刻，我眞的以爲死定了。原來「死」是這麼痛苦的一件事，我再沒了挑釁的勇氣，躺在床上喘著粗氣。

最初的痛苦過去以後，意識慢慢回復，我眼神不由落在了他那隻爲我順氣的手上。

他覺察到我怪異的目光，順眼一望。掙扎糾纏之中，我身上雪白薄紗衫裙已凌亂地散落開來，粉紅肚兜下波濤洶湧，而此刻他的手正放在玉峰之上。

他倏地收回手，尷尬地轉過身直往前走去，停在了房中，背對著我一字一句道：「我會把那個人查出來的，希望眞如你所言！」說罷自手中彈出一顆珠子擊向門口的小安子，自己則身形一閃，自窗口出了房，消失夜色中。

我動了動身子坐起來，拉攏了散亂的衫裙，心中湧上一種從未有過的孤獨感，眼淚無聲滑落，顫抖著肩膀輕輕抽泣。

門口的小安子幽幽醒轉，朦朧眼神在見到守夜燈下獨自抽泣的我時忽地驚醒，慌忙一骨碌爬起身撲上前來，「主子，這是怎麼回事？您這是……」

「啊！」小安子驚呼出聲，顫抖的手直指我頸脖之間，想來是瞧見我脖子上的傷痕了。

看著眼前的小安子，心中那股驅之不去的孤獨感竟消失無蹤，我用衣袖輕輕揩去眼角淚水，「他來過了。」

「這、這……」小安子心疼地看著我，「主子您等等，奴才、奴才這就去喚彩衣過來。」

「別！」我叫住已轉過身的小安子，「眼下是非常時期，你此時喚彩衣定會驚醒他人，還是謹慎些爲好，別去了。」

我坐到梳妝鏡前，輕輕拉開衣衫，頸脖肩胛處的傷痕在搖曳昏暗的守夜燈下顯得越發嚇人。啓開小安子遞上的藥膏玉盒，伸出手指輕輕沾起些許，對鏡仔細塗抹在火辣辣疼痛的傷痕上，刺痛中微帶冰涼，刺激著我的感官。

好歹毒的計謀啊！一夕之間讓我淪爲眾矢之的，更讓身邊的兩個男人同時怪責我。一個自事發那日來過後，便再沒現身；另一個遲未出現，一出現便差點要了我的命！

我倏地握緊拳頭，指甲深深陷入手心，皮肉的疼痛怎比得過心裡的恨？那個人究竟是誰呢，多日查探卻是毫無頭緒，想不到那人能夠做得如此滴水不露！

瞬間鬆開了拳頭，冷冽的聲音自口中緩緩逸出：「你最好別讓本宮逮住，否則本宮定讓你求生不得、求死不能！」

「倘查出來那下毒之人，奴才頭一個饒不了他！」小安子恨聲說著，遞上藥膏示意我塗抹。

我又在傷痕處密密抹上藥膏，側轉身捋開披散於背後的烏髮，蘸了藥膏準備塗抹背後時，卻驚覺肩胛處的疼痛已使手臂抬不起來了，遑論伸到後頸處。

連試幾次皆不能伸過去，我頹然放下手去，歎了口氣道：「算了，不塗了！小安子，收起來吧。」

「主子，這是治傷的靈藥，若不塗上恐會留下疤痕。」小安子頓了頓，吶吶道：「主子，奴才、奴才幫您塗藥吧！」

我遲疑少頃，這小安子成天在我跟前進出，塗抹一下藥也沒什麼，畢竟他已是太監之身。想到這兒，我點了點頭，轉身背對著他。

小安子手掌輕柔的觸感，比我自己塗抹時所引起的疼痛感還少些，想來他是極爲小心的吧。倒難想到他一個粗手粗腳的奴才，竟有這麼細心的一面。我輕笑著抬頭自鏡中望向他，登時怔住，鏡中的小安子正屏息替我輕輕塗抹藥膏，可他一路酡紅至耳根的紅暈卻洩出心緒。

我心中驚詫，腦中閃過一絲雜念，隨即不動聲色地悄聲道：「成了，小安子，塗好了收起來吧。」

他應了一聲，隨即低下頭去，語無倫次道：「好、好的，奴才這就去辦！」說著收起藥膏，轉身一路踉蹌直奔內室而去。

想不到，他竟然……

看著他踉蹌離去的身影，我明瞭自己並非胡亂揣測，只暗自提醒自己往後須得更加謹慎才是。

五十一　鬼影憧憧

連著幾日我都不敢出殿，只讓木蓮幫我去內務府取來帳冊，又代我處理些雜事。所幸隔日南宮陽便送來了更上等的藥膏，才幾日頸脖間的傷痕已完全隱去，肩胛處也不似前幾日那般疼痛了。

驕陽一點一點沉落，晚風襲來竟透絲絲涼意。多日未出房門我也嫌悶了，便喚上彩衣和小安子在園子裡散步，穿越迴廊，走過葡萄晾蔭，緩步踏上莫殤亭。

立於莫殤亭中，看著遠處高高聳立的亭臺樓閣，心中無限淒涼。想當初修繕園子，親自賜名，握著我的手共進莫殤宮，是何等榮寵和恩愛！如今不到兩年，竟已恍若隔世，我和肅郎終究還是落入俗套，終是相互猜疑算計起來了。

彼時的舉案齊眉、心心相印彷彿只是一場夢而已，他寵愛我、疼惜我，一心只想我能享盡榮寵尊貴，卻在我終於母儀天下之後，懷疑我算計他寵幸的妃嬪！

我以爲我一直掩飾得極好，我以爲我能一如既往取得他的信任，原來，輪迴是不可抗逆的命運，終究躲不開有心人的算計。

好吧，親愛的肅郎，您既然懷疑本宮惦記著您的子嗣，本宮也不能教您失望，本宮索性就做給您看，本宮的手段絕不比任何人遜色！

凝神回眸處，卻見白玉階下木蓮一路急行而至，我忙迎了她入內坐下。

「妹妹急匆匆趕來，所爲何事？」我倒了桌上的茶遞到木蓮跟前。

木蓮也是走得急了，端起來一飲而盡，方道：「姐姐，方才嬪妾在內務府時，豔貴嬪的宮人來稟，說是她宮裡頭有個叫琴兒的小宮女暴病而亡，可嬪妾分明看到裸露在外的腳踝處血跡斑斑……」

「這麼說，她還是那般不知收斂了？」我淡淡言道。

「是啊，原本就不把他人放在眼中，今懷了身孕，因著雨妃出事後皇上越發小心翼翼，她便蹬鼻子上臉，飛揚跋扈起來了。嬪妾聽那些個小太監們議論也聽出個梗概，說是她宮裡的琴兒清掃時失手打翻了皇上御賜的井藍雕花玉瓷瓶，她當場就叫人拖出去杖責二十。可憐身嬌體貴的一朵花兒，行刑時還不到一半便斷了氣……」木蓮說著竟有些眼眶泛紅，微微歎了口氣。

我心下冷笑連連，豔貴嬪啊豔貴嬪，本宮正愁沒機會下手呢，你倒好，主動犯到本宮手裡來了！

我拍了拍木蓮的手，安慰道：「妹妹也是個心善之人，既然你如此為那琴兒抱屈，索性就讓你幫她出口氣吧！」

木蓮一聽，來了精神，「姐姐，您想怎麼做？」

「妹妹，這些日子皇上時常到你殿中吧？」皇上到誰宮裡，我自然是最清楚不過的了，他最近不到我宮裡頭，大多時候還是去木蓮殿裡，畢竟他如今的身子可經不起那些狐媚子折騰了。

木蓮低下頭去，輕聲道：「姐姐還不清楚麼？自從上次姐姐提點過了，妹妹自然上心些，皇上最近倒是常到妹妹這兒，只是……龍胎之事恐怕容不得妹妹一人拿主意！」

「呵呵，我可沒急著問你那事兒。」我低笑著湊上前去，在她耳邊細細說著，木蓮一臉佩服地看著我，連連點頭。

是夜，我和木蓮正在暖閣中閒話家常，不時咯咯輕笑，氣氛輕鬆自在。

「蓮兒，你在同誰說笑？何事這般開心？」醇厚嗓音自門外響起，那身明黃隨即出現屋中。

木蓮忙上前跪拜道：「臣妾恭迎皇上！」

「快起來吧。」皇上扶了木蓮起身，眼眸卻直瞅著我不放。

相處多年，我自是清楚他喜歡我怎樣的打扮，今兒來時當然悉心打扮過了。我收住了笑容，任由屋中氣氛凝重下來，半晌才起身上前福了一福，「臣妾見過皇上！」

「言言，快起來！」他伸手待要扶我，我卻微微退了一步，讓開他伸過來的手。他收回手，尷尬地笑笑。

我又福了一福，道：「皇上，臣妾告退！」說罷便頭也不回地出了煙雪殿。

他扔下一句「蓮兒，朕明兒再來看你」，便跟將上來，一把拉住我。

我看看隨侍身旁的奴才們，也不再倔強，畢竟他是男人，尤是君王，能這般跟出來已是極限，我若再不領情，只怕他就眞的永遠也不會再踏入櫻雪殿半步了。這與我屈尊專程到煙雪殿的目的是背道而馳的，我不再掙扎，只默默跟在他身旁回轉櫻雪殿中。

這一夜，我們互吐衷腸，我竭盡所能討好於他，他連說所做的一切皆是爲我好。我未加反駁，對我來說這都已經不再重要，畢竟已成過往。

也因爲這一夜，莫殤宮的春天再次降臨，接下來的日子，我又一次寵冠六宮。

只是，誰也不知道，此番我的身邊多了個木蓮，三人閒話家常兼飲酒作樂，我更親自將他二人送上床榻。

木蓮的柔情，又豈是正常男人所能拒絕的呢？

聽著床榻之上他沉重的呼吸和木蓮似有若無的嬌吟，我邁著輕鬆的步子出了東暖閣。

我親自把那個叫做夫君的男人送往別的女人身邊，甚至告訴那個女人：床事之時墊了軟枕在身下，越發能勾起男人的興致，也能增添受孕機會。

我是真的變了，西寧楨宇說得沒錯，我變成了一個為達目的無所不用其極的女人。但不知為何，我心中竟敞亮了許多……

午後驕陽烤得園內花草樹木枝葉低垂，樹上的蟬知了知了叫個不停。我和木蓮坐在清涼的屋子裡，有一搭沒一搭的敘著閒話。

「對了，姐姐，聽說那豔貴嬪被嚇得夜不敢寐，精神恍惚，時常說些胡話。皇上去看過她幾次後便不怎麼去了，只叫太醫院好生替她調養身子。」木蓮連話語中都透出笑意。

「隔三差五的嚇她一回，這會子只怕再不見往日的秀麗姿容了吧？皇上現下要的是妃子們養眼，她既然不能夠養眼，有用的只存那龍胎了。」

「姐姐，那龍胎……」

我拋給她一個稍安毋躁的表情，高聲道：「小安子，去傳芳貴人過來。」

「姐姐，您怎麼……」木蓮詫然看著我，「姐姐豈不知她的嘴臉？先前揭發豔貴嬪的時候做得比誰都好，她兄長做了副統領，來得比誰都勤，主子蒙了冤，我看她躲得比誰都快，如今倒好，皇上來莫殤宮了，她又三天兩頭過來請安。」

「妹妹何必跟她生悶氣，氣壞了身子可是自己吃虧。」我安撫道：「妹妹就放寬心吧，在我這兒她休想占半分便宜去。」

不一會工夫，芳貴人便頂著烈日來了，看來她還真是努力想往上爬啊。我忙示意木蓮躲入內室，甫喚了芳貴人進來。

待她行完禮落坐，我笑道：「妹妹可別見怪，有兩日不見了，姐姐可想得緊，這才派人傳了妹妹過來，也沒別的事兒，純想和妹妹說說話。」

芳貴人一聽，忙討好道：「能得娘娘記掛，是嬪妾的福分。」

彩衣奉上冰鎮的綠豆沙，我瞟了一眼芳貴人鬢邊汗濕的烏髮，笑道：「這大熱的天，辛苦妹妹了。這是本宮特意命人給你備下的，快嘗嘗，解解暑氣。」

「謝娘娘恩典！」芳貴人受寵若驚地端了綠豆沙細細享用，連聲稱讚。

我小口用著，漫不經心地問道：「聽說豔貴嬪近來精神不大好，妹妹與她同住儲秀宮中，可知她近況如何？」

芳貴人一聽，見我竟打聽此事，忙道：「娘娘，您沒聽說麼？是、是鬧鬼！」

「胡說！」我假意呵斥，「不是說她孕喜得厲害，吃不下又睡不好，這才精神不振的麼？」

芳貴人嚇得打了個顫，偷偷瞟我一眼，見我雖有呵斥之意但語氣並不怎嚴厲，臉上也無半點怪責之色，甫大著膽子道：「娘娘，豔貴嬪那龍胎都四個月了，還孕喜？說出來誰信啊？她編排這理由，說出來也不怕別人笑話！娘娘不也是不信，這才喚嬪妾過來問話的麼？」

我頷首而應，芳貴人忙接著道：「起先時她一口咬定是孕喜，可時間長了，大家也就或多或少曉知了一些，據聞她是被她殿裡頭那名宮女琴兒的冤魂給纏上了！」

「琴兒？」我擰了擰眉頭，疑惑道：「不是說暴病而亡的麼？怎生又扯上甚冤不冤的？」

「那是娘娘不知，那琴兒不慎打破了皇上御賜的瓷瓶，被她命人活活打死的。據聞冤魂不散，隔三差五的總會來找她，嚇得她魂不守舍，就連命人私祭也沒用！」

「哦？」我若有所思地點點頭，「原來是這麼回事啊！」

「可不，仗著自己有幾分姿色便不把他人放在眼中，先前授意奴才們編派娘娘您的不是，娘娘寬厚仁慈未加責罰，她猶不知收斂，如今被厲鬼纏身，眞是自作孽不可活。最好嚇掉了龍胎，看她以後還怎麼神氣！」

「妹妹不可胡言。」我見她越說興頭越高，越發口沒遮攔，忙道：「爲皇家開枝散葉乃眾妃嬪們的重責，妹妹亦須多多努力，切不可說此於龍胎不利之語，會被有心之人傳爲心生妒忌的！」

「是，娘娘教訓得是！」芳貴人見我神情轉肅，忙垂首道。

「妹妹啊，姐姐這兒有一事要妹妹幫忙，親自去辦！」我目光炯炯盯視她。

「嬪妾願供娘娘驅使！」芳貴人見我這般神色，忙起身端跪回道。

我點點頭，親自扶了她起來，眼中閃過一絲冷笑。

後聽說豔貴嬪清晨醒來竟在十香軟枕旁發現了一只乳白珍珠耳環，有宮女認出那正是琴兒當日被杖斃時所佩戴之物。這珍珠耳環十分尋常，然豔貴嬪跟前幾個宮女中唯只琴兒平時愛戴，其他幾人均無此物，斷然不會認錯。

本就精神虛弱的豔貴嬪一聽，頓時白了臉嚇暈過去。

我和皇上獲報後即去探望豔貴嬪，一入暖閣便覺異常。大白天的竟緊閉門窗，拉上簾子，在屋中燃了無數紅燭，使得屋中越發散發詭譎氛圍。

豔貴嬪已不見平日的驕縱蠻橫，她珠釵散亂、面容憔悴，擁著錦被瑟縮在床角泣不成聲，惶惶盯著四周，精神緊繃。

「愛姬，你這是怎麼啦？」皇上趨前側坐床邊，輕聲問道。

豔貴嬪原本無神的大眼中驟燃起了一絲光亮，顫巍巍伸出手，霍地撲前緊抱住皇上，猶如抓住救命稻草般嚶嚶哭泣道：「皇上，臣妾好怕，臣妾眞的好怕！」

「別怕，別怕，朕在這兒！」皇上輕拍她的背安撫著。

豔貴嬪想起夜間那如鬼魅般的鈴聲，陰森森的哭泣聲，不由得打了個寒噤，驚惶道：「皇上，臣妾不是有心要她死的，只是、只是她打碎了皇上御賜之物，臣妾想略施懲罰罷了。誰曉得……」

皇上見豔貴嬪狂亂之狀，蹙眉道：「愛姬別怕，今兒好好安歇，莫再多想了。有朕在，斷不會讓她傷害你！」

我在旁邊微笑啓口：「是啊，妹妹別怕。區區個宮女，死了就死了，生前是奴才，死了難道還能興風作浪不成？」

「可是，嬪妾眞的瞧見有白影飄過……」豔貴嬪眞眞被嚇壞了，一說出口就瑟瑟發抖。

「妹妹別怕！」我湊上前去，親暱拉過豔貴嬪微涼的手，「有皇上天威庇佑，任何鬼魅都近不得身，妹妹今又有孕，切不可胡思亂了心神。那丫頭做錯事合該受罰，要怪也只能怪她自己福薄，不關妹妹的事。」

皇上頷首相應，轉頭問伺候在側的楊御醫：「豔貴嬪的身子如何？」

「回稟皇上，豔貴嬪此爲受驚過度症狀，身體虛弱加上未得安歇才會這樣，好在龍胎並無大恙，微臣開幾帖兼顧壓驚和保胎的藥方，貴嬪主子細心調養後定然無事。只是，若貴嬪主子長此下去，只怕有害於龍胎啊……」

皇上一聽，緊蹙眉頭，一言不發似在沉思甚的。

我拍拍手，旋有四五個小太監抬進了一尊尺餘高的白玉觀音，那雕刻得栩栩如生的觀音像立時引起眾人驚歎。

我朝面色蒼白的豔貴嬪笑道：「這是本宮聽說妹妹精神不安，特意派人赴歸元寺求來的送子觀音，供奉在妹妹屋中，管教那些個孤魂野鬼再不敢靠近。妹妹可要安心養胎，爲皇上添個白白胖胖的麟兒才好，也給宮中新晉的妹妹們立下榜樣！」

皇上連連頷首道：「愛姬，你好生養胎，切莫辜負了朕和皇后的一番苦心才是啊！」

豔貴嬪感激地看著我，含淚點了點頭。

我忙命人開窗，吹滅燭火，搬來案臺供了白玉觀音，又在觀音像前放了香爐，點香後屋中頓時清香瀰漫。

「妹妹，此香亦是在歸元寺中求來，住持說此香香味清幽有益安神寧氣，極適合妹妹養胎。本宮已然吩咐過內務府每月按時到廟中求香，妹妹可要每日焚香，替了薰香才是。」

「愛姬，皇后如許關懷，你可莫辜負了皇后的一番美意！」

豔貴嬪點了點頭，「嬪妾謹記，多謝皇后娘娘費心。」

一旁的芳貴人上前插話道：「姐姐如今有孕在身，飲食起居自然得格外小心，妹妹就住在姐姐鄰邊，但有用得著之處，姐姐只管派人來叫就成了。妹妹前兒個去觀音寺進香，特意為姐姐和腹中龍胎求了道平安符。」

芳貴人從貼身侍女手中拿出一件正紅錦囊，裡頭有一道開了光的平安符。

芳貴人趨前幾步，親手為豔貴嬪戴在脖頸上，「姐姐只要將符貼身戴著，保能誕下健康皇子！」

許是那「皇子」兩字甚為中聽，豔貴嬪蒼白臉上頓然泛起紅暈，這芳貴人背地裡小手段沒少使，表面上卻與豔貴嬪一向親厚。

豔貴嬪不疑有他，將錦囊塞入裡衣貼身藏放，輕聲道：「多謝妹妹！」

淑妃忙帶了別的嬪妃送上禮物。

眾人又說笑一陣甫告辭而出，皇上自是留下陪著豔貴嬪，其他人則隨我一道出來，各自散去。

回到宮中，剛一坐下，木蓮便道：「姐姐，方才嬪妾細細注意過了，那道平安符透出淡淡迷迭香氣，不過都被咱們所送那只香爐裡的香味給蓋過。看來，她全照姐姐的吩咐去做了。」

「哼，她為了得聖寵，可是哪兒有寵便往哪兒鑽。原本她也頗有幾分姿色，只是時運不濟，偏生跟那容貌、才情皆在她之上的豔貴嬪一同入了宮，自然做不了拔尖之人啦。」

木蓮端起几上新奉的茶細抿了一小口，不安道：「姐姐，您說的那迷迭香，我朝並無此種香料，可真有用麼？」

我看木蓮喝茶，自己也有些著渴，端起茶來一口幾乎飲盡，才又道：「自然有用，不然我也不用了。不過，我非但不會讓她流產，還要幫她平安生下。哼，雨妃的龍胎莫名其妙就沒了，如今人人都把眼睛盯在本宮送的觀音和那些香上頭，殊不知越不起眼的越易暗藏殺機！」

木蓮略略沉吟，忽想起什麼似的突然說道：「表面上看起來她和豔貴嬪交好，卻淨在背後使壞呢，眞是人心叵測，越對你示好則越危險。姐姐，您吩咐她行這事，難道不怕她反咬一口？」

我擱下茶杯，軟軟靠在引枕上，「怕？我只怕她有命做沒命說，何況眾目睽睽都看到了，這平安符可是她送的，與我何干？」

「呵呵，那倒是。」木蓮聽我這麼一說，鬆了口氣，「她前幾次來，聽她話裡的意思，是念著皇上呢！」

「這宮裡誰不惦記著皇上？我這個正宮娘娘和妹妹你，不也時常念著麼？」

我說著不由失笑，木蓮也跟著笑了。

「彩衣，你去告訴芳貴人，明兒皇上要到本宮這裡用膳，囑她好生打扮後過來，若是承了寵，晉位自是順理成章。」

芳貴人終於皇天不負有心人，得願晉了芳嬪，只是宮中妃嬪眾多，皇上如今興致不比從前，單月也翻不了兩次她的牌子，倒教她失望許多。

雨妃仍是那般清淡，她養好身子後不時到我殿中。提起那龍胎之事，她只淡淡笑應：「萬般皆是命，妹妹相信絕非皇后姐姐所爲！」

當事人都這麼說了，其他人自是不敢再胡傳。

皇上聽說後同樣欣悅，連連讚雨妃明理，越發疼愛於她。

我這廂卻不僅未感輕鬆，反而越發沉重起來，畢竟我用盡了一切本事亦沒能查出個所以然，就連西寧楨宇那邊也是無所發現。

當日怒氣沖沖而去的西寧楨宇恢復冷靜之後，主動找上門來與我細細分析了當初的種種，愣是沒有查出半點蛛絲馬跡，此事遂只好不了了之。

我吩咐小安子傳下話，叮囑宮中眾人小心謹慎、切莫惹事，否則絕不輕饒。我自己也處處提防，畢竟那眞正敵人得手後便消失得無影無蹤，誰也料不準她會於何時再出手。

木蓮果不負厚望，未久便傳出好消息。皇上大喜，下旨連晉兩級將蓮貴嬪擢升爲蓮婕妤，海雅同受關注，賞賜了不少稀罕物。

「妹妹大喜，懷上龍胎了，做姐姐的本不該這般憂鬱，可是……」我輕輕歎了口氣，聲音中透出滿滿無奈。

「姐姐，」木蓮伸手握住我的手，寬慰道：「嬪妾明白您在擔心什麼。嬪妾會小心的，除了貼己之人，其他人一概不近身前，殿裡頭也不再添置任何東西了。」

「老查不到蛛絲馬跡，姐姐實是放心不下啊！況且你跟我親厚些，皇上本就偏寵著咱們，如今你有了龍胎，這宮裡不知又有多少人銀牙咬碎，夜不能寐了。」

我心中隱隱覺著不踏實，我所憂心者不僅僅是木蓮的龍胎，亦擔心著自身安危。倘對方再次出手，栽贓於我……後果不堪設想！

「誠如雨姐姐所言，萬般皆是命。」木蓮垂低了頭，「如若眞逃不開，那就只有認命了！」

「胡說！」我握住木蓮的手，「你莫受她的影響，跟著她胡說。她背後乃有端木家的勢力能保她平安，可你呢？你要靠自己保護自己，還要保護全家，更有海雅和你腹中胎兒得依賴於你，你切不可妥協放棄！」

「妹妹糊塗！」木蓮一聽，連連點頭，「姐姐說得是，咱們皆是命苦之人，唯能依靠自己！」

「是啊，如今甭說你殿裡頭，怕是我殿裡頭亦須萬分小心才是。你每日裡進出殿裡，人多手雜，可別給了別人機會呀。」

我越想越覺著不放心，忙喚了彩衣進來，「彩衣，小安子呢？」

「回主子，剛剛還在，這會子沒見著人，想是出去了吧。」

我點了點頭，吩咐道：「那先不管他了，彩衣，往後休再安排不相干之人到跟前了，蓮婕妤今懷有身子又時常待在我這裡，可不能有半分閃失。你去安排安排，切要如我懷孕之時那般謹慎防範，梅香那邊經驗缺缺，你得須多加提點。」

「是，主子，奴婢這就去安排。」彩衣答應著退出去，卻在門口撞上了急匆匆進來的小安子，忍不住嗔道：「小安子，你這是去哪兒了？主子四處尋人時不見，這會子又像隻無頭蒼蠅般闖進來。」

小安子覷了她一眼，也不說話，逕自上前稟報：「主子，奴才剛接到消息，說是南御醫方才診出雨妃娘娘又有了一月餘的身孕。」

「什麼？」我驚愣住，瞟了木蓮一眼，輕聲道：「她不聲不響的，動作倒不慢啊，也只比蓮妹妹晚上那麼半個月。」

「姐姐，我們現下是否該備些禮去一趟呢？」木蓮心中頗有些不是滋味，局促地看著我。

「自然要去，不過不是現下。」我輕拍她的手安撫道：「我這是打探來的消息，太醫院確診過了自然有人來稟，屆時再去不遲！」

「聽姐姐的口氣，是不欲管雨妃姐姐養胎之事了？」

「那是自然，起先她身邊乏可信之人，我才不放心。自從上次滑胎之後，皇上親自從香園請了雲秀嬤嬤前去照料於她，如今再懷身孕，有雲秀嬤嬤在跟前照顧著，我有甚好不放心的？再說了，我多去操心只怕引人更不安心，況且你也有身子，我自是脫不開身。各人自求多福吧，妹妹還是多用點心在自個兒身上，就別去操心別的了。」

宮裡頭喜事連連，連帶氣氛活絡不少，豔貴嬪身子亦漸好轉，龍胎也挺安穩的。今歲未過半已有三名嬪妃同時懷孕，皇上高興得不得了，精神煥發，看起來年輕了不少。

雨妃此回懷上身孕後不似往常清冷，倒常常在宮中走動，尤其常到我殿中與木蓮和我二人閒話家常，三人登時變得熟稔起來。

五十二 一箭三鵰

三伏天實在炎熱無比，皇上本想領眾人前去尙林山莊避暑，可偏偏雨妃和蓮婕妤二人孕喜得厲害，皇上不得不放棄此行。當場就有幾人變了臉色，暗自咬牙。

我打破了怪異的氣氛，笑言：「理應如此，如今三位妹妹皆有孕在身，皇室子嗣爲重，在宮裡待著，小心些別傷暑也就是了。臣妾這就命內務府加緊製冰，確保幾位妹妹的日常用度。」

皇上忙笑著拉了我的手，「到底是皇后賢慧！」

眾妃嬪一聽，忙跟著笑了奉承。

我午憩剛起身，雨妃和蓮婕妤便一前一後乘著軟轎過來了。

我呵呵笑著，將她們迎將進來，「兩位妹妹竟像是約好似的，算準時辰一齊過來！」

「皇后姐姐何出此言？」雨妃柔聲問道，聲音中透著絲絲涼意，然比起往常已然好上許多。

「兩位妹妹早來一刻鐘，做姐姐的倒要教妹妹們瞧見本宮衣衫不整的睡容了，這豈非算準時辰過來的麼？」

「姐姐天生麗質，即便素臉單衣也難掩風韻。」

如斯奉承之話竟自端木雨口中吐出，怎麼聽著也覺怪異。

「瞧妹妹這嘴，像吃了蜜糖似的甜啊！」我笑著嗔怪道，讓彩衣奉了新沏之茶和新鮮時令水果。

兩人也不客氣，挑了酸果便吃。

木蓮笑道：「每次到姐姐殿裡總能吃到稀罕水果，妹妹這雙腿啊，總不由自主地就跑過來了。」

「喲，怎麼我聽著妹妹這話裡的意思，是說我這做姐姐的把好水果藏私，沒給你們送過去哩？」

「不，不是……」木蓮萬未料到我會這般說，一時慌了神色，結巴半天沒能說出半句話。

「蓮妹妹的意思是說，姐姐宮裡頭的奴才們成日耳濡目染也變得蕙質蘭心，連削果手法都比別宮精巧。瞧瞧這些瓜果，一看就引人食欲大增，忍不住想嘗上一口。」雨妃到底頗有見識，輕描淡寫地便替木蓮解了圍。

「我玩笑一句罷了，妹妹不消緊張。」我望了望兩人几上盤中的瓜果，兩人不約而同將酸果吃了個精光，剩下些哈密瓜之類的甜果。

「彩衣，再揀些酸果奉上來。」我吩咐完後，又轉頭朝二人笑道：「兩位妹妹大喜啊，據宮裡頭有經驗的嬤嬤講，孕喜嚴重又喜酸之人定產麟兒！」

「眞的麼？」木蓮瞟了雨妃一眼，「姐姐怎地也信這個來了？」

「當然了，這養胎之時養皇子和養公主的養法不同，若是弄錯了，往後誕下的龍胎便不似那般聰明伶俐哩。」

「眞的麼？」雨妃聽我如此一說，倒來了興致，「難怪姐姐的孩兒們那般乖巧可愛，聰明伶俐！」

「是啊，姐姐好福氣，有六皇子和龍陽公主那麼好的一對子女。」木蓮眼中流露深深羨慕之情，「原來養胎乃是這麼有學問之事，嬪妾倒是頭一次聽說。」

「呵呵，我本以為就我不懂，原來蓮妹妹也是不懂。」雨妃眼中那道光芒又暗下去，彷若方才的興致是我的幻覺般，淡淡言道：「妹妹們不懂，還要煩請姐姐不吝賜教了。」

「雨妃妹妹不用擔心，雲秀嬤嬤極有經驗的，她自會替你張羅。」

「雲秀嬤嬤本已退養在香園之中，倒是嬪妾不好，這等勞煩嬤嬤。嬪妾心中實過意不去，本來還想稟了皇后娘娘，准雲秀嬤嬤回香園頤養天年。」

「那可不成！」我對雨妃挑在這時提出這樁事頗有些疑惑，畢竟這宮裡頭誰不想母憑子貴，她明明知道養胎的危險，卻在這節骨眼想退了雲秀嬤嬤，難道……她心中對我並未如表面那般卸下戒心，她一直都是防備著我的？

「妹妹如今非同一般，只好勞煩雲秀嬤嬤，待妹妹產下龍胎，自然就不消辛苦嬤嬤了。」

見我態度堅決，她也沒再堅持。

我們三人又聊了些孩子的事，說了些睿兒、海雅幼時趣話，一時間氣氛倒顯融洽。

小安子端進一盅湯放在旁側紅木桌上，恭敬道：「主子，按您的吩咐，酸蘿蔔雞皮湯燉好了。」

「快舀了奉上來吧！」

小安子揭開盅蓋，一股清香酸味飄溢出來瀰漫屋中，引人垂涎。

「真香！」雨妃上前示意小安子退至一旁，伸出戴了兩支長長足金鑲寶石護甲的手取了旁側銀勺，放至盅中輕輕攪拌，登時屋中酸味更顯濃郁。

「我最喜這股酸味了，小時候在家中總會偷跑去家裡廚房攪拌老湯，有幾次讓娘給抓住，狠狠被訓了一頓，可我還是忍不住偷偷跑去……」端木雨輕聲說著，狀似陷入回憶之中。

我瞧她露出些許傷感，怕她掉眼淚對胎兒不好，忙笑道：「瞧瞧，這雨妹妹，都快做母妃了還這般孩子性！」

木蓮也跟著笑開。雨妃嗔怪地瞅了我一眼，邊用銀勺舀湯入青花瓷碗中，邊道：「皇后姐姐這張嘴，就是怎麼也不饒人！妹妹討饒了！」說罷端了盛滿湯的青花瓷碗上前道：「妹妹就借花獻佛，給姐姐討饒了，成不成？」

我呵呵笑著接過湯，連聲道：「成，成，當然成了。」

俄頃放下手中的湯，我拉了她過來，「哎喲，我的好妹妹，你快坐下吧，讓奴才們動手就成了。你若有個好歹，我可怎麼跟皇上交代啊！」

小安子忙上前將餘剩兩碗湯端奉到二人旁側小几上。木蓮端起青花瓷碗，持碗中銀匙輕輕攪拌了一下，方送至唇邊。

「妹妹！」雨妃急急地喚了聲。

木蓮移開瓷碗，不明所以的疑惑著。

我也對雨妃的反應感到奇怪，問道：「怎麼了？雨妹妹。」

「沒、沒什麼。」雨妃笑應道：「皇后姐姐，嬪妾盛湯之時覺著嫌燙，想提醒蓮妹妹一聲，待涼些再用。」

我頷首而應，若有所思地看著端木雨，她卻朝我柔柔一笑，端起几上的酸湯攪拌著小口送進口中。旁邊的木蓮受不了酸味的誘惑，也小口用將起來。

用過湯，三人復閒聊了好一陣，驚覺日已偏西，端木雨便先起身告退。木蓮陪我又坐了一小會兒，也跟著告辭回去。

傍晚時分，我正用著晚膳，彩衣慌慌張張跑進來稟道：「主子，不好了！蓮婕好、蓮婕好她……見紅了！」

「哐啷」一聲，舉在半空手中的銀筷掉下，擊在瓷盤上發出一聲脆響，隨即滾落在地，骨碌碌直滾到櫃腳旁才止住。

我霍地起身，急道：「怎麼就不好了？」

「婕妤娘娘宮裡來稟的丫頭說，蓮主子從主子這兒回去後便歇下了，不料過得約莫個把時辰便喊肚子疼，起先奴才們沒怎在意，後來疼得凶了才慌張起來，卻是已經見紅了！眼下，已經請來南御醫爲蓮主子看診。」

「什麼？」我一聽，忙舉步朝門口奔去，「快走，去看看！」

剛踏出門口，即與衝進來的小碌子撞了個滿懷，幸好小安子扶住我才沒有摔倒。

「該死的奴才，慌慌張張成何體統，撞倒了主子，你就是有十個腦袋也賠不起！」小安子怒喝道。

「奴才該死，主子息怒！」小碌子忙跪了連連磕頭。

我心下乍驚，小碌子向非這般毛躁之人，哪會如此慌亂跑來，連稟都沒稟便直往屋子裡衝？

我的心倏地沉降下去，顫聲問道：「小碌子，是不是……雨妃那邊出什麼事了？」

「回主子，正是！」小碌子急忙回道：「方才小曲子匆匆跑來通傳，說是儲秀宮的奴才上御書房稟了皇上，說是雨妃娘娘不好了，只怕是……滑胎！」

「什麼！」我一個趔趄，小安子和彩衣忙將我扶住。

我閉眼深吸了口氣，強迫自己鎮定下來，「彩衣，你速帶人去蓮婕妤那邊幫忙，請南御醫務必竭盡全力。小安子，你跟我赴儲秀宮！」

急急趕到儲秀宮，皇上已在殿中焦急地來回踱步。

我迎上前去，「臣妾拜見皇上！」

皇上點點頭，示意我起身。

我焦急地問道：「皇上，雨妹妹情況怎麼樣了？」

「楊御醫正在裡頭呢！」皇上面容焦急，陰沉著臉。

我待要再說話，內室傳來雨妃痛苦的呻吟及斷斷續續的呼喚：「皇、皇上……」

皇上一聽，急了，邁步就往內室而去。

我忙上前拉住，目光炯炯望著他，態度誠懇道：「皇上，讓臣妾去吧！」

皇上略略沉吟，沉重地點了點頭。

我正要舉步進屋，恰迎上楊御醫出來，忙退到一旁。

皇上一見，忙問道：「楊御醫，雨妃她怎麼樣了？」

楊御醫上前稟道：「啓稟皇上，雨妃娘娘身子骨尚好，稍顯虛弱，悉心調養一下即可痊癒。只是、只是……已經滑胎！」

「什麼？」皇上一個趔趄，我忙扶住他。他渾身顫抖著，半晌沒說出話。

過了許久，皇上才緩過神來，大步走入暖閣，我也跟在後面入得暖閣之中。

屋子裡瀰漫濃濃藥味，榻前那些穢物奴才們早已收拾乾淨，端木雨躺在床榻之上，臉色蒼白，由雲秀嬤嬤伺候在側。

皇上疾步趨前側坐床榻之上，拉了端木雨的纖纖細手，沙啞著嗓子柔聲道：「雨兒，你覺著好些了麼？」

端木雨孱弱無比望著皇上，話未出聲眼角便有兩滴豆大淚珠淌落，哽咽道：「皇上，臣妾的命怎這麼苦啊！」

我上前兩步，輕聲道：「妹妹如今身子正虛，切莫傷心過度，對身子骨……」

「皇后！你這個毒婦！」端木雨轉頭看向我，神情激動起來，口中早不復見往日的溫柔嫻雅，掙扎著就要朝我撲過來，口中怒道：「你還我孩兒，你這個毒婦……」

來時的路上，我就已隱覺事情不妙，如今瞧端木雨這等神情，此事只怕是那個藏鏡人又出手了！滅頂災難啊，好一個一箭三鵰毒計！

「妹妹，你怎麼……」

照木蓮那邊的情況看，雨妃這邊的說法恐未盡相同，眼下我只能走一步算一步了。

我話未成句，雨妃已哭倒在皇上懷中，連連央求道：「皇上，臣妾的孩兒啊，皇上，您可要替臣妾作主啊！」

「好，好。」皇上摟抱著雨妃，輕撫她的背，柔聲安慰道：「雨兒別哭了，你哭得朕心都碎了！放心吧，讓朕查出來，朕絕不輕饒！」

我如入冰窖，到底還是自己傻，故才不斷欺騙自己，一直告訴自己：在他眼中，我始終是最特別的。原來……他對其他妃嬪也是那般溫言軟語，呵護有加！

人生最失敗之事莫過於一直欺騙自己，而到最後連自己也騙不了自己！

「你們說，這是怎麼回事？」皇上轉頭朝跪了一屋子的奴才怒道。

「回、回萬歲爺！」跪在雲秀嬤嬤後頭的宮女胭脂回道：「主子上晝還好好的，奴婢午後還陪主子赴皇后娘娘宮裡閒敘著，主子回來後便歇下了，不料過得一個時辰不到，主子便喊說肚子疼，奴婢們不敢大意，由雲秀嬤嬤作主，請了御醫過來。楊御醫診完脈即刻命奴才們前去稟呈皇上，說是主子有滑胎跡象……主子明明好好的，怎麼、怎麼就……」那胭脂說著說著便泣不成聲。

床榻之上的端木雨也跟著嚶嚶痛哭起來，「皇上，臣妾今兒午後只在皇后姐姐宮裡頭用了些水果，喝了一碗酸蘿蔔雞皮湯，回來後再沒用過其他東西，怎麼、怎麼就……」

我一聽，怔在當場，這話中之意再明顯不過了，我吶吶啓口道：「妹妹，你怎麼……難道你也在懷疑姐姐麼？」

「皇后姐姐！」雨妃轉過梨花帶雨的蒼白小臉，「妹妹本是信您的，不管宮裡其他人怎麼說，可是、可是這一回……連著兩次了啊，姐姐。妹妹也想爲皇上產下一男半女，也想盡力爲皇家開枝散葉，您今已貴爲皇后，您怎麼就……怎麼就容不下妹妹也成爲母妃啊！」

「姐姐我……」我萬料不到端木雨會說出這番話來，一時愣在當場，隨即又想，端木雨本年內兩度滑了龍胎，也難怪她如此反應。可恨那下手之人……本宮定要將你揪出來，碎屍萬段！

皇上凌厲目光直射過來，「皇后，你作何解釋？」

「皇上……不是臣妾！」除了這個，我實不知該說甚好，人是在從我宮裡頭回來後出事的，連我都自覺這句話顯得無力。在皇上冷漠凌厲的眼神中，我如墜冰窖！

「萬歲爺！我家主子自入宮以來一向謹言慎行，盡心竭力服侍皇上，兩次欲爲皇上產下龍胎，不料一再滑胎。兩次滑胎皆與皇后娘娘有關，請皇上明察，嚴懲凶手！」那胭脂一再咬狠了說，惹得端木雨在旁抽泣不止。

床前跪著的雲秀嬤嬤陰沉一張臉，聽胭脂的話明顯直指我而來，她轉身狠狠一巴掌打了過去，口中怒道：「作死的奴才，主子們說話哪有你插嘴的分！還不快住了！」

皇上一言不發，肅色緊瞅著我，彷若當我是個不相識的陌生人。我渾身發冷，如今眞眞是毫無頭緒，宮裡頭我是防了又防，那些個瓜果、酸湯皆由彩衣和小安子一手操辦，不曾假以他人之手，怎麼就……

屋子裡寂靜得連根針掉在地上都能聽得清楚，倏地珠簾響動，小玄子跑進來，打破這一片冷寂。

「啓稟皇上，煙雪殿蓮婕妤的貼身侍女梅香求見！」

「傳！」皇上看著我的眼睛眨也沒眨一下，口中沉聲道。

我心下一驚，暗自訝道：「梅香？她怎麼會來呢？」臉上卻不露聲色，值此生死關頭，我知我絕不能表現出半絲異常。

「奴婢拜見皇上！」梅香小步跑進來，端正跪了磕頭道：「啓稟萬歲爺，我家主子她……主子她滑胎了！」

「什麼？」皇上倏地轉過頭去，滿臉震驚，轉回頭緊瞅著我，沉聲問道：「蓮婕妤是怎麼不好的，快快如實稟來！」

「回皇上，今兒午後我家主子去皇后娘娘殿中閒話家常，回來後便歇下了，不料歇著歇著主子就喊肚子疼，後來疼得越發厲害，奴婢慌得忙派人請來南御醫，並稟報皇后娘娘。皇后娘娘派了彩衣姑姑到殿中幫忙，不一會，南御醫也趕到了，不料主子卻見了紅。熬到這會子，主子是沒事了，可是……可是卻滑胎了！」

我面無表情看著跪在地上的梅香，心中萬念俱灰，這個陷阱挖得太完美，就在我步步謹慎、提心吊膽之時轟然掉進，毫無懸念地迎來了這滅頂之災！

「皇后，你還有何話說？」皇上冷聲問道。

「臣妾爲人所害，無話可說！」我木然呢喃道。

皇上的胸膛劇烈地起伏，惡狠狠瞪著我，眼中閃過深深絕望，那眼中甚至一閃而過……殺意！待我再要細細體會時，那抹異光又消失得無影無蹤。半晌，皇上才凜然開了口：「皇后莫氏，精神恍惚，言語無狀，著即日起於莫殤宮中靜養，無朕的旨意，任何人不准前往探望！」

他的話直如一記驚雷在我耳邊轟鳴著，腦中恍有一根鋼針狠狠刺入又緩緩拔出，那般地令人痛不欲生！

一旁的小玄子急了，趨前示意道：「娘娘，還不快謝恩！」

這不是幽禁麼？好似見識過，如今這道聖旨終也用到我身上了！

我整個人儼如失聰了驚在原地，直愣愣看著他，一動也動不得，不知該想什麼、該說什麼，只癡癡地流著淚，心中一片空白。

他偏轉過頭去，沉聲道：「皇后，你可有話說？」

我仍舊毫無反應，只那樣愣生生看著他，像是要看進他心靈深處，直把他看明白、看透似的，可卻越看越陌生，陌生得彷若我從不認識眼前之人……

皇上眼中透出嫌惡，怒道：「還不拉出去！」

小玄子和小曲子眼底閃過一絲心疼，默默地上前一左一右架著我，拖拽之間只聽得「啪」一聲脆響，髮髻上那支南海白玉珍珠髮簪掉落下來。髮簪著地霎時應聲而碎，光滑圓潤的珍珠散落一地，直向四周滾落而去，終於破滅了……

我呆愣愣看著那支皇上命能工巧匠特意爲我製作的髮簪之殘骸，看著那散亂一地的顆顆珍珠，終於明瞭：這幾年不過是我爲自己吹了個夢幻泡泡，把自己裝在泡泡裡，假裝獨寵專房，假裝恩寵萬千，假裝……

如今，終於破滅了，再沒有假裝的餘地……

我倏地覺著手腳無力，身子軟了下去，眼前一片漆黑……

待我幽幽醒轉，已是華燈初上。

小安子見我醒來，上前扶了我靠在軟枕中，端起旁邊几上的參湯待要餵我。

我搖了搖頭，輕聲道：「不用了，我喝不下！」

小安子放下青花瓷碗，眼眶泛紅，轉過頭用衣袖揩去眼角的淚水。

我重重地透了口氣，道：「小安子，此刻不到傷心之時。我雖遭幽禁，可到底沒去了頭銜、打入冷宮，頹廢無用，咱們只要抓出那下手之人，猶有機會反敗為勝！」

「主子，此事奴才也細細想過。要達成此事，恐怕不那麼容易啊！倘說先前雨妃娘娘的龍胎是我們的防備有所疏忽，被人逮住機會下了手，倒能說得過去，可是這一次……」小安子細細剖析道。

「這一次則在我這裡出去以後，同時……你的意思是，我這裡……」我努力思索著。

「不可能！」小安子截斷我的話，「主子，如果那人在這兒的話，那主子生產龍陽公主之時，她不可能毫無動靜。況且這殿裡上上下下的奴才們都是經過一遍又一遍細細盤查的，今兒午後的瓜果和酸湯更是奴才和彩衣二人一手操辦，不曾假以任何一人之手，不可能是主子這兒的問題！」

「那問題是在哪兒呢？若說只端木雨一人如此，倒還可猜疑為雨妃回去後被人動了手腳，可偏偏蓮婕妤那邊也同時不好了，幾乎是同時滑胎的，這怎麼可能呢？蓮婕妤殿裡，哪一個不是我的人呢？」

「除非……她們是在離開後同時被人動了手腳。」小安子大膽揣測著。

「怎麼可能呢？那個人就算有通天的本領，我也不信能夠在我勢力遍布六宮之時同步在兩處動手，而我卻察覺不到半點蛛絲馬跡。」我若有所思地說著，「這是多麼可怕的敵人啊，她究竟是怎樣一個對手呢？難道是她！」我靈光一閃，高呼出聲。

小安子一驚，追問道：「是誰？主子，她是誰？」

「不，不，不。不可能，不可能！」我打斷自己的胡思亂想，「當初她臨走前給我留下那麼一手絕招，我登上后位後已將六宮所有可疑之人皆查了個遍，另行了安排。如今都過去兩年有餘了，她的勢力絕不可能再觸及得到……」

「主子，難道您說的是……太后？」小安子同愣了一下，隨即道：「她都作古那麼久了，這宮中向來是樹倒猢猻散的地方，況且主子近年來也沒虧待她們，不可能還有人惦著她的神威啊。」

我揉了揉額頭，急道：「這也不是，那也不是，究竟是誰呢……」

「主子，您別急！」小安子寬慰道：「此事一時半刻也急不出來，主子先歇歇吧！」

「我如今哪有那心思歇息啊，眼看滅頂之災近在眼前，還歇甚歇的，還不快些想，快些想！」我頗不耐煩起來，怒斥道。

小安子小心翼翼地看了我一眼，低頭凝思不再言語，過了少頃工夫才輕聲道：「主子，奴才不過是怕等會子皇上過來了，看到主子這般憔悴神色，只怕、只怕對主子的聖寵不利啊！」

「呵！難得你如今還能念及這個。」我自嘲地笑笑，「他不會來了！」

「怎麼會？皇上那般寵愛主子，如今主子受了冤屈……」

「小安子，別說了。」我歎了口氣，有氣無力地說道：「那都已成過往之事，莫再提了，今時我在皇上眼中，不過是毒殺他皇子的毒婦罷了。不是我要這般心灰意冷，而是、而是只怕今兒個皇上已對我起了殺心！」

「什麼！」小安子大吃一驚，抬首不敢置信地看著我，「這、這怎麼可能啊？主子，皇上對您素來濃寵，怎麼會……」

「我不會看錯的！」我篤定地說道：「起先我只以爲他起了猜疑心，可我現下能篤定地說，他下旨幽禁我的前一刻確是起了殺意！」

「哎！」小安子重重歎了口氣，「君恩淺薄。主子，您看開點吧！」

「我早就看明白了，小安子，你就不著安慰我了！」

我起身緩步走至窗邊靜坐，任由漫漫長夜席捲而來。

五十三　鳳凰落難

天空泛出魚肚白，六宮猶在沉睡，唯獨莫殤宮中的人兒徹夜未眠，主子落難，奴才們的日子也不好過，只怕這會子都在感歎自己的命運吧。

「皇后娘娘，皇后娘娘……」目光所及的迴廊拐角處，一小太監疾步狂奔而來。

小太監出現後，庭院裡隨即傳來一陣喧鬧嘈雜之聲，由遠及近。

我眉頭微蹙，心道：「來得好快啊！」

「主子！」小安子一把掀開繡簾，匆匆進來低聲急道：「主子，淑妃娘娘和榮昭儀帶領一幫人押著彩衣過來了，現下秋霜她們正想辦法攔阻，候在正殿那裡。」

我沉著臉，霍地站起轉身，長衫袖帶翻了旁邊几上小安子奉上的青花茶碗，「啪」的一聲掉落地上摔了個粉碎。

「主子，小心！」小安子眼明手快，忙上前扶住我。他輕跨過瓷碗碎片，再看向我之時，眼中添了幾分與往日不同的沉痛，「主子，彩衣看上去不大好，像是受過刑罰。主子，淑妃她們來意不善！」

話音甫落，我微微愣住，心突地一束，似被什麼東西重重刺了一下，疼痛迅速擴散至四肢百骸，竟覺著有些難以忍受。

小安子是見過不少世面之人，就連前些日子在豔貴嬪殿裡江鋒用刑之時，小安子也沒眨一下眼，如今他既然說彩衣不好，那定是很糟糕了。

想當初，彩衣跟著如貴嬪之時便已受了不少苦，我曾暗暗發誓，有生之年定要保她平安，不想……我亦是保護不了她！

思及此，心中疼痛更甚，一個踉蹌幾乎跌倒在地，所幸抓住了旁的楠木椅背，小安子忙扶我落坐。自從昨兒我陷昏迷被帶回莫殤宮幽禁之後，就再沒見過彩衣的影子，到夜裡小安子也是遍尋不著，心知她已是必生不測，否則不會不回到我身邊。我甚至揣測她是不是被那人擒了去，卻想不到是落在了淑妃的手中。

淑妃，她終於露出了真面目，還真是挑了個好時候啊，我真真小覷了她！

眼角斜斜掃過，側頭見銅鏡上映著一個面容憔悴形若棄婦的女子，我沉痛眼中湧上一抹從未有過的冰冷厲光。

「小安子，命人去取前幾日新製的那套宮裝來，伺候本宮更衣！」我冷冷地開口道。

小安子微愣一下，隨即明白過來，眼中流露出深深的敬佩和讚許之情，轉身而出。

未幾，玲瓏取來那套無半分皺褶的端莊宮裝伺候我穿了，又拿了梳子輕輕替我梳著頭，輕聲道：「主子，奴婢接到老主人的信兒，特地趕來保護主子。」

我頷首而應，沒有說話，心頭湧上一絲暖意，見銅鏡中自己的面色因徹夜未眠而微顯蒼白，開了胭脂盒用護甲輕輕挑了一小點兒，放在手心中勻了勻，再細細抹在雙頰上，臉色頓時紅潤不少。

玲瓏熟練地將我齊腰秀髮梳順，再輕輕隆起盤於頭頂，髮髻正中簪上九尾鳳凰髮簪，鬢邊斜斜插著一支赤金鑲玉步搖。

我起身對鏡而立，鏡中映出一副優雅高貴、端莊秀麗的模樣。我滿意地點點頭，扶著小安子的手出了暖閣往正殿而去，嫋嫋婷婷地緩步走著，頭上鳳凰髮簪流蘇輕晃，說不出的蕩人心魄。

如今的我已然失了先機，但我知道，自己絕不能在此時輸了氣勢！

「皇后娘娘到！」殿前通傳的小太監見我過來，高聲通傳道。

寬闊幽深的大殿中此時站了不少人，為首的正是淑妃和榮昭儀。那淑妃一身妃子宮裝，頭戴六尾鳳凰髮簪，顯出意氣風發之狀，旁的榮昭儀一身粉紫宮裝，肌膚細膩，一副清雅動人的模樣，旁邊還赫然站著豔貴嬪和雪貴人。

我一眼即見被兩個魁梧太監押跪在旁邊的彩衣，她臉色蒼白、面容憔悴，汗濕的頭髮緊緊貼在兩鬢，衣裙破碎不堪，隱有些乾涸的暗紅血跡，看上去更顯怵目驚心。

彩衣自到我跟前一直是我宮中的掌事姑姑，她為人單純又心地善良，待底下的宮女、太監們一向和藹可親，從不刁難於人。今日見她遭此大難，秋霜、小碌子他們早已是淚眼婆娑，對淑妃一群人怒目相視，恨不能上前替彩衣報仇。

就連跟在我身旁的玲瓏也同樣紅了眼眶，凌厲目光冷掠過殿中眾人，竟有人不由自主打了個寒噤。

我心中憋著一口氣，強抑憤怒，目不斜視地緩步走向正中的赤金鳳凰椅，緩緩端正而坐，也不言語，目光如炬掃過殿中群立的眾人，帶著冰冷的寒意，目光經過淑妃和榮昭儀之時略微頓了頓，又自然而然閃開了去。

我掌管六宮向來獎罰分明、注重禮節，也算是恩威並施，攬得不少人心，在奴才們心中當是恩怨分明的主子了。

如今我雖然被幽，但到底還是正宮皇后，我一身正裝出現在殿中，穩穩落坐當中鳳椅上。原本熱血沸騰的奴才們渾身一個激靈，頓時清醒不少，明白了我仍是那個尊貴無比而不可輕犯的莊懿皇后。

殿中眾人清醒了大半，豔貴嬪不顧有孕在身，與雪貴人對望一眼，不約而同跪落行著宮禮，口中道：「嬪妾拜見皇后娘娘！」

眾奴才一聽，瑟縮了一下忙跟著跪拜，「奴才們給皇后娘娘請安，娘娘萬福金安！」

我沒有說話，只冷冷盯著淑妃和榮昭儀。榮昭儀低下頭躲開了我寒意襲人的目光，款款跪落下去。

淑妃緊抿薄唇瞅了我一眼，想是未料想到我這隻落難鳳凰猶能展現得這般嫵媚動人吧，心中縱有萬分不安，卻不得不屈膝行禮，「嬪妾見過皇后娘娘，皇后娘娘萬福金安！」

任誰都聽得出來，淑妃最後那幾個字幾乎是咬牙切齒吐出的。

「都起來吧。」我輕聲道，待眾人起身，又朝淑妃莞爾一笑，佯作不知地問道：「淑妃，這麼早就來見本宮，莫非是有甚要緊之事麼？」

淑妃眼珠溜轉，溢出一絲不屑，冷哼一聲後展露淺笑，那聲音如尖刀般直扎我心窩，微帶點兒幸災樂禍，「嬪妾先給皇后娘娘賠禮了，一大清早攪擾皇后娘娘歇息，真真是嬪妾的不是。不過，姐姐莫惱，如今姐姐進出也不方便了，嬪妾是專程把莫殤宮的掌事姑姑給姐姐送回來的呢！」

淑妃說著瞟了瞟身邊的奴才，一使眼色，那兩名太監手一鬆，彩衣便支撐不住而軟軟癱倒在地，悶哼一聲。

「姐姐！」秋霜忍不住搶上前去，帶人扶住彩衣。

彩衣的那聲悶哼使我放心不少，有聲音起碼還活著，活著就有希望，我就定能想盡辦法治好她。

我心中澎湃著無盡的悔恨與憤怒，悔的是當初淑妃落難之時不該心軟放了她；恨的是那使毒計陷害我之人；憤的是自己心慈手軟倒給了她機會來落井下石；怒的是淑妃這賤人竟不顧往日情分，這般狠心對待彩衣。

然而，無論我心中作何想，終只能沉靜地坐在赤金鳳椅上，優雅喝著黃色福字細紋瓷杯中新沏的蒙頂黃牙，不冷不熱道：「淑妃，不知本宮的宮女身犯何罪，遭此橫禍，淑妃想必是知情的吧？」

「雨妃和蓮婕妤在皇后娘娘宮裡食了瓜果，飲了酸湯，竟同時滑胎，娘娘被斥，幽禁宮中。不料娘娘宮中的姑姑，卻在皇上回輦途中阻攔聖駕爲娘娘辯解，皇上本已惱怒，又豈容她狡辯。這個彩衣姑姑情急之下居然口出狂言，說什麼『欲加之罪，何患無辭』。」

淑妃聲色並茂，說得津津有味，說到此處猶幽幽歎息一聲，面露不忍之狀，憐憫道：「還好臣妾剛巧去探望雨妃妹妹，和皇上同輦而歸，見是娘娘宮中姑姑，心下不忍，費了好些口舌，才替娘娘爲彩衣求了個情，免去她的死罪。可是啊，死罪能免而活罪難逃，這鞭刑卻是免不去了……」

我微瞇著眼，彷若用心聆聽淑妃的說辭，末了才意味深長地看向淑妃，莞爾一笑，「倒是勞煩淑妃妹妹了，這彩衣跟在本宮身邊也有些年頭，算起來是宮中的老人，怎地倒生出這些事來哩，都教本宮不知怎麼說她了……有勞淑妃妹妹費心！」

「主子……」原本垂著腦袋的彩衣聽我如此一說，強撐著抬起頭來，悲戚道：「主子，是奴婢不好，奴婢害主子被人笑話了去，奴婢無臉再見您，請主子賜奴婢一死吧！」

我起身緩步而下，走近彩衣屈下身，伸手握住她的下頷，目光炯炯直盯著她的眼。

好半晌，我才沉聲道：「淑妃娘娘煞費苦心方才救你回來，你不好好謝謝娘娘的一片好心，卻說要去死？死，死是這世間最容易不過的事了，一杯毒酒，三尺白綾，怎麼著死了就一了百了了。然而，你若就這樣死了，只會令親者痛、仇者快，最是不值得！」

我豁然起身，目光直視著淑妃，一字一句道：「彩衣，還不謝過淑妃娘娘的救命之恩？」

「主子，明明就是她……」彩衣突地大聲起來。

「彩衣！」我猛然打斷她的話，厲聲喝道：「此處豈有你多話的分？還不快謝恩！」

彩衣倏地住口，深吸了一口氣，在秋霜等人攙扶下勉強行了個禮，含笑冷聲道：「淑妃娘娘大恩大德，奴婢沒齒難忘，他日必定……加・倍・報・答！」

淑妃自是聽出了彩衣話中之刺，也不在意，冷冷地指桑罵槐道：「報答倒不必了，只是你怎麼說也是皇后娘娘跟前的得意人兒，以後說話行事再不檢點些，只怕讓別人見了笑話，豈不連累了娘娘？」

一直立於殿中的其他三人竟無一人敢上前插話，殿中一時靜寂。

淑妃稍稍沉吟，又道：「哦，皇后娘娘想來還不知道吧？皇上昨兒夜裡已傳下旨意，六宮諸事暫由本宮代理！」

此乃意料之事，我不再與她計較，只輕笑道：「淑妃對六宮諸事本就輕車熟路，本宮如今終可好好歇息歇息，六宮之事就勞煩淑妃了！」

淑妃冷哼一聲，也不看我，只微微福了一福，「皇后娘娘，嬪妾來了好半日，宮裡邊還有很多事情要處理。嬪妾便不打擾娘娘靜養了，這就告辭。」

待淑妃走遠，小安子安排人扶彩衣下去療傷，又派人悄悄去請南宮陽過來，我依舊冷若冰霜地立於殿中。

小安子趨前輕聲道：「主子，您昨兒一宿沒睡，今日又忙了一上午，還是進暖閣裡歇著吧。」

我伸手扶了小安子的手，吩咐道：「去彩衣處。」

小安子扶我入了偏殿之中，玲瓏早已上前熟練地剪開了彩衣的衣衫。血淋淋的傷痕露出，眾人一見不由得偏開頭去，紅了眼眶。

玲瓏拿起桌上酒瓶，仰頭喝了一口，「噗」的一聲盡數灑在彩衣一道道猩紅傷口之上。彩衣悶哼一聲後幽幽醒轉，她擰緊了眉頭，咬著牙關愣是不吭聲。

玲瓏迅速用絲棉蘸了蘸傷口，取了上好的治傷藥，打開瓶蓋將白色藥粉密密抖落傷口處。

我愣愣看著渾身是傷的彩衣，冷然道：「好，好，很好！淑妃果然按捺不住了。」

秋霜渾身打顫，咬著唇，滿面憂色看著我，「主子，您、您不怕麼？」

「怕？」我冷笑一聲，「我若要是怕了，由得她們陷害欺凌，那下一個被拖走的人就是秋霜你，抑或是小安子、玲瓏，甚至是我自己，一個也跑不掉！」

秋霜瑟縮一下，不敢再多言，小安子忙安排她出去給彩衣熬粥去。

我吩咐奴才們好生照顧彩衣，自己則帶了小安子和玲瓏回轉暖閣之中。

我看了看他二人，沉聲道：「小安子，玲瓏，如今我只能信你二人了。我們要趕緊付諸行動，不能坐以待斃！」

「主子，您吩咐吧！」

「玲瓏，本宮的安危你不消擔心，睿兒和蕊雅那邊就全權拜託你了！事到如今，本宮已無力保護他們，唯有靠你！」

「主子放心，南院那邊老主人早暗中安排妥當，養兵千日即用在一時，如今正是用人之際，主子就放心吧。」

我點了點頭，「那本宮就放心了。小安子，你暗中聯絡各宮諸人，叫他們就地隱藏，今時淑妃掌權，只可表面溫順、私下行動，切不可與淑妃起衝突，若壞了大事本宮絕不輕饒！」

「是，奴才這就去辦！」小安子答應著退出。

「玲瓏，你也回去吧。我那兩個孩兒就託給你了！」

「但是，主子您這兒……」玲瓏猶豫著。

我知她是受了西寧楨宇之命前來保護我，可如今我心中所擔憂者是兩個孩子的安危，我只剩下他們了。沒有了他們，我便失去活著的意義！

「我這兒無事，不管怎麼說，我皇后之位尚在，暫時還沒有人敢為難於我，你放心吧！」我輕拍她的手，安撫道。

「既如此，奴婢就去了！」

我點了點頭，目送玲瓏離去。

又過得少頃工夫，南宮陽進來了。我早先時命他替彩衣診脈開方，如今見他前來，忙請他坐了問道：「南御醫，彩衣怎樣了？」

南宮陽落坐貴妃椅前的軟凳，一邊伸手把住我擱放几上蓋了繡帕的手腕細細診脈，一邊回道：「哎，彩衣那丫頭可是被人下了重手，皮肉之傷倒好治，只是內傷……恐會落下往後變天之際咳喘的病根子啊！」

「南御醫，你醫術了得，可要好好替彩衣醫治啊，她……」我說著不禁眼澀起來，「她這也算是替本宮受罰了。」

「娘娘切莫激動，微臣自當盡心竭力！」南宮陽歎了口氣道：「娘娘脈象甚虛，想是歇息不足所致，娘娘須好生保護玉體，俗話說『留得青山在，不怕沒柴燒』！」

我頷首應道：「有勞南御醫了！」

「皇后娘娘切莫說這種見外之話，沒有娘娘又哪有微臣的今日啊！」南宮陽誠懇地道：「據微臣察查，雨妃娘娘和蓮婕妤娘娘二人的滑胎之因皆是被人下了藏紅花！」

我自嘲地笑笑，黯然道：「難不成……南御醫也懷疑是本宮所爲麼？」

「斷然不是！」南宮陽笑言：「她二人同在娘娘宮中閒話家常，同用了娘娘備下的水果和酸湯，又同時滑胎，這不擺明了自尋死路麼？娘娘今穩坐中宮，掌管六宮，如許聰睿之人又怎會做出此般愚昧之事呢？況且打胎的法兒千種萬種，就連前些日子微臣給娘娘的那種也是常人察查不出的，娘娘又怎會用藏紅花那等粗俗之物呢？依微臣看，此事只怕是有人給娘娘您下了套。」

「本宮也是這般作想的。」我款款點了點頭，「可是那人卻潛藏得極深，雨妃頭次滑胎之後，本宮一直沒放棄過，可本宮動用了所有手段竟查不出蛛絲馬跡來！」

「娘娘，有句話……微臣不知當講不當講？」南宮陽診完脈，邊替我開著方子邊道。

「南御醫這不是見外了麼，有話但說無妨！」

「娘娘，俗話說『最危險的地方即是最安全的地方』啊！」南宮陽略略沉吟，甫又道：「微臣站在邊上看著，亦不知這種猜測是對與不對，但微臣覺著其中多少存有些可疑。」

「最危險……最安全……」我輕聲重複著南宮陽的話，腦中靈光一閃，「你……你說的是她？」

「嗯。」南宮陽點了點頭，「請娘娘細細回想一下，微臣覺著她是最瞭解娘娘動向之人，也是最有機會動手之人！」

我細細回想著，越想越怕，越想越是心驚，忍不住暗道：「是了，是了，我怎麼沒想到是她啊！雨妃頭次懷孕之時，雖說吃穿用度全由我一手操辦，但總有忙不過來之時，我都是假以她之手送去的，而雨妃殿中之人全是我安排過去的，胭脂是雨妃自己帶進來的貼身丫鬟，自然不會有任何問題。是她，她替本宮送東西過去，再抓住機會……」

我想著想著，不由渾身打了個寒噤：藏得好深啊！難怪本宮抓不著你！

「可是……」想想她平日舉止行徑，我不禁又猶豫了起來，「可這一次，她是怎麼動手的呢？當時明明我三人皆在暖閣之中，她坐著連動也沒動一下，哪有甚機會動手呀？」

「主子，奴才覺著南御醫說得極有道理。」小安子打簾子進來，朝我一拱手，「主子，到底還是南御醫旁觀者清，一語驚醒夢中人！」

我點了點頭，示意他繼續說下去。

小安子見我無責怪之意，才又接著道：「她不能動，可她宮裡的人對主子這兒早是輕車熟路了，只怕當日裡她端坐這兒，暗地裡命人去小廚房抓住機會動了手腳，這才……」

「可是……」我仍存些疑惑，「她如此做，對她有甚好處呢？南御醫，小安子，聽你們之言是頗有道理，可是……你們別忘了，她膝下本就無子，她連自己的胎兒也這般愣生生打下來，即便是我被廢、被縊，於她也無直接的好處啊！」

「主子糊塗！她今已位居三品，依娘娘對她的信任程度，倘主子有個三長兩短，定然會將皇子和公主託孤於她，到時她自然可以母憑子貴。主子莫忘了，這後宮之事她早有所涉及，而且她的能耐絕對在淑妃娘娘之上！」

「是了，昨兒個皇上遲遲不肯決策，還是她宮裡的丫頭助了一臂之力，本宮才如她所願被幽禁！」我軟軟地靠在貴妃椅上，長長歎了口氣，「只是人算不如天算，她算來算去也沒算到她滑胎調養之時，倒教淑妃占得先機！本宮倒要看看，她有多大的本領可以對付淑妃！」

「娘娘，如今正是您養精蓄銳的大好良機，娘娘切莫操之過急，好生調養好身子才是啊！」南宮陽溫言勸道，將寫好的方子遞與小安子。

我頷首道：「有勞南御醫了！」

「娘娘，微臣過來有些時候了，白天裡不好多待，只怕等會子還要過雨妃娘娘和蓮婕妤宮中，皇后娘娘但有何事，只須暗中派人喚微臣過來便是。」南宮陽朝我拱了拱手，告辭而去。

小安子親自前去煎好藥給我送過來，我用了南宮陽開的安神補腦之方，俄頃工夫便沉沉睡去。

半夜裡覺著口渴，我朦朧未醒間呢喃喚道：「彩衣、彩衣……給我倒水來！」

茶具響動，不一會便有人端了茶杯送至唇邊。我微微張嘴喝了一小口溫水，猛覺不對，方才想起彩衣正在養傷，怎麼可能給我倒水！隨即又怪自己多疑，彩衣不在，自然是小安子了。

我繼續張口喝著水，也不對，氣息不對！

如此熟悉而又陌生的氣息，是男人的氣息！

我倏地一驚，起身轉頭，昏暗的守夜燈下照著的那倒茶之人赫然是……西寧楨宇！

「噗」的一聲，那口尚未吞下去的茶盡數噴在了西寧楨宇身上！

我二人俱是一驚，我愣在當場，略微縮了縮身子，心知惹了禍事，有些膽顫著不敢看他。

直到耳畔傳來西寧楨宇的輕笑聲，我才莫名其妙地抬起頭，心道：「他不會氣極了，怒極反笑吧？」

此刻宮中上下正流傳著本宮悍嫉，虐殺了兩位宮妃的龍胎呢。我迅速縮至床角，伸手撫摸著脖子，上次的疼痛銘記在心，揮之不去！他、他……他不會是……

我惶恐地看向他，卻對上了他含笑的雙目，我微微發愣。

西寧楨宇伸手抹去臉上水珠，低笑出聲：「我本來還擔心你受不住此等打擊，準備過來安慰安慰你，如今看你噴我的水都這般有力，想來是沒甚事了！」

「你……」我不敢置信地看著他，顫聲道：「你不是來殺我替端木雨未出世的孩子報仇的麼？」

「你是在指責我上次之過麼？」西寧楨宇沉聲問道，隨即又微微紅了臉，偏過頭去，「我相信以你精明過人的心機，絕不會一而再、再而三做出如許明顯之事來，於你可是半點好處也無。除非你是傻瓜，才會在自己宮裡給她們二人下什麼藏紅花。告訴我，你是傻瓜麼？」

我見他紅了臉偏過頭去，以爲又是自己衣衫不整，忙護著胸前。低頭仔細檢查，發現並未有不妥之處，我這才想起他提及上次之事，上次掙扎之間竟衣衫散亂而不自覺，倒教他……

想到此，我不禁也紅了臉，收攏了手輕觸到頸脖之間，那疼痛彷若未散，早已入骨入髓，倏地暗罵自己胡思亂想，忘了正事！

我輕撫鎖骨處的肌膚，謹慎地看向他，小心翼翼問道：「那個……你確定這次不會再拿手……」我邊說邊伸手在脖頸上比了比，做出掐脖動作！

他看向我的眼神突添深邃，呼吸也微顯凌亂，半晌才扭過頭去，背對著我坐在楠木椅上，一副不屑答話的樣子。

我朝著他的背扮了個鬼臉，低哼一聲，也不理他。

「我可是在這兒坐著等了你一個多時辰了，你睡醒了麼？若是睡醒了，就過來吧！」西寧楨宇帶著磁性的嗓音不慍不火地再次傳來。

我心知此刻非鬥嘴鬥氣之時，忙起身取了掛在屏風處的晨袍罩住，緩步走到他旁邊坐了下來。

西寧楨宇見我湊近，收了笑顏，一本正經道：「我方才去過雨兒那邊了，實際情況你再說說，此事只怕沒那等簡單，這回定要將那人抓出來，否則於你可是大大不利啊！」

我點了點頭，將今兒午時我與南宮陽及小安子在殿中的剖析，細細說與西寧楨宇聽了。西寧楨宇眉頭輕蹙，少頃才輕聲道：「言言，此事切莫操之過急，若指稱蓮婕妤所爲倒也說得過去，不過依我看，蓮婕妤不像是那樣有心計之人。依我之見，咱們先按兵不動，若真是她，肯定還有下一步動作，看看再做打算，切莫打草驚蛇。」

我點了點頭，疑惑地看著他，覺著事情並不像他所言那般，他定然曉知了其他事情。我目光炯炯地看向他：「西寧將軍，你是否得知了什麼事？爲甚不告訴我？」

「沒、沒什麼！」西寧楨宇明顯愣住，才又道：「言言，你別胡思亂想，先調養好身子。這段期間我會盡力去查，你暫先按兵不動，好生籌畫宮中之事，切莫被淑妃得手，否則你幾年的苦心經營就要毀於一日了。」

我若有所思瞅著他，終只是頷首輕聲道：「知道了，我會做好安排的。」

西寧楨宇似未料到固執的我這回竟會這般輕言放棄，沒有追問下去。他凝視我半晌，緩緩伸手過來，我不明所以的傻愣愣看著他，不免微生緊張。

他的手在離我臉頰一寸之處停住，屋子裡一片寂靜，靜到我們幾乎能聽到彼此如雷般的心跳聲，我甚至能感覺到他手指傳遞來的溫暖。

這段時日我經歷了太多的波折，承受了太多的壓力，我甚至在心裡有些奢望西寧楨宇能擁我入懷，哪怕就是如親人般借我肩膀給我依靠、給我取暖，我也會感激不盡！

偏偏我們都是理智之人，曖昧叢生卻從不靠近，我感覺到了眼前的迷霧，也終於觸及到了心中渴望的那份溫暖，如此短暫，卻足以給我足夠的勇氣繼續撐持下去！

他輕輕抹去我臉頰淚水，悄聲道：「好好保重！」

眨眼之間屋中已不見人影，我對著空氣呢喃道：「西寧楨宇，多謝你！」

是的，應該謝謝他！畢竟，這一次他是全然信我的，落難之時，他是唯一陪伴在側之人！

回想起剛才的種種，我不禁暗笑道：「是啊，多久沒有這般輕鬆過了？」想想他滿臉滿身的水，我不禁輕笑出聲，彷彿自入宮以來從不曾享有這股輕鬆……

「主子，西寧將軍走了麼？」背後傳來小安子的聲音。

我轉頭看著他，點了點頭，緩步朝床榻走去。

「主子，您剛才笑了。」小安子邊伺候我歇下，邊道：「主子，奴才許久沒見您這樣笑過了。」

我伸手摸了摸臉頰，不由又失笑道：「是麼？可能因著此回他竟是站在我這一邊的，所以輕鬆了不少吧。」

小安子待要再說什麼，最終也只是輕歎了一聲，替我放落紗帳，轉身走至門口斜靠著守夜。

五十四　宮殺詭謀

淑妃和榮昭儀二人迅速展開行動，不斷在宮中招攬人心，所幸我早有布置，將自己的勢力全部隱藏起來，令各宮掌權之人假意歸順二人。

雨妃和蓮婕妤的身子也一天天好轉，我默默等著她有所行動，不料她卻毫無動作。我苦等了大半月，沒等到她行動，卻等到了她找上門來。

午憩起身後閒來無事，我便斜臥貴妃椅上，隨手拿了本雜記翻著，小安子掀了繡簾小跑進來稟道：「主子，蓮婕妤過來了！」

「哦？」我心中詫異萬分，她既已得手，又跑來做甚呢？看如今我的落魄相麼？不過……貌似西寧楨宇說過，木蓮並不像那等心機之人，況且近來宮中淑妃和榮昭儀那般恣意擴大勢力，她卻毫無所動，難道……眞如西寧楨宇說的那樣麼？

想到此，我忙起身放下手中的書，剛落地便見木蓮在梅蘭攙扶下掀簾緩步走了進來。

見我立於殿中，木蓮忙緊步上前，端正跪了道：「嬪妾拜見皇后娘娘，娘娘萬福金安！」

我睇了她一眼，不冷不熱地道：「梅蘭，還不快扶你家主子起來。如今本宮不過一個被冷落的皇后，可經不起你家主子嬌貴一跪，倘有個閃失，本宮擔待不起！」

聞我之言，木蓮竟嚶嚶哭泣起來，「皇后姐姐，對不住！嬪妾不知道，嬪妾眞不知道她會那般……嬪妾知道姐姐被幽禁，可皇上偏生不准嬪妾為姐姐求情，嬪妾也是著急萬分，輾轉之間才從奴才們口中知曉那日之事，嬪妾……」

我冷眼看著她，緩步走到楠木椅上落坐，悶不出聲，想看看她這唱的又是哪一齣戲。

彩衣卻從外頭進來，看了一眼跪在地上嚶嚶哭泣的木蓮，忙上前扶她起身，口中直道：「婕妤娘娘，您小產尚未出月，可不能這般不愛惜自個兒身子，若是落下個什麼病根，別說皇上怪罪了，就連我家主子也是會心疼的！」

我見尙在調養之中的彩衣突然進來如此一說，心知她定是發現了什麼才這般做，忙接道：「是啊，妹妹切切不可哭泣，染上眼疾可不是鬧著玩的。快過來，有甚事，坐著慢慢說。」

木蓮點了點頭，起身上前坐了，倏地轉頭朝門外高聲喊道：「還不快帶進來！」

珠簾響動間，兩個小太監拖了一珠釵散亂之人進來，押跪在地上。我定睛一看，暗暗吃驚，這不正是木蓮的貼身宮女梅香麼？

梅香頭髮散亂，臉色蒼白，神情憔悴，身上衣衫凌亂破碎，露出雪白肌膚上猩紅血塊凝固了黏在傷口之處，看得教人怵目驚心。

這梅香一看便知是受了重刑，傷成這樣木蓮竟不帶她去療傷，反還拖到我這兒。我和小安子對望了一眼，心下越發奇怪起來。

木蓮恨恨地瞪了梅香一眼，轉頭朝我說道：「姐姐，都是這作死的賤婢害慘了姐姐！嬪妾一知那日這賤婢竟然去了儲秀宮中，在皇上面前顛倒黑白、搬弄是非，即刻便將她抓了起來。起初她只咬死了不說，還說是爲嬪妾鳴不平。嬪妾打小便是奴才出身，自然不信這些，重刑之下她方才招認，竟是淑妃娘娘收買了她，令她在關鍵時刻添油加醋……」

「哦？」我頓時來了興致，看木蓮的眼中添了幾分敬佩之意，「是麼？」

哼，我心中冷笑一聲，木蓮啊木蓮，想不到都到如今，你還想利用本宮來對付淑妃。只是啊，可嘆本宮不過是個被幽之人，如何能幫得了你，更何況而今本宮已然看清了你的眞面目，又豈會爲你所用！

「梅香，你自己跟皇后娘娘好生交代吧！」木蓮一副氣憤難平之狀，狠聲道：「你可要實話實說，求皇后娘娘饒你不死！否則，明年的今日便是你的忌日！」

我看著憤怒而又凶惡的木蓮，忽覺著她有些陌生，原來她溫婉外表下也藏有顆如許生硬之心，爲了取信於我，竟將梅香打成這般模樣，也眞是……恐怕我自己都下不了手這般對我跟前的奴才，眞眞是人心深不可測啊！

我冷冷瞟了一眼半跪半趴在地上瑟瑟發抖的梅香，示意太監們放開她，甫沉聲道：「梅香，你可要想清楚了，當日便是本宮接蓮妹妹離開斜芳殿時一併帶了你出來，儘管此時本宮被幽，淪落成無人理睬的皇后，不過本宮鳳位仍在，處置你一個小小奴才的權力還是有的。眼下，本宮就給你個機會，你若有半句假話，本宮即刻命人將你丟入雋永殿！」

「皇后娘娘饒命，娘娘饒命！」梅香趴跪著連連求饒，「奴婢招認，奴婢招認！」

「你不必朝本宮求饒，你朝你自己求饒即可！」我趨前走近，仔仔細細打量了她身上的傷口，確認那一道道鞭痕無半點虛假，方湊到她身邊，一字一句輕聲道：「梅香，你的命運就掌握在你自個兒手中，你可想好了再說！」

「回皇后娘娘，那日裡淑妃娘娘悄悄來了我家主子的殿中，要我家主子與她聯手對付皇后娘娘您，被我家主子當場拒絕後，淑妃娘娘拂袖而去。不久，淑妃娘娘殿中的海月姑姑找上了奴婢，要奴婢當內應潛藏主子身邊，奴婢誓死不從，不料淑妃娘娘因此懷恨在心，處處刁難奴婢。

「後來奴婢的娘病重，傳了話進來，奴婢託守門的侍衛大哥悄悄送出銀兩，然僅是杯水車薪，奴婢萬般無奈之下，逼不得已便……便悄悄偷了主子的首飾，送出宮去變賣好爲娘看病。誰知道……這一切皆落在淑妃娘娘算計之中，被她當場抓了個正著。奴婢寧死不屈，她便緩了口氣，讓奴婢自個兒好好考慮考慮。

「回到宮中時，恰發現主子正在尋那支她平日裡從不戴的六蓮翡翠鑲玉簪，奴婢慌亂萬分，細細打聽之下，方得知那支髮簪竟是主子晉位時皇后娘娘所贈之物！那髮簪被奴婢偷了去，未及運出就被淑妃娘娘給截住，落在了淑妃娘娘手中。

「奴婢本是雜役房的粗使丫頭，被斜芳殿掌事太監傳來給主子做了貼身丫頭，主子待奴婢一向寬厚，即便當上娘娘也沒嫌棄過奴婢，還命奴婢做了掌事姑姑。主子若知奴婢犯了這等有違宮規之事，斷然不會原諒奴婢的。奴婢萬般無奈之下，只好前去求淑妃娘娘，有了淑妃娘娘的一再保證，奴婢甫才答應在不傷害主子的前提下替淑妃娘娘辦事，換回了那支髮簪。

「娘娘滑胎當日，殿中一片混亂，淑妃娘娘跟前的海月姑姑卻挑此時來找奴婢，吩咐奴婢到儲秀宮中向萬歲爺稟告主子滑胎一事，且須提說主子滑胎之前只待在皇后娘娘宮中。奴婢心想，此事句句屬實，沒甚不妥之處，便……不料皇上當場便下旨幽禁皇后娘娘，奴婢這才恍知闖下了大禍。

「回到殿裡後，奴婢三令五申以主子滑胎身子虛弱爲由，嚴令宮裡的奴才們不准在主子跟前提起此事。然紙終是包不住火的，主子終於還是知曉了。主子焦急萬分，頻頻向皇上求情，皇上卻是不准，主子無奈之下四處打聽，終是獲知那日之事，便命人扣押了奴婢……」

梅香說完這些，重重地透了口氣，沉聲道：「主子，自從奴婢昧著良心犯事以來，這段提心吊膽的日子奴婢過怕了，如今終可以解脫了。皇后娘娘，請您莫怪罪我家主子，都是奴婢的不是，要罰就請您責罰奴婢吧。」

我凜然看著她，不吭聲，細細回想著她所說之話，細究裡頭的可信性有多高。

梅香吃力地挪動身子，端正朝木蓮跪落泣道：「主子，奴婢對不起您。主子的大恩大德，奴婢今生是不能報答了，來世、來世奴婢做牛做馬再報答主子的恩德！」

我一驚，轉頭急道：「快拉住她！」

說時遲那時快，梅香起身便朝旁側書案撞去，她背後的兩個小太監忙伸手一拉，卻只拉住了衣衫，扯下兩塊布在手中。

我乍聽得一聲悶響，不由痛心地闔上眼，心下直道：「可惜了，這麼難得的一條線索，如果她句句屬實的話……」

「哎喲，哎喲！」耳邊傳來小安子的呼痛聲，我倏地睜開眼轉頭望去，卻見梅香和小安子二人皆摔倒在地，小安子揉著胸口直呼痛，梅香則喘著粗氣。

木蓮移步上前，拉著梅香哽咽道：「梅香，你這是何苦呢？這又是何苦呢！」

梅香連喘了兩口氣，高聲道：「皇后娘娘，都是奴婢一人之過，請您莫責怪我家主子，請您賜奴婢一死吧！」

我趨前扶了木蓮起身，凜然望著地上苦苦掙扎的梅香，一字一句道：「糊塗東西！你家主子萬分恩澤與你，你卻要棄她於不顧，陷她於不義之中！」

「娘娘……」梅香頓了一下，急問道：「皇后娘娘此話何意啊？」

「你以爲你死了，你家主子便無事了麼？愚昧無知！」我冷聲說道：「此時本宮被幽，即便是本宮信了你家主子又能如何？如今淑妃掌權，你家主子照樣逃不過被淑妃宰割的命運！」

「啊？」梅香愣了一下，隨即明瞭我說的是事實，旋跪爬上前，趴在我腳下哭求道：「皇后娘娘，求您救救我家主子吧，求您了！」

「本宮說過的，求本宮無用，只有求你自己！」我取了絲帕細細替木蓮揩著淚水，「你若眞想救你家主子，就該把你知道的事都告訴本宮，讓本宮把那眞正下毒陷害本宮、害你家主子滑胎之人給揪出，那才是眞正救了你家主子！」

「皇后娘娘請問，奴婢當知無不言！」

「本宮問你，你偷了你家主子之物，是交予誰運送出宮去的？」

「回皇后娘娘，奴婢本不知這些，是芳嬪主子跟前的宮女小紅領了奴婢過去的。聽小紅講，那運送這些私貨出去的殿前侍衛似乎與芳嬪主子熟稔，具體是誰，那黑燈瞎火的，奴婢也沒看清楚。」

我心下有了些底，頷首後又道：「淑妃娘娘除了叫你做這件事之外，可還有叫你做其他事？」

「回皇后娘娘，沒有。」梅香認眞回想著，「奴婢後來細細想過一番，淑妃娘娘好似早知道會有此事呢。奴婢當時求她歸還髮簪，別逼迫奴婢做謀害主子之事，淑妃娘娘卻冷冷一笑，滿臉不屑地對奴婢說：『謀害你家主子？本宮才不做那等無聊之事，你家主子還不配給本宮謀害。你放心去吧，本宮只需你幫襯做一件事便成了，等著吧，本宮到時會派人通知你的。只要你乖乖聽話，按本宮之意去辦，你那些個見不得人的事便再不會有人提起。』奴婢而今想來，淑妃娘娘簡直像是胸有成竹。」

我點了點頭，不再追問下去，爾後看了梅香一眼，道：「你先下去好生養傷，若想起什麼，即刻派人來稟。」

我睇了木蓮一眼，又轉回頭對梅香道：「記住，你若誠心悔過，眞想報答你家主子，就休動輕生之念！你也瞧見你家主子方才的神情了，哎，只怕她責罰於你，心裡可比你還痛啊！」

梅香一聽，抬頭看向木蓮，眼中湧出淚水，連連點頭道：「皇后主子，您對奴婢的再生之恩，奴婢永世難忘！主子，奴婢再也不會犯傻了，您放心吧。」

我點點頭，吩咐道：「小安子，吩咐小碌子在宮裡尋個僻靜安全的地方，悄悄去請南御醫爲梅香治傷，好生調養身子。告訴他，梅香若有個好歹，本宮絕不輕饒！」

「是，奴才這就去辦！」小安子答應著，示意太監們把穩抬起梅香，徐徐朝門口而去。

「梅蘭，你過去幫幫手，照顧梅香！」木蓮吩咐道。

待眾人離去，木蓮才又道：「皇后姐姐，這幾天嬪妾細想過前後之事，實在想不出究竟是何人下此毒手。萬般無奈之下，嬪妾竟有了個石破天驚的想法……」

我輕輕拍了拍她的手，柔聲道：「此處並無外人，妹妹但說無妨！」

「姐姐，您可記得出事那日的景況麼？」木蓮陷入沉思當中，緩緩道：「當日我們正在這兒閒話家常，安公公送了酸蘿蔔雞皮湯過來。姐姐還記得麼？當時是雨妃走上前去，親手舀了酸湯。姐姐難道不覺得可疑麼？雨妃出身尊貴，平日裡衣來伸手、飯來張口之人，怎會那般反常，主動上前盛湯呢？」

「你是說……」我心下詫異萬分，卻不得不思考著木蓮所言之事的可能性。

「嬪妾亦只覺著奇怪，便這麼一說。」木蓮目光真誠地看著我，細聲道：「嬪妾沒有龍胎無妨，嬪妾只希望皇后姐姐能早日洗脫冤情，不再蒙受不白之冤。」

我微微頷首，柔聲寬慰道：「妹妹所說之事，姐姐會設法一一查證，只願能早日抓到那下毒之人，好為妹妹腹中胎兒報仇雪恨！妹妹別再多想，折騰了一下午，先回去歇著吧！」

木蓮點點頭，「姐姐，嬪妾改日再來。」

待木蓮走後，我喚了小安子過來。

「主子，您覺著蓮婕妤之話可信麼？」

「不管可不可信，小安子，她說的也有幾分道理。」我回想起那日西寧楨宇欲言又止的神情，只怕他也有此懷疑吧？

「小安子，蓮婕妤這款解釋也算說得過去，畢竟那日盛湯之時，她著實有機會下藥的，先前我們防備得無比森嚴，也被人得了手。如果眞是她的話，那她為何要這般做呢？難道……」

我心下大驚，轉頭瞅見小安子神情。他已然明白了我心中所想，低聲道：「難道她竟是知道了晴主子之事？」

「此事不可不防，若眞如此，便壞事了！小安子，你速速命人去查，看看一向鮮少在宮中走動的雨妃今年都與甚人有過接觸？」

「是，主子。」

「還有，不管怎麼說，梅香提供了重要的線索。你悄悄去聯繫我二哥，託他詳加察查此事。」

小安子點頭後旋轉身離去，我又想起重要之事，忙喚住了他。

「小安子，此事事關重大，定要瞞住西寧將軍那邊，切不可讓西寧將軍知悉我在懷疑端木雨！」我仔細叮囑著。

「奴才明白。」小安子復點著頭，一溜煙悄聲步出。

看似尋常的滑胎事件一時之間竟變得撲朔迷離，此時我反而慶幸自己遭到幽禁。正所謂當局者迷而旁觀者清，當初的我立於那灘渾水之中，才會那般輕易被人陷害。

自入宮初始直至我掌權六宮的期間，我向是立於旁側冷眼觀察，從中推波助瀾，設下毒計將那批想害我之人一個個鬥下去。

坐鎭六宮之後，我便成了那隻枝頭鳥，成了眾人狩獵的對象。然而當上皇后的我早已厭倦那些爭鬥，只望能靠自身努力讓後宮爭鬥平靜下來，力爭做到面面俱到，想找到眾妃嬪之間的那個平衡點……

直到現下，我終於看明白了，那不過是我的美好願望罷了，後宮三千佳麗的聰明全用在皇帝一人身上，後宮爭鬥當然是日復一日又年復一年，永無休止！

莫殤宮！真的是莫殤麼？多麼美好的願望，多麼動聽的謊言啊！

釵散珠落的那一刻起，它便成了我心中永遠的殤宮……

此刻的我，要做的僅僅是坐在這殤宮之中，冷觀這大順宮祠的一片混亂，看她們爭個你死我活，再坐享漁翁之利。

也許，一開始我便錯了，真正的後宮強者本就該冷眼旁觀，伺機落井下石，坐享其成！撥雲見日之間，我倏地明白了太后的精明之處，也許這就是我在她面前永遠顯得太過稚嫩的癥結所在吧。

調查很快便有了結果，二哥迅速掌握了芳嬪兄長私運內廷之物出宮並盜賣皇家財物的證據，只待我一聲令下，即可將之拿下。

雨妃那邊的查證更讓我大吃一驚，我本自信滿滿地以為六宮皆在我掌握之中，細細一查，方知原來純是我太過自信罷了。太后兩周年祭日過後，雨妃便多次與雲英、雲琴嬷嬷等有了較密切的來往，前兩個月尤與淑妃、榮昭儀等人私下接觸頻繁。

我心下微動，猛吃一驚，難道會是這樣？

這群賤婦，本宮自坐鎮中宮始，自認上至各宮妃嬪、下至宮中奴才，並未虧待過任何一人，想不到她們竟……我越想越是心驚，忙喚來小安子，祕密商量著對策。

可在我暗自心驚、祕密行動之時，一場更大的災難降臨而至。

「主子，主子……」彩衣一路跌跌撞撞跑來，喚我的聲音中帶著濃濃哭腔。

我擱下手中的書，詫異道：「何事如此驚慌？」

「主子……」彩衣踉蹌跌撞上來跪了，哭倒在我腳邊，「主子，衛公公那邊傳來消息，說……說皇上剛剛傳下旨意，要將、要將龍陽公主過繼給雨妃娘娘！」

我霍地站起身來，腦中一片空白，耳中嗡嗡作響。我知道男人絕情，萬想不到他竟絕情如斯，他明明知道……

龍陽，我的龍陽，他明明知道龍陽在我心中地位等同潯陽，他明明知道龍陽和睿兒都是我的命，我若丟了我的命，還怎麼活下去？口口聲聲說疼我愛我的那個人去了哪兒？我偷偷去看潯陽之時對我萬般包容的那個人去了哪兒？

不，不！這怎麼可以？絕對不行！我不同意，我、我要去找他問個清楚，他爲甚要傷我至此！

我一腳踹開抱著我的彩衣，大步朝外奔去，迎面撞上掀了繡簾進來的小安子。我二人皆頓了一下，後在他詫異的眼神中，我一把推開他，埋頭朝外而去，一路穿過迴廊直奔宮門。

眼前兩柄交叉的鐵槍攔住了正欲舉步出門的我，不用想也知道是奉命把守宮門的殿前侍衛。

我陰沉著臉，一字一句道：「本宮要見皇上！」

「皇后娘娘，您若要求見皇上，奴才這就派人替您通稟。只是，皇后娘娘，請您……」那侍衛爲難地看著我，「請您莫爲難末將們！」

我無言以對，立於宮門口不願離去，焦急地等待著通傳結果。

（待續，請繼續閱讀《棄女成凰（卷五）夙夢回翔》）

國家圖書館出版品預行編目資料

棄女成凰（卷四）君恩淺薄／木子西著；── 初版.
── 臺中市：好讀，2013.9

面：　公分，──（真小說；33）（木子西作品集；4）

ISBN 978-986-178-289-8（平裝）

857.7　　102005099

好讀出版

真小說 33

棄女成凰（卷四）君恩淺薄

作　　者／木子西
總 編 輯／鄧茵茵
文字編輯／林碧瑩
美術編輯／鄭年亨
行銷企畫／陳昶文

發 行 所／好讀出版有限公司
台中市 407 西屯區何厝里 19 鄰大有街 13 號
TEL:04-23157795　FAX:04-23144188
http://howdo.morningstar.com.tw
（如對本書編輯或內容有意見，請來電或上網告訴我們）
法律顧問／甘龍強律師

戶名：知己圖書股份有限公司
劃撥專線：15062393
服務專線：04-23595819 轉 230
傳眞專線：04-23597123
E-mail：service@morningstar.com.tw
如需詳細出版書目、訂書，歡迎洽詢
晨星網路書店 http://www.morningstar.com.tw

印刷／上好印刷股份有限公司 TEL:04-23150280
裝訂／東宏製本有限公司 TEL:04-24522977
初版／西元 2013 年 9 月 1 日
定價：220 元
如有破損或裝訂錯誤，請寄回台中市 407 工業區 30 路 1 號更換（好讀倉儲部收）

Published by How-Do Publishing Co., Ltd.
2013 Printed in Taiwan

ISBN 978-986-178-289-8

情感小說 · 專屬讀者回函

書名：棄女成凰（卷四）君恩淺薄

姓名：＿＿＿＿＿＿＿＿ 性別：□男 □女 生日：＿＿＿年＿＿＿月＿＿＿日

教育程度：＿＿＿＿＿＿＿＿＿＿＿＿

職業：□學生 □教師 □一般職員 □企業主管

□家庭主婦 □自由業 □醫護 □軍警 □其他＿＿＿＿＿＿＿＿＿＿

電子郵件信箱（e-mail）：＿＿＿＿＿＿＿＿＿＿ 電話：＿＿＿＿＿＿＿

聯絡地址：□□□＿＿＿＿＿＿＿＿＿＿＿＿＿＿＿＿＿＿＿＿＿

您怎麼發現這本書的？

□書店 □＿＿＿＿＿網路書店 □朋友推薦 □＿＿＿＿＿網站／網友推薦

□其他＿＿＿＿＿＿＿＿＿＿＿＿＿＿＿＿＿＿＿＿＿＿＿＿＿＿＿＿

買這本書的原因是

□內容題材深得我心 □價格便宜 □封面與內頁設計很優 □其他＿＿＿＿＿

您閱讀此本小說的原因：□喜愛作者 □喜歡情感小說 □值得收藏 □想收繁體版

□其他＿＿＿＿＿＿＿＿＿＿＿＿＿＿＿＿＿＿＿＿＿＿＿＿＿＿＿＿

您喜歡閱讀情感小說的原因

□打發時間 □滿足想像 □欣賞作者文采 □抒解心情 □其他＿＿＿＿＿＿＿

您不喜歡哪類情感小說的情節設定

□人人都愛女主角 □女主角萬能 □劇情太俗套 □太狗血 □虐戀 □黑幫

□其他＿＿＿＿＿＿＿＿＿＿＿＿＿＿＿＿＿＿＿＿＿＿＿＿＿＿＿＿

最無法忍受的主角人物關係

□父女 □師生 □兄妹 □姊弟戀 □人獸 □ BL □其他＿＿＿＿＿＿＿＿＿

您最常接觸情感小說的方式

□購買實體書 □租書店 □在實體書店閱讀 □圖書館借閱 □在＿＿＿＿＿＿

網站瀏覽 □其他＿＿＿＿＿＿＿＿＿＿＿＿＿＿＿＿＿＿＿＿＿＿＿＿

您喜歡的情感小說種類（可複選）

□宮廷 □武俠 □架空 □歷史 □奇幻 □種田 □校園 □都會 □穿越 □修仙

□台灣言情 □其他＿＿＿＿＿＿＿＿＿＿＿＿＿＿＿＿＿＿＿＿＿＿＿

推薦你喜歡的情感小說作者或作品（多多益善喔）

＿＿＿＿＿＿＿＿＿＿＿＿＿＿＿＿＿＿＿＿＿＿＿＿＿＿＿＿＿＿＿＿

您還對本書還有其他想法嗎？請通通告訴我們：

＿＿＿＿＿＿＿＿＿＿＿＿＿＿＿＿＿＿＿＿＿＿＿＿＿＿＿＿＿＿＿＿

＿＿＿＿＿＿＿＿＿＿＿＿＿＿＿＿＿＿＿＿＿＿＿＿＿＿＿＿＿＿＿＿

請填妥後對折黏貼，直接投郵即可，無須貼郵票。

廣告回函
台灣中區郵政管理局
登記證第 3877 號
免貼郵票

好讀出版有限公司　編輯部收

407 台中市西屯區何厝里大有街 13 號

電話：04-23157795-6　傳真：04-23144188

沿虛線對折

填 問 卷， 送 好 書

詳填此張讀者回函，並附上 40 元郵票（寄書郵資），即送您好書

中視八點檔大戲｜傾世皇妃原著小說｜林心如主演

《傾世皇妃（上）一寸情思千萬縷》

定價：250 元

數量有限，送完為止